Von Heather Graham sind
als Heyne-Taschenbücher erschienen:

Die Geliebte des Freibeuters · Band 04/37
Die Wildkatze · Band 04/61
Die Gefangene des Wikingers · Band 04/71
Die Liebe der Rebellen · Band 04/77
Geliebter Rebell · Band 04/97
Tochter des Feuers · Band 04/106
Irrwege der Liebe · Band 04/116
Spiegel der Liebe · Band 04/118
Triumph der Liebe · Band 04/120
Irrwege der Liebe / Spiegel der Liebe · Band 23/124
Die Normannenbraut · Band 04/128
Der Herr der Wölfe · Band 04/138
Kreuzzug des Herzens · Band 04/143
Die Braut des Windes · Band 04/146
Dornen im Herzen · Band 04/157
Ondine · Band 04/164
Rebell der Leidenschaft · Band 04/182
Hafen der Sehnsucht · Band 04/188

HEATHER GRAHAM

DIE SCHOTTISCHE LADY

Roman

Deutsche Erstausgabe

WILHELM HEYNE VERLAG
MÜNCHEN

HEYNE ROMANE FÜR »SIE«
Nr. 04/211

Titel der Originalausgabe
NO OTHER WOMAN

Aus dem Amerikanischen
von Eva Malsch

Printed in France 1997
Umschlagillustration: Pino Daeni / Agentur Schlück
Umschlaggestaltung: Atelier Ingrid Schütz, München
Satz: Fotosatz Prechtl, Passau
Druck und Bindung: Brodard & Taupin

ISBN 3-453-12402-2

PROLOG

Ein Teufelspakt

Grayfriar Castle, als Castle Rock bekannt, im schottischen Hochland, Herbst 1870

Als jemand in den steinernen Torbogen trat, der vom Balkon ins Herrschaftsschlafzimmer der Festung führte, schreckte David sofort aus dem Schlaf hoch. Die Kriegsjahre in Amerika und die Lektionen, die er beim Sioux-Volk seines Bruders gelernt hatte, veranlaßten ihn, bei jedem leichten Luftzug zu erwachen.

»David?« fragte eine verführerische Flüsterstimme. Sie stand in der Tür, umflossen vom Sternenlicht und dem schwachen Widerschein des Kaminfeuers, eine schlanke Gestalt im Seidenhemd, das sich an ihren wohlgeformten Körper schmiegte. Schwarz wie Ebenholz, flatterte ihr langes Haar im Nachtwind. Ein Instinkt hatte David geweckt und erregte ihn.

Aber vor dieser Lady mußte er sich hüten, denn im Lauf der Jahre waren sie oft aneinandergeraten. Meistens hatte er es genossen, sie herauszufordern. Und eines Tages würde er ihr die Arroganz heimzahlen.

Natürlich lebten sie in der modernen Welt. Doch nach den alten Traditionen, die im Hochland immer noch galten, war er der Oberherr.

Das schien die Lady zu stören, was allerdings keine Rolle spielte. Seit Jahrhunderten wohnten sein und ihr Clan in und um Craig Rock herum. Er war der Erbe der Douglas-Ländereien, während sie nach dem Tod ihres Vaters vor drei Jahren den MacGinnis-Titel und den Grundbesitz geerbt hatte.

Im Gegensatz zu ihr war er in der Welt herumgekommen und hatte in vielen Schlachten gekämpft. Sie kannte nur die Highlands. Behütet von ihrem Clan, der sie möglichst gut verheiraten wollte, war sie aufgewachsen. David erinnerte sich stets an ihre Position, wenn sie ihm hochnäsig gegenübertrat.

Aber nun war sie kein Kind mehr. Zweifellos wußte sie, welche Wirkung sie auf die Männer ausübte. Er hatte oft gedroht, ihr bessere Manieren beizubringen, und sich insgeheim gefragt, wie weit er dabei gehen würde.

Und jetzt ...

Auf Zehenspitzen stieg sie die Steinstufen herab und näherte sich dem Bett. Als er blitzschnell ihr Handgelenk packte, stieß sie beinahe einen Schreckensschrei aus. »David!«

»Wen hast du denn sonst in meinem Bett erwartet? Falls du dich zu mir gesellen willst — davon möchte ich dir dringend abraten. Verschwinde lieber! Für eine junge Lady schickt es sich nicht, mitten in der Nacht ihren Oberherrn zu besuchen, wenn er nackt unter seiner Decke liegt.«

Erbost entzog sie ihm ihre Hand. »Ich muß mit dir reden.«

»Für dieses Gespräch hast du eine aufregende Kleidung gewählt«, meinte er und stützte sich auf einen Ellbogen, um das dünne, durchscheinende Nachthemd zu betrachten. »Und einen ebenso faszinierenden Zeitpunkt.«

»Natürlich will ich nicht *hier* mit dir sprechen. Aber du bist so schwer zu erreichen. Du mußt mich in den Stall begleiten.«

»So? Muß ich das?« Spöttisch hob er die Brauen. »Komm morgen in mein Arbeitszimmer, Shawna«, befahl er und wandte sich ungehalten ab.

Eigentlich dürfte ihn ihr nächtlicher Besuch nicht überraschen. An diesem Tag hatte er Beweise für die verbrecherischen Aktivitäten von Shawnas närrischem jungen Vetter Alistair erhalten und gedroht, ihn anzuklagen, da er fortwährend Douglas-Gelder für sein eigenes Bankkonto abzweigte. Das beabsichtigte David nicht — ein eindringliches Gespräch mit Alistair würde genügen. Aber irgendwann könnte der Junge einen ernsthaften Konflikt mit dem Gesetz heraufbeschwören, und dann wäre Ihre Ladyschaft auf Douglas' Gnade angewiesen.

Er ahnte, daß Shawna ihren Stolz nur mühsam zurückhielt. Niemals würde ihr Vetter dem Oberherrn gegenübertreten, um zu verhandeln oder zu kämpfen, denn er wußte, daß er den kürzeren ziehen würde. Im gesetzlosen amerikanischen Westen hatte David fechten gelernt und eine Meisterschaft entwickelt, der sich Alistair trotz des Unterrichts bei französischen Experten nicht gewachsen fühlte. Auch im Faustkampf war er Douglas unterlegen. Der Bursche mochte leichtsinnig sein, aber er war nicht dumm. Hatte er Shawna hierhergeschickt? Und was führten die beiden im Schilde?

Ihre Finger berührten Davids nackte Schulter. »Oh, du hochmütiger Aristokrat! Ich muß mit dir reden. Bitte!«

Er wandte sich wieder zu ihr, nicht aus Mitleid, sondern aus Neugier. Wieviel würde sie der Familienehre zuliebe riskieren?

»Bitte!« wisperte sie noch einmal.

Er seufzte tief. »Verschwinde. Ich komme gleich.«

»Und du wirst es niemandem erzählen?«

»Um diese Zeit schlafen alle vernünftigen Leute.«

Als sie zum Torbogen eilte, fragte er sich, wie viele seiner Ahnen in diesem Schlafgemach ihre Geliebten empfangen hatten. Entlang der Balkonmauer führte ein überdachter Gang zu einer Geheimtreppe, über die man den Wald im Süden des Schlosses erreichte. Diesen Fluchtweg hatte Prince Charlie einmal benutzt, um seinen Verfolgern zu entrinnen. Und Shawna wußte davon, weil David sie eingeweiht hatte.

Er erhob sich, nahm seinen samtenen Morgenmantel von einem Haken neben der Tür und schlüpfte hinein. Nachdem Shawna halbnackt in sein Zimmer gekommen war, brauchte er sich für eine Begegnung im Stall nicht formell zu kleiden. Wollte sie ihn verführen und barmherzig stimmen? Es wäre besser, sie würde mich offen und ehrlich bitten, auf eine Anklage gegen ihren Vetter zu verzichten, dachte er. Aber wenn sie glaubt, sie könnte mich um den Finger wickeln — soll sie's doch versuchen. Danach werde ich ihr erklären, ich hätte gar nicht beabsichtigt, den Jungen vor Gericht zu bringen.

Der Stall lag außerhalb der Festungsmauern, ein großes, langgestrecktes Gebäude mit Strohdach. An einem Ende befand sich eine Kammer, wo früher der Stallmeister geschlafen hatte. Ein hölzernes Bett stand in der rechten hinteren Ecke, in der linken wurde Heu gelagert, und ein Schreibtisch nahm fast den ganzen restlichen Raum ein.

Geisterhaft tanzte das Licht einer kleinen Laterne über die Wände, als David eintrat, und ließ Shawnas seidenes Nachthemd schimmern. Sie erwartete ihn am Schreibtisch. Offenbar hatte sie das Stelldichein geplant. Auf einem Silbertablett standen zwei gefüllte Weinkelche. Sie bot ihm einen an, und er ergriff ihn. Dann wartete er, ohne sie auch nur mit einem einzigen Wort zu ermutigen.

»Ein sehr guter Wein«, bemerkte sie und wirkte ärgerlich, aber fest entschlossen, ihre wahren Gefühle zu verbergen.

»Ja, gewiß. Komm zur Sache, Mädchen. Was willst du? Warum hast du mich mitten in der Nacht geweckt?«

»Das weißt du doch. Du darfst Alistair nicht anzeigen.«

»Warum nicht? Er ist ein diebischer kleiner Schurke, und man muß ihm eine Lektion erteilen.«

Um ihre Nerven zu beruhigen, nahm sie einen großen Schluck, und ihr innerer Kampf rührte David. Wäre er nicht so verärgert gewesen, hätte er sie in die Arme genommen und getröstet, denn sie war wunderschön und eine faszinierende Verlockung. Leichtsinnig wie Alistair, stolz auf den MacGinnis-Titel, ihrer Familie treu ergeben, zeigte sie ihr gutes Herz nur in der Liebe zu Kindern und hilflosen kleinen Tieren. Aber es war gefährlich, ihren Reizen zu erliegen. Damit würde man sie nur in ihrem Machtgefühl bestätigen und zu tollkühnen Taten anspornen.

Sie stellte ihr Glas ab, hielt ihm seines an die Lippen und drängte ihn zu trinken. Nach dem ersten Schluck runzelte er die Stirn. Der schwere, fruchtige Wein schmeckte sonderbar und stammte nicht aus seinem Keller.

Hatte sie den Weinkeller des MacGinnis-Schlosses durchsucht, um diesen starken Burgunder aufzuspüren? Falls sie ihn betrunken machen wollte, würde ihr das nicht so leicht gelingen. Wie interessant ...

Normalerweise verführten die Männer süße junge Mädchen, indem sie ihnen berauschende Getränke kredenzten. Oder wollte Shawna ihre eigenen Sinne betäuben? Jedenfalls schüttete sie den Wein wie Wasser in sich hinein.

Dann nahm sie ihm das Glas aus der Hand, strich ihm über die Wange und den Hals. Schon seit langer Zeit empfand er sie als schön und begehrenswert, aber er hatte nicht erwartet, daß ihre Berührung ein so wildes Feuer in ihm entfachen konnte. Er mußte seine ganze Willenskraft aufbieten, um diese heiße Begierde zu verbergen.

»Du darfst Alistair nicht vor Gericht bringen.«

»Warum nicht?«

»Weil er jung und dumm ist«, flüsterte sie.

»Das ist der einzige Grund? Und was bekäme ich für meine Großmut?«

»Darüber will ich mit dir sprechen, und deshalb habe ich dich hierhergebeten.«

Ein häßlicher Verdacht bewog ihn, hinter Shawnas Rücken zu greifen und die beiden Kelche zu vertauschen, die auf dem Tisch standen. Dann gab er ihr das Glas, aus dem er zuvor getrunken hatte. »Ah, ich verstehe. Also schließen wir ein Abkommen. Ich gebe dir was, du gibst mir was, und wir besiegeln das Geschäft mit Burgunder.«

»Mußt du dich so widerwärtig benehmen?«

»Mußt du mir diese alberne Heuchelei zumuten? Du bist halbnackt in mein Zimmer gekommen, und du möchtest mit mir verhandeln. Fang endlich an!« forderte er sie auf und nippte an seinem Wein.

»Bastard!« zischte sie, hob ihr Glas an die Lippen und nahm einen Schluck, dann noch einen. Offensichtlich war sie nervös. Sie trank zuviel.

Nach einer Weile entwand er ihr den Kelch und stellte ihn zusammen mit seinem eigenen ab. Falls das eine Gefäß eine Droge enthielt, würde sie die Besinnung früher verlieren als er selbst. Deshalb war es an der Zeit, das Geschäft abzuschließen. »Nun, was hast du zu bieten?«

»Ich heirate dich.«

Da brach er in schallendes Gelächter aus, und sie rang empört nach Luft. Jetzt gewann ihr Stolz die Oberhand, und sie vergaß ihren wohldurchdachten Plan. Sie hob ihre Hand, um in Davids Gesicht zu schlagen, aber er packte blitzschnell ihren Arm.

»Wie kannst du es wagen ...«

»Hör mal, Shawna, deine Ländereien und dein Vermögen können sich nicht mit meinen messen. Grafen, Earls, Herzöge und steinreiche Kaufleute haben mir ihre Töchter angeboten, sogar Indianerhäuptlinge. Niemals würde ich aus geschäftlichen Gründen heiraten.« So reizvoll ich dich auch finde, meine Schöne, dachte er und wandte sich zur Tür.

Aber sie bezwang ihren Zorn und legte eine Hand auf seine Schulter. »Nein, bleib hier!«

Ein Lächeln, das sie nicht sah, umspielte seine Lippen. »Hast du etwas anderes zu bieten?« fragte er schroff und ärgerte sich, weil er seine Worte nicht mehr deutlich artikulieren konnte. Sekundenlang schien der Boden unter seinen Füßen zu schwanken.

»Ich — ich . . .«, begann sie unsicher. »Verdammt, du mußt mich nicht heiraten. Ich würde . . . Empfindest du denn gar nichts für mich?«

Oh, doch. Als er sich umdrehte, stand sie dicht vor ihm, und der betörende blumige Duft ihres Haars stieg ihm in die Nase. Ihre Haut roch nach Flieder. Halb zornig, halb sehnsüchtig zog er sie an sich und ließ sie spüren, wie sehr sie ihn erregte, welch ein gefährliches Spiel sie trieb.

O Gott, was tat er sich an? Harte, bittere Worte lagen ihm auf der Zunge. Unmißverständlich wollte er ihr sagen, sie solle ihre Ehre besser hüten und ihr Vetter sei ein Narr — den er allerdings nicht bestrafen würde. Aber irgend etwas hinderte ihn daran. »Das wird immer interessanter. Trotzdem will ich nicht die Katze im Sack kaufen. Würdest du mir zeigen, was du zu bieten hast?«

»Ja.«

»Und du weißt, was du tust, Mädchen?«

»Ich . . .« Abrupt verstummte sie.

Nun müßte ich die Flucht ergreifen, dachte er. Es ist besser, wenn ich mich erst morgen um Shawna und ihren Clan kümmere. »Offensichtlich widerstrebt es dir, dieses Geschäft abzuwickeln. Also laß mich in Ruhe. Ich werde jetzt gehen . . .«

»Nein, ich gebe dir alles.«

Als er sie noch fester an sich preßte, stockte ihr Atem. Erstaunt öffnete sie die Lippen und sah so verlockend aus, daß er sie küßte. Seine Zunge erforschte hungrig ihren Mund. Stöhnend spürte er ihre vollen, weichen Brüste und ihre Schenkel an den seinen. Ein heftiger Schwindel erfaßte ihn und steigerte die Wahrnehmung aller Sinne.

Ja, er fühlte — zuviel. Und zuwenig. Irgend etwas stimmte nicht. Aber das spielte keine Rolle. Die Begierde war zu groß. Wie Feuer pulsierte das Blut in seinen Adern. Er betrachtete Shawnas bleiches Gesicht, die geschlossenen Augen, den immer noch geöffneten Mund, der seinen einzuladen schien. In wachsender Leidenschaft küßte er sie wieder und schlang die Finger in ihr seidiges schwarzes Haar.

Bevor seine Kräfte schwanden, hob er Shawna hoch, trug sie taumelnd zum Bett und sank mit ihr darauf. In seinem Kopf drehte sich alles, aber sein Körper hungerte. Der Duft frischen Heus erfüllte den Raum, vermischt mit dem Aroma von Fliederseife und von weiblichem Fleisch.

»Warte ...«, hauchte sie.

Warten? Wenn sein Herz wie rasend schlug und eine qualvolle Sehnsucht seine Seele zu zerreißen drohte? Nein, er würde nicht warten. Jetzt erschien es ihm unglaublich, daß er geplant hatte, ihr einfach nur zuzuhören und dann zu gehen.

»David?« flüsterte sie verwirrt.

In irgendeinem dunklen Winkel seines Bewußtseins erinnerte er sich an die vertauschten Gläser. Beide hatten den Wein getrunken, der nur für ihn bestimmt gewesen war. Gefüllt mit ... Gleichgültig ...

Beherrsch dich, mahnte ein Rest seiner Vernunft. Unmöglich. Überwältigende Emotionen durchströmten ihn. Ihr Duft, ihr Geschmack ... Die ganze Welt verwandelte sich in ein Flammenmeer, das die letzten klaren Gedanken auslöschte.

Plötzlich drang ein Geräusch an sein Ohr. Ein Luftzug, ein lähmender Schmerz im Nacken. Er glaubte Shawna zu sehen, himmelblaue Augen, ein schönes Engelsgesicht. Und dann die bittere Erkenntnis. Niemals würden ihm die MacGinnis offen gegenübertreten. Denn sie kannten sein Temperament, sein Ehrgefühl, seine Stärke und seine einzige Schwäche — Shawna.

Nein, er sollte nicht verführt, sondern ermordet werden. Die brennende Qual in seinem Hinterkopf ... Keine Folge des kraftvollen Schlags. Hitze hüllte ihn ein. Ringsum loderten Flammen empor. Und er konnte sich nicht bewegen, sah nichts außer der roten Glut. Was für ein Narr ich bin, dachte er. Wie konnte ich so blindlings in diese niederträchtige Falle tappen?

Schrill wieherten die Pferde im Dunkel jenseits des knisternden Feuers, und er hörte einen Schrei. Shawnas Stimme.

Trotz des hellen Flammenscheins versank er in einen schwarzen Abgrund. Bald würde ihn die Finsternis des Todes umfangen ...

1

Castle Rock im schottischen Hochland, Herbst 1875

Die Nacht war hereingebrochen. Über dem Moor schwebten Nebelschwaden, und ein seltsamer goldener Mond hing am dunklen Himmel. Shawna sah ihn durch einen der schmalen Fensterschlitze im Turmzimmer, durch die man früher Pfeile geschossen hatte, und beobachtete, wie er mit den Wolken Verstecken spielte. Solchen schönen, mysteriösen Mondnächten verdankte das Hochland den Ruf, magische Kräfte zu besitzen.

Um diese Zeit müßte sie schon schlafen. Aber Mark Menzies hatte ihr eine Nachricht geschickt und sie gebeten, ihm ein bißchen Zeit zu opfern, wenn er mit der Arbeit fertig sei. Nun saß sie hinter dem wuchtigen Eichenschreibtisch und hörte ihm zu. Er war Aufseher im Kohlenbergwerk, ein sehr tüchtiger Mann.

»Mylady, die Leute wollen nicht in den Schacht an der linken Seite gehen, weil sie sich einbilden, dort würde eine böse Macht lauern.«

Shawna nickte. Das verstand sie nur zu gut. In dieser Gemeinde lebten ausschließlich Christen. Aber sie glaubten an die heidnischen Geister, und sie würde die Männer nicht zwingen, in einem Stollen zu arbeiten, der ihnen Angst einjagte. »Vielleicht würden sie sich beruhigen, wenn Reverend Massey einen Gottesdienst abhält und den neuen Schacht segnet?«

»Mag sein«, erwiderte Mark, ohne seine Skepsis zu verhehlen. »Sie behaupten, seltsame Geräusche dort unten zu hören. Und in der Erdentiefe würde etwas hausen, das man besser nicht aufscheuchen sollte.«

Er war ein großer, breitschultriger Mann mit zerfurchtem Gesicht, das Stolz und Charakterstärke verriet. Durch sein langes Haar zogen sich vereinzelte graue Strähnen. Shawna mochte ihn seit ihrer frühen Kindheit. Doch sie hatte ihn erst in den letzten fünf Jahren näher kennengelernt. Damals, vor fünf Jahren, war jenes Ereignis eingetreten, das die Einheimischen als ›Feuer‹ bezeichneten. Laird Douglas' älterer Sohn David hatte den Tod gefunden. Danach vertraute der Laird die Ländereien dem Clan MacGinnis an, der ihm am nächsten stand, und lebte hauptsächlich in Amerika.

In der grausigen Nacht des Feuers hatte sich alles verändert. Shawna blieb zunächst in Craig Rock, dem ummauerten Dorf, wo Castle MacGinnis und Castle Craig standen, dann floh sie — von bösen Träumen geplagt — nach Glasgow.

Vor fast vier Jahren war sie zurückgekehrt, und seit zwei Jahren festigte sie ihre Position als Oberhaupt der MacGinnis.

Nun hatte der Tod des alten Lairds die Situation erneut verändert. Sein Erbe, der jüngere Sohn Andrew, war ein halber Sioux und in die Kämpfe um seine Heimat verstrickt, denn sein Herz gehörte dem amerikanischen Westen, dem ›wilden‹ Volk seiner Mutter. Als er Shawna bat, die Douglas-Ländereien für ihn zu verwalten, stimmte sie zu. Und so trug sie nicht nur die Verantwortung für die Mitglieder ihres eigenen Clans, die hier lebten und arbeiteten, sondern auch für die Douglas.

Trotz ihrer vielen männlichen Verwandten hatte sie nach dem Tod des Vaters den MacGinnis-Titel und die Ländereien geerbt. Damals war sie noch sehr jung und auf den Beistand ihres Großonkels Gawain angewiesen gewesen. Davids Tod stürzte sie in tiefste Verzweiflung, und in den folgenden Monaten stand sie Höllenqualen aus. Aber in Glasgow hatte sie erkannt, daß sie nicht vor sich selber davonlaufen durfte. Ihre Welt war das Hochland. Woanders konnte sie nicht leben.

»Hin und wieder neigen wir alle zum Aberglauben«, bemerkte sie. »Das gehört zum liebenswerten Charakter unseres Volkes. Bald beginnt die Nacht der Mondjungfrau — im November, wenn sich die silberne Kugel rundet und die Dämonen über tugendhafte Mädchen herfallen. Früher fürchtete man sich vor dieser Zeit, jetzt wird sie gefeiert. Aber wir beide wissen, daß die Geister nur in der Fantasie existieren, Mark. Sicher gibt es eine natürliche Ursache für die seltsamen Geräusche im Bergwerk. Davon müssen wir die Männer überzeugen. Haben Sie mit Gawain über das Problem gesprochen?«

Mark nickte. »Leider versteht Ihr Großonkel die Seelen der Leute nicht so gut wie Sie, Mylady. Er meint, ich soll den Leuten sagen, sie müßten arbeiten oder auf ihren Lohn verzichten. Aber wenn sie kein Geld bekommen, werden sie verhungern.«

»Aye, ich weiß.« Nach Shawnas Ansicht war ihre Heimat der schönste, wunderbarste Ort auf Erden. Aber allmählich verlor das Hochland seine Bewohner. Die Industrialisierung bewog sie, den heimatlichen Boden zu verlassen, dem sie nur mühsam ihr tägliches Brot abrangen, um in den Städten bessere Lebensbedingungen zu suchen. Aber einige blieben hier, weil sie alte Eltern, kranke Verwandte und kleine Kinder betreuen mußten. Oder weil sie ihre geliebten Berge zu schmerzlich vermissen würden. »Die Kohlenbergwerke ernähren so viele Menschen. Deshalb müssen wir ihnen klarmachen, daß die Arbeit in den Schächten ungefährlich ist und daß wir für ihre Sicherheit sorgen. Ich werde Reverend Massey bitten, morgen früh mit den Männern zu reden.«

»Und Gawain? Er grollt Ihnen ohnehin schon, weil sie die Arbeitszeit der Kinder eingeschränkt haben.«

Seufzend nickte sie. Ihrem Großonkel gefiel es ganz

und gar nicht, wie engagiert sie sich um Dinge kümmerte, die nach seiner Ansicht zur Domäne der Männer gehörten. Sie wollte ihn weder kränken noch bekämpfen, war aber entschlossen, das Bergwerk so zu leiten, wie es ihr beliebte. »Überlassen Sie das mir, Mark. Morgen treffen wir uns am Eingang des Schachts.«

»Danke, Mylady.« Als er aufstand, öffnete sich die Tür, und Gawain stürmte in Shawnas Büro.

Mit seinen fast sechzig Jahren war der jüngere Bruder ihres Großvaters immer noch ein hochgewachsener, kräftiger Mann. Im dunklen MacGinnis-Haar zeigten sich nur wenige graue Fäden. Er trug den traditionellen Hochland-Kilt und glich den Kriegsherren alter Zeiten, die erbittert alle fremden Eindringlinge bekämpft hatten. Unermüdlich setzte er sich für den Grund und Boden ein, wo er aufgewachsen war, züchtete die besten Rinder und wußte die Erträge seiner Ernte stets zu steigern. Außerdem war er ein guter Geschäftsmann und vertrat ebenso wie Lowell, Shawnas anderer Großonkel, sowie ihre Vettern Alistair, Alaric und Aidan die Familieninteressen.

»Ah, Onkel«, murmelte sie, »du kommst gerade zur rechten Zeit. Mark sprach mit mir über den neuen Schacht, und ich dachte, ein Gottesdienst ...«

Ungeduldig fiel er ihr ins Wort. »Meinetwegen, wenn dir so ein Spektakel Spaß macht! Sie sollten Shawna nicht mit diesen Schwierigkeiten belasten, Menzies. Hätten Sie sich doch an mich gewandt.«

»Verzeihung, Sir ...«

Aber auch Mark wurde unterbrochen. »Also ist die Frage vorerst geklärt, eh? Dann gehen Sie, Menzies. Ich bin ein vielbeschäftigter Mann, und ich muß sofort mit meiner Nichte reden.«

»Aye, bis morgen, Lady MacGinnis.« Hastig verließ Mark das Büro.

»Das war sehr unhöflich von dir«, sagte Shawna.

»Im Augenblick sorge ich mich um wichtigere Dinge«, erwiderte Gawain.

»Zum Beispiel?«

Er warf ein Kuvert auf den Tisch. »Dieser Brief kommt aus Amerika. Lies ihn.«

Während sie das gefaltete Blatt aus dem Umschlag zog, stützte Gawain plötzlich seine Hände auf den Tisch, und sie schaute in seine blauen Augen. Wie ähnlich wir uns alle sind, dachte sie. Rabenschwarzes Haar mit einem unverwechselbaren Kobaltglanz, hochgeschwungene dunkle Brauen ...

»Lies!« befahl er ärgerlich.

Natürlich wußte sie, daß der Brief von Andrew Douglas stammte. Ihr Herz krampfte sich zusammen. Als sie ihn zuletzt gesehen hatte, war sie selbst verzweifelt gewesen. Aber sie würde niemals seinen tiefen Schmerz über den Tod des Bruders vergessen. Energisch unterdrückte sie das Zittern ihrer Finger und las den Brief. Obwohl Andrew gewisse Züge seiner indianischen Mutter geerbt hatte, erinnerte er sie an David, denn er sah auch wie ein Douglas aus, besaß den schlanken, muskulösen Körperbau seines Vaters und dessen Charakter — sanftmütig, aber unerbittlich, sobald er sich betrogen fühlte.

In wohlgesetzten, höflichen Worten kündigte er seinen Besuch in Craig Rock an. Wann er eintreffen und wie lange er bleiben würde, wisse er noch nicht. Seinetwegen solle sie keine Umstände machen und die Herrschaftsgemächer in Castle Rock weiterhin bewohnen. Immerhin habe sie die Ländereien während seiner Abwesenheit gut verwaltet und sei im Grunde die Herrin. Er habe zum zweitenmal geheiratet und freue sich, gemeinsam mit seiner Frau und einigen Freunden den väterlichen Familiensitz wiederzusehen. »Wenn Du die politischen Ereignisse in den Zeitungsberichten verfolgt hast, bist Du sicher über den Disput zwischen dem Volk meiner Mutter und der amerikanischen Regierung informiert. Diese Situation kompliziert meine persönlichen Pläne, und es wäre möglich, daß ich Schottland bald wieder verlassen muß. Hoffentlich bereitet Dir unsere Ankunft keine Unannehmlichkeiten ...«

Wie sie sich entsann, war Andrews erste Frau, eine Sioux, an einer Krankheit gestorben. Lächelnd hob sie den Kopf. »Oh, er hat wieder geheiratet. Das freut mich.«

»Warum denn, um Himmels willen?« rief Gawain erbost. »Nun kann er viele dunkelhäutige kleine Wilde zeugen, die hierherkommen und unsere Ländereien beanspruchen werden.«

»Die Douglas-Ländereien haben uns niemals gehört, wenn wir auch davon profitieren.«

»Trotzdem müßte der Douglas-Besitz an dich gehen. In Craig Rock hat Andrew — Laird Hawk, nicht wahr? — nichts zu suchen. Er ist Amerikaner und ein halber Indianer. Deshalb sollte er beim Volk seiner Mutter bleiben, bei seinen Pfeilen und Bögen und Büffeln, in seiner wilden Prärie.«

»Onkel, dieses Land, auf dem wir leben, ist sein Eigentum.«

»Aye, mein Mädchen, aber schon vor Robert dem Teufel verteidigten die Hochländer, was ihnen die habgierigen englischen Könige abluchsen wollten. Und dank ihrer Kampfkraft retteten sie ihre Heimat. Seit langer Zeit sind die Douglas und die MacGinnis durch Eheverträge verbunden. Wenn die Douglas-Dynastie ausstirbt, erbt der MacGinnis-Clan die Ländereien und den Titel, einem alten Gesetz zufolge.«

»Offensichtlich ist Andrew gesund und munter«, betonte Shawna, doch er schien ihr nicht zuzuhören.

»Probleme in Amerika ... Ja, dort drüben versuchen sie die Rothäute auszurotten. Vielleicht muß Andrew auch daran glauben, bevor er einen Stammhalter zeugen kann.«

»Und wenn seine Frau bereits ein Baby erwartet?«

»Jedenfalls ist er Amerikaner, während ich immer nur für dieses Land hier gelebt und gearbeitet habe.«

»Als dem alten Laird das Herz brach, ging er nach Amerika, und ich versprach ihm, seinen Besitz zu verwalten, so wie es unsere Tradition erfordert. Wir vereinbarten auch, die zusätzliche Verantwortung würde der Familie MacGinnis zugute kommen. Aber weiß Gott — seit der Nacht des Feuers haben wir kein Recht mehr ...«

Wütend schlug er mit der Faust auf den Tisch. »Lehnst du dich gegen die höhere Gewalt auf, Shawna?«

»War es etwa der Allmächtige, der mir vorschlug, David in den Stall zu locken?«

Sekundenlang glaubte Shawna, Gawain würde sie in seinem wilden Zorn schlagen. »Dieser Brand war Gottes Wille. Und falls du deiner Familie Schuldgefühle einreden willst, wärst du besser in jenem Inferno gestorben.«

»Ich bezweifle, daß Gott das Feuer entfacht hat.«

»Klagst du etwa *mich* an? Damit hatte ich nichts zu tun.« Seine Augen verengten sich. »Wie du dich sicher erinnerst, holte dein Laird Hawk Douglas mehrere Spezialisten aus Edinburgh hierher. Die konnten keine Brandstiftung nachweisen.«

»Und was ist damals wirklich geschehen?«

Die Hände auf den Tisch gestützt, starrte er in ihre Augen. »Gottes Wille!«

Sein durchdringender Blick beeindruckte sie. Wenn er Davids Tod auch nicht bedauerte, so hegte sie doch keinen Zweifel an Gawains Unschuld, was das Feuer betraf. Vielleicht konnte er jene Nacht vergessen. Ihr selbst würde das niemals gelingen. »Also hättest du's vorgezogen, wenn auch ich den Flammen zum Opfer gefallen wäre?«

Ungeduldig schüttelte er den Kopf. »Großer Gott, Mädchen, wie konntest du mir einen Mord zutrauen! Jene Nacht gehört der Vergangenheit an. Für uns zählt nur die

Gegenwart. Und dieses Land, von dem zweihundert Menschenseelen leben. Falls dich die Zukunft von Craig Rock interessiert, denk nicht mehr an frühere Zeiten.«

Sie nickte und betrachtete wieder den Brief.

»Warum kommt Andrew gerade jetzt hierher?«

»Keine Ahnung.« Gawain verschränkte die Arme vor der Brust. »Oder vielleicht kann ich's dir sagen. Als wir alle dumm genug waren, ihm nach dem Tod seines Vaters zu schreiben und unser Beileid zu bekunden, brachten wir ihn wahrscheinlich auf die Idee, daß er nun sein schottisches Erbe beanspruchen sollte. Wie auch immer, nimm dich in acht vor dem Laird und seiner neuen Frau und seinen sogenannten ›Freunden‹. Ein heidnischer, gefährlicher Haufen ...«

»Welch ein Unsinn! Andrew mag ein halber Sioux sein. Aber er ist ein intelligenter, gebildeter Mann und sicher kein Heide, wenn ich auch nicht weiß, woran er glaubt. Jedenfalls trauerte er wie ein echter Christenmensch um seinen Bruder ...«

»Dann verlangte er eine Untersuchung und versuchte, uns alle an den Galgen zu bringen. Sei bloß auf der Hut!«

»Natürlich, Onkel.«

»Und denk nach, bevor du den Mund aufmachst.«

»Was könnte ich ihm schon erzählen?« fragte sie ärgerlich. »Was weiß ich denn, verdammt noch mal?«

»Sprich nicht in diesem Ton mit mir, Mädchen!«

Nicht nur ihr Tonfall mißfiel ihm, sondern das ganze Gespräch. Insbesondere ihre Bemerkungen über die Feuersbrunst.

»Damals hast du mir den Wein beschafft«, erinnerte sie ihn in plötzlicher Entschlossenheit.

Es dauerte eine Weile, bis er bestätigte: »Aye, Mädchen, weil er einschlafen sollte, damit wir die Beweise für den Diebstahl deines Vetters beseitigen konnten. Aber glaub' mir, Davids Tod gehörte nicht zu meinem Plan.«

Wie weh es immer noch tat, nach so vielen Jahren ... Diese Erkenntnis verblüffte Shawna. »Und wer hat ihn dann getötet?«

»Das Feuer — Gottes Wille. Und bring Andrew bloß nicht auf die Idee, es könnte mehr dahinterstecken.« Ohne eine Antwort abzuwarten, eilte er im wehenden Plaid aus dem Büro.

Mit bebenden Fingern umklammerte sie den Brief. Dann ärgerte sie sich über ihre Nervosität, öffnete die untere Schreibtischschublade und nahm ihren Brandy heraus. Da sie nirgends ein Glas entdeckte, trank sie direkt aus der Flasche. Der Alkohol brannte in ihrer Kehle, erwärmte aber den Körper.

Immer, wenn sie unter einer starken inneren Anspannung stand, trank sie viel zu schnell. So wie in jener Nacht ... Fluchend stand sie auf und beschloß, schlafen zu gehen.

Nur gut, daß Andrew wieder geheiratet und Trost in seinem Unglück gefunden hat, dachte sie. Vor dem Wiedersehen brauchte ihr nicht zu bangen. Da sie seinen Clan und seine Ländereien gewissenhaft betreute, schuldete er ihr Dank. Obwohl sie seinen Bruder nicht gerettet und kurz vor dessen Tod die Besinnung verloren hatte, von einer Droge betäubt ...

Sie verließ das Büro, wanderte durch das stille Schloß und betrat ihr Zimmer. Manchmal fragte sie sich immer noch, was sie eigentlich auf Castle Rock machte. Noch dazu im herrschaftlichen Schlafgemach.

Aber um die Ländereien und das Bergwerk zu verwalten, mußte sie hier wohnen. Und als Oberhaupt des MacGinnis-Clans stand ihr das Recht zu, die Herrschaftsgemächer der Douglas zu benutzen. Und doch — wann immer sie diese Schwelle überquerte, fröstelte es sie.

Wie lebhaft sie sich an David erinnerte, an seine Umarmung, seine Küsse ...

Nein, ich will nicht an die Vergangenheit denken, beschloß sie, kleidete sich aus und streifte ihr Nachthemd über den Kopf. Erschöpft sank sie ins Bett.

Es dauerte lange, bis sie einschlief. Und dann wurde sie von einem Alptraum gequält. Sie rannte in die Berge, wurde verfolgt, aber wenn sie sich umdrehte, sah sie nur Schatten im Nebel. Vielleicht waren Dämonen hinter ihr her, die menschliche Gestalt annehmen konnten.

Immer wieder schienen sich die Schemen zu verändern, und sie kamen unaufhaltsam näher und huschten lautlos über die grünen Hänge. Sie umzingelten sie und sie sah, daß es keine Geister waren, sondern seltsame, fremdartige, halbnackte Menschen mit kupferroter Haut, die Kriegsbeile, Pfeilköcher und Bögen schwangen. Auf ihren Köpfen prangten bunte Federn. Das mußten die amerikanischen Wilden sein, die ins Hochland gekommen waren, um sich an ihr zu rächen. Plötzlich tauchte ein anderer Mann aus dem Nebel auf, im schottischen Kilt, ein Schwert an der Hüfte, einen Dolch im Stiefelschaft. Er ging geradewegs auf sie zu, schaute in ihre Augen, erkannte sie und wußte, was geschehen war ...

In ihrer Kehle stieg ein Schrei empor, der sie weckte. Atemlos und zitternd stand sie auf, versuchte ihre heftigen Herzschläge zu besänftigen und trat ans Fenster. Nebelschwaden verschleierten den Mond. Kein Wunder, daß sie an bösen Träumen litt ... Bald würde der neue Laird Douglas in Schottland eintreffen. Wollte er, unterstützt von rachsüchtigen Indianern, die Wahrheit über den Tod seines Bruders herausfinden?

Und wie sah die Wahrheit aus?

Diese Frage quälte Shawna seit fünf Jahren. Und jetzt, da sie von Andrews Ankunft erfahren hatte, kehrten die Alpträume zurück.

Weil sie David in den Tod gelockt hatte. O Gott, nicht vorsätzlich ...

So sehr sie sich auch manchmal über ihre Familie ärgerte, sie liebte sie alle. Gawain, Lowell, Alaric, Aidan — und Alistair. Ganz besonders Alistair. Sie waren ungefähr im gleichen Alter und immer Freunde gewesen. Aber nicht einmal um seinetwillen hätte sie David ein Leid angetan. Ihr Vetter hatte nur etwas Zeit gebraucht. Und dazu wollte sie ihm verhelfen. Doch es war die Zeit, der sie letzten Endes in die Falle ging. Wie grausam schlug das Schicksal zu ... Wenigstens hatte sie eine Lehre aus jener Tragödie gezogen. Nie wieder würde sie sich so leichtgläubig auf gefährliche Pläne einlassen. Die Alpträume jedoch würden sie niemals verschonen.

Plötzlich wollte sie den dicken Festungsmauern entrinnen. Das Mondlicht, das sich im See spiegelte, schien ihr lockend zu winken. Kurz entschlossen nahm sie den weißen Fransenschal vom Wandhaken neben der Tür und schlang ihn um ihre Schultern. Dann schlich sie auf bloßen Füßen aus dem Zimmer.

Das ist Wahnsinn, dachte sie. Wie ein Geist laufe ich zum mondhellen Wasser nach Mitternacht. Doch der Vergangenheit, der Zukunft und den bösen Träumen kann ich nicht entfliehen.

Trotzdem — sie mußte ins Freie. Sie rannte die Treppe hinunter zur großen, menschenleeren Halle von Castle Rock. Auf der letzten Stufe blieb sie stehen und schaute sich um. Ein massiver Tisch in der Mitte, zwischen reichgeschnitzten Stühlen, einige Sessel am Kamin, der die halbe Wand am anderen Ende einnahm, Mauern aus uralten Steinen. Welche Dämonen mochten in den dunklen Winkeln lauern? Rasch verdrängte sie diesen fantasievollen Gedanken. Nein, die Halle barg einfach nur die nächtliche Stille.

Shawna öffnete das schwere Tor, eilte durch den Hof, den grasbewachsenen Hang hinab, zum Ufer des Sees, wo die Druidensteine emporragten.

2

Obwohl die Nebelwolken aufwallten, leuchtete das Licht des Mondes über den zerklüfteten Klippen, den Bergen und Tälern. Sanft schimmerten die Wellen des Sees. Für eine Novembernacht im Hochland war die Luft erstaunlich warm.

Der Mann stieg aus dem Wasser, nackt wie die Felsen ringsum, genauso unnachgiebig. In dieser Wildnis war er aufgewachsen, und er entstammte einem Volk, das jahrhundertelang verbissen um sein Land gekämpft hatte, das gewonnen und verloren und sich sein Ehrgefühl, sein Freiheitsbedürfnis bis zum heutigen Tag bewahrt hatte.

Wie so vielen anderen war es ihm gelungen, die heimtückischen Pläne seiner Gegner zu überleben und zurückzukehren, stärker denn je — und viel wachsamer.

Da stand er nun, der Laird seiner Ländereien. Vorerst wußte es niemand.

Er schüttelte sein nasses, langes dunkles Haar. Trotz des milden Klimas fröstelte er plötzlich und sehnte sich nach seinen Kleidern. Aber er hielt inne und hob den Kopf. Nicht die Kälte störte ihn. Irgend etwas regte sich in der Nacht ...

Von der Stelle aus, wo er ans Ufer gestiegen war, überblickte er einen Großteil seines Landes. Zur Rechten auf dem höchsten Felsen, erhob sich Castle Rock, zur Linken Castle MacGinnis, zwei alte Schlösser, in einer Zeit errichtet, in der die Hochland-Lairds beschlossen hatten, die normannische Architektur zu übernehmen und deren Vorzüge zu nutzen. Als William der Eroberer England unterworfen und begehrlich nach Schottland gespäht hatte, waren fachkundige normannische Steinmetze von den Lairds gefangengehalten und gezwungen worden, uneinnehmbare Festungen zu erbauen. Im Lauf der langwierigen Religionskriege entstanden Geheimgänge und

Schlupfwinkel, in denen sich die Jakobitenpriester versteckten. Aber man hatte es versäumt, die Burgen mit modernem Komfort auszustatten. Castle Rock gehörte ihm. Sie war die ältere der beiden Trutzburgen, überragte Castle MacGinnis und war umgeben von größeren Ländereien.

Und nun war er zurückgekommen, um sein Eigentum zu beanspruchen. Sein Blick wanderte zur Ruine des alten Stalls, und in seiner Seele loderte ein Feuer, so heiß wie das Inferno, das in jener Nacht vor fünf langen Jahren getobt hatte.

In seiner Fantasie sah er die Flammen. Und er sah *sie*, das ebenholzschwarze Haar auf dem Bett ausgebreitet, spürte ihren reizvollen Körper, las in den himmelblauen Augen das Versprechen, dem er sein Unglück verdankte. Ihr duftender Atem an seinen Lippen, die geflüsterten Lügen, die Hitze seines Verlangens, das die züngelnde Glut ringsum übertrumpft hatte — bis es zu spät gewesen war ...

Jetzt kehrte er wunderbarerweise von den Toten zurück, ein Dämon, der sich vor dem ewigen Höllenfeuer gerettet hatte, um die Wahrheit zu ergründen.

Wer trug die Schuld? Das würde er bald wissen. Nicht *sie* allein. Er wollte ihre Komplizen entlarven und alle bestrafen. Aber *sie* würde die erste sein.

Welch ein wunderbares Gefühl, durch die Nachtluft zu laufen, obwohl sie nicht vor der Vergangenheit fliehen konnte ... Aber vielleicht vor der Zukunft?

Wenn sie Andrew Douglas gegenüberstand — würde sie dann eine noch tiefere Verzweiflung empfinden als in jener Stunde, in der David den Tod gefunden hatte?

Sie war es gewohnt, dieses Land leichtfüßig zu durchstreifen, über die Berge zu reiten, im kalten Wasser des Sees zu schwimmen. Aber in dieser Nacht fehlte ihr die

Kraft zu solchen Unternehmungen. Im Grunde rannte sie nur vor sich selbst davon, vor ihren furchtbaren Gewissensbissen ...

Nein! Warum diese ständigen Selbstvorwürfe? Niemals hatte sie David ins Verderben locken wollen. Zeitweise war sie sogar in ihn verliebt gewesen — und trotzdem so schrecklich arrogant, wann immer sie ihn gesehen hatte, ein blutjunges Mädchen, eifersüchtig auf die Frauen im Leben des grandiosen Lairds. Nur deshalb hatte sie ihn so abweisend behandelt.

Bis zu jener Nacht.

Nun war er tot und begraben. Und die Schuld daran traf Shawna zumindest teilweise.

Die qualvollen Gedanken ließen sie oft nur schwer atmen.

Um nach Luft zu ringen, lehnte sie sich an einen der zwölf Druidensteine. Als ihr Herz etwas ruhiger klopfte, betrachtete sie die anderen Steine. Sie waren mindestens drei Meter hoch. Längst hatten Wind und Wetter die alten Inschriften verwischt, aber die eingravierten Menschen- und Tiergestalten sah man immer noch. Die schönen Steine bildeten einen Kreis, und in der Mitte lag ein waagrechter dreizehnter, wie ein Altar. An seiner Seite warf ein runder Felsblock, gut zwei Tonnen schwer, einen Schatten und zeigte die Tageszeit an.

Shawna liebte die Steine. In der Kindheit hatte sie hier mit ihren Vettern und den Douglas gespielt, aber nicht mit dem etwas älteren David. Er duldete die Possen der fröhlichen Schar, doch er nahm nicht daran teil. Zu Shawnas Leidwesen gehörten die Steine nicht den MacGinnis, sondern den Douglas, weil sie auf deren Grund und Boden emporragten.

Als sie ein kleines Mädchen gewesen war, hatte sie Geschichten erfunden, um die historischen Ereignisse zu ändern und die Druidensteine den MacGinnises zuzusprechen. David hatte ihr einmal erklärt, sie dürfe diese Monumente nicht bewundern, denn früher seien auf dem Altar Menschenopfer dargebracht worden.

Daran mußte sie auch jetzt denken, weil immer noch viele Feste im Kreis der Steine begangen wurden – christliche Feste. Zufällig stimmten viele dieser Feiertage mit alten heidnischen Ritualen überein.

Langsam strich sie über die rauhe Fläche des Steins, an dem sie lehnte. Obwohl sie jetzt erwachsen war, liebte sie die alten Geschichten und Legenden genauso wie damals.

Ein plötzliches Geräusch riß sie aus ihren Gedanken. Schritte?

Ja, Schritte. Hier war noch jemand, der in dieser Nacht nicht schlief.

Schnell eilte sie zum nächsten Druidenstein und glaubte wieder Schritte zu hören. Wurde sie verfolgt? Unbehaglich schaute sie sich um. Unsinn, dachte sie, das bilde ich mir nur ein. Wer sollte sich mitten in der Nacht an mich heranpirschen?

Hier auf dem Grund und Boden des Douglas-Clans, den sie verwaltete, gab es keinen Anlaß zur Besorgnis. Vielleicht fühlte sie sich nur ein wenig unsicher, weil der Alptraum sie erschreckt hatte. Oder die Fantasie ging mit ihr durch, weil sie sich an die kindlichen Spiele im Kreis der Druidensteine erinnerte, die so vielen Dorfbewohnern unheimlich erschienen.

Nein. Sie hatte tatsächlich Schritte gehört. Oder etwas anderes. Ein Rascheln im Gras. Neue Angst stieg in ihr auf. »Wer ist da?« rief sie in die Nacht.

Keine Antwort. Der Wind schien aufzufrischen. An den Stein gepreßt, wartete sie. Aber nun drang kein Geräusch mehr zu ihr.

»Wer ist da?« fragte sie noch einmal.

Immer noch keine Antwort. Sie verließ die Druidensteine, eilte auf bloßen Füßen über das Heidekraut zum Ufer des Sees.

Als sie wieder ein Rascheln hörte, drehte sie sich um und sah eine schattenhafte Gestalt hinter einen der Steine gleiten. Oder war es eine Sinnestäuschung gewesen? Hatte ihr etwa das Mondlicht einen Streich gespielt? »Wer ist da?«

Nichts rührte sich.

Und doch – irgend jemand oder irgend etwas schlich durch die Nacht. Daran zweifelte Shawna nicht.

Wieder blickte sie zu den Druidensteinen zurück, und plötzlich spürte sie, daß sie beobachtet wurde. Ein eisiger Schauer rann über ihren Rücken. Wie leichtsinnig war es von ihr gewesen, das Schloß um diese Stunde zu verlassen ...

Aber warum sollte sie sich fürchten? Hier kannte sie jeden Fels, jeden Baum, jeden Strauch. Niemals hatte sie Angst empfunden. Bis zu jener Nacht, in der das Feuer ausgebrochen war.

Vor so langer Zeit.

Und jetzt? Sie hielt den Atem an und betrachtete die Druidensteine, die wie stumme Wachtposten in die Finsternis ragten. Und dann hörte sie wieder ein Geräusch. Diesmal schrie sie entsetzt auf.

Nein, sie hatte sich nicht getäuscht. Eine schemenhafte Gestalt im wehenden Umhang lief zu ihr.

So still war die Nacht gewesen. Beim ersten Ruf hatte er geglaubt, der Wind würde flüstern. Dann hörte er die Stimme deutlicher, sah die Frau im silbrigen Mondschein aus dem Kreis der Druidensteine laufen.

Sie trug ein Hemd aus elfenbeinweißer Baumwolle und Spitze, das in der Brise flatterte, und das ebenholzschwarze Haar glich einer wogenden Fahne. Leichtfüßig und anmutig wie eine Gazelle eilte sie auf nackten Sohlen dahin. Sie erschien ihm wie eine Waldnymphe aus alter Zeit, eine verführerische Elfe.

Großer Gott, Shawna. Bei ihrem Anblick spannten sich alle seine Muskeln an. Wie oft hatte er von diesem Wiedersehen geträumt, von der Wut, die er verspüren würde, von dem heftigen Wunsch, das Mädchen zu packen und zu schütteln ... Oder einfach nur zu berühren. Denn jetzt, da er sie beobachtete, erwachte eine Leidenschaft in ihm, die von Zorn und Sehnsucht gleichermaßen entfacht wurde.

Shawna ... Nein, solche Emotionen würden ihn nicht von seinem Plan abbringen. Sein Entschluß war unerschütterlich, so wie der Felsen, auf dem sein Schloß stand.

Warum kam sie mitten in der Nacht zum See? Und dann sah er, daß sie verfolgt wurde. Zwischen den Druidensteinen sprang eine große Gestalt hervor, in einem Umhang mit Kapuze. Wer, um alles in der Welt ...?

Verdammt wollte er sein, wenn ein anderer Mann über das Mädchen herfiel. Nicht jetzt, nachdem er aus der Hölle zurückgekehrt war, um Rache zu üben. Instinktiv duckte er sich am Wasserrand und wartete.

Welch ein Wahnsinn, dachte sie. Hier war sie die Herrin, kannte jede Menschenseele, die auf den Bergen und in den Tälern lebte. Und trotzdem wurde sie verfolgt.

Shawna mußte träumen, doch es war ein sehr realistischer Traum. Unter den nackten Füßen spürte sie das taufeuchte Gras, ein kühler Wind streichelte ihre Wangen. Und sie hörte ihre beschleunigten Atemzüge und die heftigen Herzschläge.

Nein, es war kein Traum. Sie fühlte, wie der Boden unter den Schritten des Verfolgers erzitterte. In wachsendem Entsetzen rannte sie am Ufer entlang, stolperte über einen Stein, stürzte schreiend ins Gras.

Immer näher kamen die Schritte. Taumelnd sprang sie auf und lief weiter. Sollte sie ins Wasser springen und davonschwimmen? Aber wohin? Der See war eine Meile breit. Vielleicht konnte auch ihr Feind schwimmen, würde ihr folgen und sie in die Tiefe ziehen ...

Als sie ein seltsames Keuchen vernahm, drehte sie sich um und sah ein Schwert in der Hand ihres schattenhaften Peinigers blitzen.

Plötzlich erlosch das silbrige Licht, denn der Mond verbarg sich hinter einer Wolke. Tiefes Dunkel verhüllte die Berge und Täler. In wilder Panik floh Shawna am Ufer entlang.

Jetzt war er so dicht hinter ihr, daß sie ihn beinahe spürte. Jeden Augenblick würde er nach ihr greifen. Der Mond glitt hinter der Wolke hervor, und sie wandte sich zum Wasser. Dort erschien eine andere Gestalt, fast überlebensgroß.

Ein Mensch? Nein, ein Dämon. Er richtete sich auf, riesig und breitschultrig, nackt wie ein griechischer Gott, der den Wellen entstiegen war.

Spielte ihr die Fantasie wieder einen Streich? Aber die Vision verschwand nicht. Und Shawna konnte auf der Uferböschung, die bergab führte, nicht stehenbleiben, dem nackten Mann nicht ausweichen.

Schreiend prallte sie gegen seine Brust, und er umfaßte ihre Schultern. Kraftvolle, rauhe Hände, naß und eiskalt, preßten sie an einen muskulösen Körper.

Wieder schrie sie auf, und bevor sie sich wehren konnte, wurde sie ins feuchte Gras geschleudert. Bestürzt drehte sie sich um. Würde der fremde Mann sie retten — oder verdammen? Wenn sie am Leben bleiben wollte, mußte sie selber kämpfen ...

Aber ihr Kopf war auf einen Stein geschlagen. Halb benommen versuchte sie, sich aufzurichten, aber es gelang ihr nicht.

Wie durch einen Schleier sah sie den nackten Mann nach einem Schwert greifen, das am Wasserrand lag, und die vermummte dunkle Gestalt warf sich auf ihn.

Klirrend stießen die Klingen aneinander und funkelten im Mondlicht. Dann begann sich die Welt zu drehen und versank in undurchdringliche Schwärze.

3

O Gott, würde dieser grausige Alptraum niemals enden? Ihr Kopf schmerzte, und sie schwebte irgendwo zwischen Schlaf und Wachen, kam aber nicht vollends zu sich.

Nun träumte sie wieder, und der Traum wirkte schrecklich realistisch.

Der Douglas-Erbe war aus Amerika nach Schottland gereist. Mit seinen indianischen Freunden umringte er das Bett des Herrschaftsschlafzimmers, in dem Shawna lag. Rothäute mit Federn auf den Köpfen, die Gesichter und halbnackten Körper rot, schwarz und blau bemalt. Und jeder trug eine Waffe, ein Schwert, einen Bogen und einen Köcher mit Pfeilen, ein Messer oder eine Pistole. All diese Waffen richteten sich auf sie.

Einen Indianer sah sie neben dem Schrank lauern, zwei flankierten die Stufen vor der Balkontür, einer kauerte bei der Truhe am Fußende des Betts. Und einer stand im Mondlicht auf den Stufen, mitten im Torbogen. Obwohl er sie erschreckte, erschien er ihr irgendwie vertraut.

Waren sie gekommen, um sie zu töten? Ihr eigener Schrei riß sie endlich aus dem Halbschlaf. Atemlos richtete sie sich im Bett auf, und die furchterregenden Gestalten verschwanden. Am Boden lag ihr Schal, naß und schmutzig. Und das Nachthemd, ebenfalls feucht, klebte an ihrem Körper.

Also hatte sie nicht alles geträumt. Sie war zum See gelaufen, verfolgt von einer vermummten Gestalt, und mit einem Dämon — dem Wasser entstiegen — zusammengeprallt.

Und irgendwie hatte sie in ihr Schlafzimmer zurückgefunden. Ein flüsternder Windstoß lenkte ihren Blick zur Balkontür. Ja, die Indianer waren verschwunden, ins Reich der Fantasie. Aber ein Mann stand immer noch auf den Stufen, eine Silhouette im Mondlicht, wie ein Hochländer gekleidet, mit einem Schwert bewaffnet.

Würde auch er verschwinden? Hoffentlich ... Doch er löste sich nicht in Luft auf. Lautlos wie ein Geist war er in ihr Zimmer eingedrungen. Nun beobachtete er sie, und die unheimliche Bedrohung, die von ihm ausging, war fast greifbar.

Sie brauchte Hilfe. Entschlossen sprang sie aus dem Bett und rannte zur Tür, die in den Flur führte. Zu spät. Der dämonische Hochländer eilte hinter ihr her, packte sie, und sie hörte, wie der Baumwollstoff ihres Nachthemds zerriß.

Mit aller Kraft schüttelte sie ihren Gegner ab und lief weiter. Doch er griff wieder nach ihr, und diesmal landete sie in seinen Armen. Als sie schreien wollte, preßte er eine Hand auf ihren Mund. Verzweifelt wehrte sie sich, ohne Erfolg. Er hob sie hoch, warf sich mit ihr aufs Bett, sein schwerer Körper hielt sie gefangen. So verbissen sie auch Widerstand leistete — es nützte nichts.

Wolken schoben sich vor den Mond, und sie sah nur die dunklen Umrisse eines Kopfs dicht über ihrem Gesicht. Nicht einmal ihren Mund konnte sie von den kraftvollen Fingern befreien, um einen Hilferuf auszustoßen. Muskulöse Beine umspannten ihre Schenkel. Da sie kaum Luft bekam, fürchtete sie, ihre Sinne könnten schwinden.

War sie nur gerettet worden, um der Übermacht eines

neuen Feindes zu erliegen? In der Tat, ein Hochländer, ein Mann aus Fleisch und Blut, nackt unter seinem Kilt.

Heftig wand sie sich umher. Bei jeder Bewegung entblößte das nasse, zerrissene Hemd noch mehr von ihrem Körper. Trotzdem durfte sie den Kampf nicht aufgeben.

»Die Situation gleicht unserer letzten Begegnung, Lady. Aber nur fast. Wenn ich mich recht entsinne, warst du damals so sanft und verführerisch — und bereit, mir alles zu geben. Leider wurde ich auf grausame Weise von deinen Reizen abgelenkt.«

Nein, unmöglich ... Ihr Blut drohte zu gefrieren. Hatte sie nicht neben ihm gelegen und sein verbranntes Fleisch gerochen? Sie war vor dem Flammentod gerettet worden. Aber ihn hatte man erst aus dem Feuer geholt, nachdem er gestorben war. Deshalb konnte er nicht leben. Seine Hand lag nicht mehr auf ihrem Mund. Jetzt saß er rittlings auf ihren Hüften, die Arme vor der Brust verschränkt. Er musterte sie eine Zeitlang, dann nahm er ein Streichholz vom Nachttisch, riß es an der rauhen Wand an und entzündete die Kerze. Sanftes, goldenes Licht erhellte den Raum.

Ganz locker saß der Mann auf Shawnas Schenkeln, und sie hätte sich mühelos befreien können. Doch sie war unfähig, auch nur einen Finger zu rühren. Sie versuchte es erst gar nicht, und sie brachte auch keinen Laut hervor. Fassungslos starrte sie in sein Gesicht. Großer Gott — David Douglas aus dem Grab zurückgekehrt ...

»Habe ich dich erschreckt, Shawna? Dein Herz schlägt so schnell. Hoffentlich verspürst du keine allzu starken Schmerzen, nachdem dein Kopf auf dem Stein aufschlug. In jener Nacht erging es mir viel schlimmer.«

»Aber — du bist tot«, wisperte sie. »Das habe ich gesehen.«

»Dann muß ich ein Geist sein, der aus dem See gestiegen ist, um Rache zu üben.«

»Um Himmels willen, wie bist du hierhergekommen?«

»Manchmal bewirkt der Allmächtige seltsame Wunder.«

»Du bist aus dem Wasser aufgetaucht — nackt. Und jetzt sehe ich dich in meinem Schlafzimmer ...«

»Verzeihung, Lady. Wenn ich dich daran erinnern darf, das ist *mein* Zimmer.«

Wieder einmal kroch der launische Mond hinter den Wolken hervor, warf helles Licht in den Raum, und sie sah Davids Gesicht überdeutlich. Hohe, breite Wangenknochen, tintenschwarze, gewölbte Brauen über grünen Augen, eine schmale, gerade Nase, ein kantiges Kinn, zusammengepreßte volle Lippen. An der bronzebraunen linken Schläfe zog sich eine dünne Narbe zum Augenwinkel. Die attraktiven Züge hatten sich im Lauf der Jahre verhärtet.

Nein, er war kein Geist. Er lebte. Plötzlich stieg heiße Freude in ihr auf, und sie fühlte sich versucht, die Arme um ihn zu schlingen. Aus tiefstem Herzen dankte sie dem Himmel. David Douglas hatte keinen grausamen Tod erlitten.

Doch sie konnte ihm nicht gestehen, wie glücklich sie war, weil sie Haß und kalten Zorn in seinem Blick las. Diesen Mann kannte sie nicht. Ein Fremder starrte sie an.

Offensichtlich glaubte er, sie hätte in jener Nacht seine Ermordung geplant. Und er erklärte ihr nicht, was damals geschehen war. Ohne Fragen zu stellen, verurteilte er sie.

»Wenn du auch kein Geist bist«, flüsterte sie, »du schaust mich genauso grausam an wie ein böser Dämon.«

»Allerdings — ein Dämon, der auf Vergeltung sinnt. Aber wie seltsam! Ehe ich mich an dir rächen kann, mußte ich dich erst einmal vor dem Schwert eines anderen bewahren. Sag doch, Lady, ist es dir seit dem mißglückten Mordversuch an deinem Oberherrn so schlecht ergangen?«

»Keineswegs ...«

»Also gibst du zu, daß du mich umbringen wolltest?«

»Nein!« fauchte sie wütend.

»Sonderbar.« David stand auf. Die Hände hinter dem Rücken verschränkt, wanderte er umher, dann wandte er sich zu ihr. »Dachtest du, ich wäre tot?«

»Ich sah deine Leiche.«

»Nun, das war ein Irrtum. Und nun erzähl mir, warum ich dich vor einem unbekannten Angreifer retten mußte.«

»Oh, der Mann, der mich verfolgte ...«

»Wer war er?«

»Keine Ahnung.«

»Und warum wollte er dich erstechen?«

O Gott, wie sollte sie das wissen? Sie setzte sich auf und kämpfte mit ihren widersprüchlichen Gefühlen. Einerseits war sie überglücklich, ihn lebend wiederzusehen, andererseits fürchtete sie seinen Zorn. Verwirrt hielt sie ihr zerrissenes Nachthemd vor der Brust zusammen.

Weil sie ihm die Antwort schuldig blieb, eilte er zu ihr, ergriff ihre Hand und zerrte sie aus dem Bett. Das Hemd öffnete sich, und Davids Blick fiel auf ihre Brüste. Brennend stieg ihr das Blut in die Wangen.

»Hast du nicht gehört? Warum wollte dich dieser Kerl töten? Was hast du während meiner Abwesenheit getrieben? Wer war er?«

»Das weiß ich nicht.« Ihre Augen verengten sich. »Hättest du ihn doch gefragt!«

»Sicher, das hätte ich gern getan. Aber es ging um mein Leben oder seines. Und so fanden wir keine Zeit für ein längeres Gespräch, bevor er die scharfe Spitze meines Schwertes kennenlernte. Wo stecken eigentlich deine Verwandten? Deine Großonkeln und Vettern? Was führen sie im Schilde? Haben sie vielleicht beschlossen, dich ins Jenseits zu befördern — so wie mich, vor fünf Jahren?«

»Wie kannst du es wagen ...«, begann Shawna erbost, aber er unterbrach sie mit eiskalter Stimme.

»Eigentlich müßte die Frage lauten ... Wie konntest du es wagen, einen Mordversuch an mir zu begehen?«

Wie sollte sie erklären, daß sie keine Antwort wußte, daß sie seit jener Nacht Höllenqualen ausstand? Schmerzhaft gruben sich seine Finger in ihr Handgelenk, und die Knöchel berührten das zarte Fleisch ihrer Brust. Am liebsten hätte sie geschrien, um gegen diese sinnliche Berührung zu protestieren. Doch er schien nichts davon zu merken.

Mühsam rang sie Atem. »Glaub mir, ich habe niemals versucht, dich zu töten.«

Sein Blick schien sie zu verdammen.

»Wirklich nicht, David ...«

»Aber du hast mich in den Stall gelockt. In welcher Absicht? Sprich doch endlich!«

Sie ertrug seine Nähe nicht mehr. Energisch riß sie sich los und trommelte mit beiden Fäusten gegen seine Brust. »Was soll ich dir sagen? Du hast mich ohnehin schon verurteilt.« Plötzlich kehrte sie ihm den Rücken und stürmte zur Tür. Doch ihr Fluchtversuch schlug fehl. Mit zwei Schritten war er bei ihr und umklammerte ihren Oberarm.

»Wäre ich nicht aus dem Wasser gestiegen, hätte dieser Mann dich ermordet. Willst du leugnen, daß hier eine Verschwörung im Gange ist?«

»Wie könnte ich? Offensichtlich gibt es böse Menschen, die sich aneignen möchten, was uns gehört, und nicht einmal vor dem Mord an einer wehrlosen Frau zurückschrecken würden. Laß mich gehen ...«

»Vielleicht stammte dieser Mann aus deiner eigenen Familie.«

»Oder er war dein Helfershelfer.«

»Ich habe gegen ihn gekämpft.«

»Ja, das behauptest du.«

»Und du versicherst mir, deine Familie würde dir niemals schaden?«

Wieder riß sie sich los. Ihre Hand schnellte empor, um in sein Gesicht zu schlagen. Aber seine eisenharten Finger umfaßten gerade noch rechtzeitig ihren Arm.

»Hör auf mit dem Unsinn!« befahl er.

»Nein!«

Da hob er sie hoch und schleuderte sie aufs Bett. Zum zweitenmal saß er rittlings auf ihren Hüften. Wütend starrte sie ihn an, versuchte die Angst zu bezwingen, die dieser grausame Fremde in ihr weckte, und ihre verwirrenden Gefühle. Ihre Schultern waren entblößt, ihre Brüste beinahe. Noch eine Bewegung, und sie würde halb nackt vor ihm liegen. Verzweifelt bemühte sie sich, in dieser grauenvollen Situation einen Rest ihrer Würde zu wahren, nicht an ihre Verletzlichkeit zu denken und nicht die harten Schenkel an ihren Hüften zu spüren.

Und sie wollte auch nicht überlegen, ob er zornig genug war, um sie zu vergewaltigen. Aber was ihr am wichtigsten erschien — sie mußte das Feuer löschen, das seine Nähe in ihr entzündet hatte. Sie durfte sich nicht entsinnen, welche Emotionen er in ihrem Herzen erregen konnte. So wie damals, als er sie zärtlich und leidenschaftlich geküßt hatte ...

»Shawna!«

Keine Zärtlichkeit. Nur gnadenlose Rachsucht.

Widerstrebend begegnete sie seinem Blick. »Kein Mitglied des MacGinnis-Clans würde mir den Tod wünschen, David. Und vergiß nicht — meine Verwandten wohnen innerhalb dieser Schloßmauern.«

»Oh, das weiß ich. Dein Clan hat sich längst hier eingenistet.«

»Weil sich weder dein Vater noch dein Bruder für Castle Rock interessierten! Nur deshalb übernahmen die Mac-

Ginnis die Verantwortung für deine Festung und deine Ländereien, auf Wunsch deines Vaters und mit seinem Segen. Von dieser Residenz aus ist es viel einfacher zu ...«

»Zu regieren?« fiel er ihr spöttisch ins Wort.

»Wenn du nun sagst, du seist überrascht, die MacGinnis hier anzutreffen, dann lügst du. Außerdem regieren wir nicht, wir verwalten nur deinen Besitz.«

»Und um meine Ländereien zu verwalten, habt ihr euch in meinem Schloß häuslich niedergelassen. Zweifellos sind die MacGinnis die Herrscher von Craig Rock.«

»Was du natürlich nicht duldest ...«

»Allerdings nicht. Zuerst werde ich mit dir abrechnen — und dann mit deinem Clan.«

»Was immer du auch denken magst, wir hielten dich für tot und sorgten für deine Ländereien, während deine Familie ein Leben in Amerika vorzog.«

»Hoffentlich habt ihr nicht vergessen, daß dieses Land immer noch den Douglas gehört.«

Wie könnte sie das je vergessen? Niemals hatte sie den Wunsch verspürt, die Douglas-Ländereien in ihren Besitz zu bringen. Und in diesen letzten fünf Jahren war kein Tag vergangen, an dem sie nicht gewünscht hätte, David möge noch leben.

Und nun sah sie ihn wieder, einen unversöhnlichen, rachsüchtigen Fremden.

»Sogar mein Bett hast du dir angeeignet, Shawna«, bemerkte er in erstaunlich sanftem Ton.

»Ich muß nur schreien, und meine Verwandten werden kommen und dich niederschlagen, weil du es gewagt hast, meine Intimsphäre zu verletzen, in meinem Schlafzimmer ...«

»In *meinem* Schlafzimmer, nicht wahr? Glaubst du, deine Onkeln und Vettern sind dreist genug, um mich in meinen eigenen vier Wänden anzugreifen?«

»Immerhin bedrohst du mich. Deshalb würden sie nicht zögern, dich zu töten.«

»Natürlich, sie würden mich zu gern unter die Erde bringen, nachdem der erste Mordversuch mißlungen ist«, erwiderte er trocken. »Dann könntest du endlich mit Fug und Recht in meinem Bett liegen.«

»Wenn du mich losläßt, stehe ich bereitwillig auf und stelle dir das Bett zur Verfügung.«

»Vorerst nicht.«

»Wenn du mich nicht losläßt, schreie ich.«

»Versuch's doch! Ich habe dich hierhergetragen und auf dieses Bett gelegt. Ohne irgend jemanden zu wecken, ging ich durch die Vordertür, stieg die Treppe herauf und betrat das Schlafgemach. Also müßtest du sehr laut und lange schreien, um jemanden wach zu rütteln. Und das würde ich dir nicht gestatten.«

»Dann muß ich eben bis morgen warten. Einer meiner Verwandten wird dich zum Kampf fordern.«

»Das dürfte er wohl kaum überleben.«

Die kalte Entschlossenheit, die in seiner Stimme mitschwang, machte ihr Angst. »Laß mich gehen! Der MacGinnis-Clan wird dir dein Erbe nicht streitig machen, und ich werde noch heute nacht aus diesem Zimmer ausziehen.«

Zögernd fügte sie hinzu: »Mit jenem Mordversuch hatte ich nichts zu tun, David.«

»Willst du das allen Ernstes leugnen?« Fast behutsam strich er über ihre Wange, und seine eindringlichen grünen Augen hielten ihrem Blick stand.

»Ja, ich lockte dich in den Stall, weil wir Zeit brauchten, um deine Räume zu durchsuchen, nach dem Beweis gegen Alistair ...«

»Dazu hättet ihr nach meinem Tod Zeit genug gefunden.« Was immer sie auch sagte, er würde ihr nicht glauben. »Aber du warst nicht tot.«

»Nein.«

»Und nun klagst du mich des versuchten Mordes an, nachdem du die ganze Zeit woanders lebtest und uns im Glauben ließest, du wärst tot. Wie konntest du nur! Dafür solltest du mich um Verzeihung bitten, Laird Douglas, und mir endlich erklären, wo du dich in all den Jahren versteckt hast.«

4

»Wo ich war?« stieß er so wütend hervor, daß sie nur mühsam ein Zittern unterdrückte und ihre Angst beinahe verraten hätte.

»Aye! Wo warst du? Und du müßtest mich um Vergebung bitten ...«

»*Dich*? Nicht einmal, wenn du vor mir im Staub kriechen und meine Füße küssen würdest, könntest du dich hinreichend demütigen, um *meine* Verzeihung zu erbitten.«

»Das werde ich niemals tun. Und ich schwöre dir ...«

»Tatsächlich? Darüber reden wir später. Wo ich war, geht dich nichts an. Obwohl ich am Leben blieb, verbrachte ich diese letzten Jahre in der Hölle — mehr brauchst du nicht zu wissen. Und bei Gott ...«

»Wir leben im neunzehnten Jahrhundert!« fauchte sie. »Wenn du Anklage erheben willst, geh vor Gericht! Wekken wir die Bewohner von Castle Rock, informieren wir sie über deine Rückkehr. Dann kannst du meinem Clan und mir den Prozeß machen.«

»Nein, Lady MacGinnis. Vorerst soll niemand von meiner Heimkehr erfahren. Bald kommt mein Bruder aus Amerika hierher. Als Laird Douglas.«

»Als *Laird* Douglas! Und da beschuldigst du *mich* und die meinen?«

»Wen sonst?«

»Vielleicht wollte dich dein heidnischer Bruder beseitigen.«

Sobald Shawna diese Worte ausgesprochen hatte, bereute sie ihren Leichtsinn, denn David hob drohend eine Hand. Doch er beherrschte sich und schlug sie nicht. »Also verdächtigst du Andrew?«

»Wer würde denn von deinem Tod profitieren?«

»Mylady, du liegst in meinem Bett.«

»Und ich sorge für die Douglas.«

»In Abwesenheit meines Bruders haben die MacGinnis die Macht in diesem Gebiet ergriffen. Wer auch immer wußte, daß die Herzen meines Vaters und meines Bruders für Amerika schlugen, konnte seinen Nutzen aus meinem Tod ziehen. Natürlich durfte man mit dem baldigen Ableben meines alten Vaters rechnen. Nun lebst du mit deiner Verwandtschaft in Castle Rock. Sicher fallen immer mehr Douglas-Rinder in die Hände deines Clans, ganz zu schweigen vom Bergwerk. In den Zeiten der Industrialisierung wird die Kohle immer kostbarer. Dafür würde sich ein Mord lohnen. Wahrscheinlich fließen auch die Pachtgelder in die Schatullen der MacGinnis. Aber das wichtigste Argument — in der Nacht meines vermeintlichen Todes bist du zu mir gekommen.«

Gewiß, auf Gawains Wunsch hatte sie David in den Stall gelockt — aber nur, um Alistair zu helfen. Was dann geschah, hatte sie nicht einmal geahnt. »O Gott, es ist so lange her. An die Einzelheiten erinnere ich mich kaum noch ...«

»Um so besser habe ich mich in all den Stunden meiner Qualen erinnert.«

Sie biß sich in die Lippen. In all den Stunden seiner Qualen ... Wo mochte er gewesen sein, während er für tot gegolten hatte? Warum war er nicht früher zurückgekehrt? Warum hatte er niemandem mitgeteilt, daß er noch lebte? »David, glaub mir, ich wollte dir nichts antun ...«

»Was für eine schlechte Lügnerin du bist!«

»Aber ich sage dir ...«

»Nein, ich werde *dir* etwas sagen.« Er neigte sich zu ihr herab, seine grünen Augen glitzerten im Mondlicht. »Bald werde ich herausfinden, was in jener Nacht geschah — und warum ich dieses grausige Martyrium ertragen mußte.«

Krampfhaft schluckte sie. »Ich wollte dir nichts antun«, wiederholte sie.

»Trotzdem hast du mich in den Stall gelockt.«

»Weil ich mit dir reden mußte.«

»Allzuviel haben wir nicht geredet. Du wolltest mich verführen, um mich in den Tod zu schicken.«

»Niemals hatte ich vor, dich zu verführen.«

»Oh, das war auch nicht nötig, nachdem du mir die Droge verabreicht hattest.«

»Der Wein ...«

»... enthielt ein Betäubungsmittel. Bestreitest du das?«

Bedrückt wich sie seinem Blick aus. »Ich versuchte mit dir zu reden — über Alistair. Und ich wußte nicht ...«

»Du hast genug gewußt und mich ins Verderben gestürzt, Lady Shawna MacGinnis. Und nun wirst du tun, was ich verlange.«

»Was willst du?«

»Alles. Fleisch und Blut und noch viel mehr.« Langsam strichen seine Finger über ihre Wange. »Ich will *dich*. Jetzt werde ich zu Ende bringen, was ich damals begonnen habe. Und es dürfte mir nicht schwerfallen, denn du liegst in meinem Bett ...«

»... das ich nur zu gern verlassen würde.«

»Nicht heute nacht.«

»Aber das ist absurd. Du verstehst das alles nicht ...«

»Nein, *du* scheinst nicht zu verstehen, worum es geht.

Ich wurde einfach liegengelassen als Leiche. Ich kehrte ins Leben zurück, aber in eine Hölle. Dafür müssen die Schuldigen bezahlen. In dieser Nacht beginnt mein Rachefeldzug, und du kommst zuerst dran. Was die anderen getan haben, wird sich noch erweisen. Aber an deinem Verbrechen besteht kein Zweifel.«

»Verdammt, ich habe nicht ...«

»Doch.«

»Ich weiß nicht, was geschehen ist — warum du noch lebst ...«

»Bald werden wir die ganze Wahrheit kennen, Shawna. Und heute nacht mußt du einen Teil deiner Schuld bezahlen.«

Was hatte er vor? Würde er ihr den Hals umdrehen? Ihr Atem stockte, als sie das Licht- und Schattenspiel des Mondes sah, das seine Augen widerspiegelten. In diesem Blick entdeckte sie nicht die tiefdunkle Wärme eines grünen Waldes, sondern den harten Glanz von Smaragden.

Plötzlich empfand sie eine seltsame Sehnsucht. Er war ein Fremder, aber ein vertrauter Fremder, obwohl sie sich fünf Jahre lang nicht gesehen hatten. So wie in jener Nacht spürte sie die unwiderstehliche Macht seiner Nähe.

Doch die zärtlichen Gefühle, die sie zu jener Zeit in ihm geweckt hatte, waren erloschen. Seine Berührung wirkte kalt wie Eis und vermochte trotzdem ein drängendes Fieber zu schüren, geboren aus Furcht und Zorn und — ungeduldiger Erwartung.

O nein, ich bin die Tochter eines Volkes, das stets für alles gekämpft hat, ermahnte sie sich. Und viele meiner Ahnen starben für ihre Rechte, ihren Stolz, ihren Glauben ... Was immer David erstrebte, Mord oder Rache, sie würde kämpfen, ihre ganze Kraft aufbieten. »Für etwas, das ich nicht getan habe, werde ich nicht zahlen«, flüsterte sie. »Und du darfst nichts von mir verlangen ...«

Er legte einen Finger auf ihre Lippen. »Was hier geschieht, bestimme ich. Es wird dir nichts nützen, deine Unschuld zu beteuern. Vielleicht hast du mich nicht niedergeschlagen. Aber du warst der Köder.«

»Wirklich, ich weiß nicht ...«

»Jemand versuchte mich zu töten.«

»Möglicherweise war es höhere Gewalt, die das Feuer entfachte ...«

»Und mir jenen Nackenschlag versetzte?«

»Vermutlich fiel ein Balken herab.«

»Unsinn!«

»Jedenfalls weiß ich nichts von einem Mordversuch, das schwöre ich dir.«

»Würdest du's beweisen?«

»Was meinst du?«

»Verschweige den anderen, daß ich zurückgekehrt bin — und hilf mir, die Wahrheit herauszufinden.«

»Wie?«

»Halt einfach nur Augen und Ohren offen.«

»Und wenn ich dir nicht helfe?»

Er beugte sich wieder herab, und sie fühlte die Anspannung, die seinen ganzen Körper erfaßte, eine sonderbare, wachsende Hitze. Jeden Augenblick konnte dieses Feuer explodieren. Hätte er sie nicht festgehalten, wäre sie vor dieser beklemmenden Macht geflohen. »Wenn du mir nicht hilfst und Stillschweigen bewahrst, wirst du's bitter bereuen. Außerdem hast du etwas vergessen, Shawna.«

»Was?«

»Offensichtlich schwebst du in Gefahr. Am Ufer des Sees liegt die Leiche des Mannes, der dich töten wollte. Deshalb warne ich dich noch einmal. Du mußt schweigen.«

»Und was hast du vor? Wirst du mich töten oder vergewaltigen?«

Sein Gesicht war ihrem so nahe, daß sie seinen warmen Atem spürte. Spöttisch hob er die Brauen. Seine Finger glitten über ihre Lippen, ihren Hals, ihre Brüste, und sie rang verwirrt nach Luft. »Wollte ich dich vergewaltigen, hätte ich's längst getan. Und ich glaube, ich müßte keine Gewalt anwenden. *Du* warst es, die mich damals zu verführen suchte.«

Plötzlich stand er auf, blies die Kerze aus und verschwand. Einfach so. Shawna sprang aus dem Bett. Fühlte sie sich erleichtert — oder enttäuscht? Er hatte sie bedroht, dann war er gegangen.

Begehrte er sie nicht mehr so wie damals — so wie sie ihn begehrt hatte?

Jetzt war er ein Geist, dem Grab entstiegen, das sie nach seiner Überzeugung für ihn geschaufelt hatte.

»O Gott!« wisperte sie, rannte zum Torbogen und spähte in die Nacht hinaus. Aber David war nirgendwo zu sehen. Sie drückte auf den Hebel, der die Tür zum Geheimgang öffnete, und schaute ins schmale, dunkle Treppenhaus. Hatte er das Zimmer auf diesem Weg verlassen? Oder über den Balkon? Sie eilte in den Flur, beugte sich über die Balustrade und blickte in die große Halle hinab. Dort unten rührte sich nichts.

Nach einer Weile kehrte sie ins Schlafgemach zurück und wanderte rastlos umher. Der Laird war von den Toten auferstanden — unmöglich ... Fröstelnd schlüpfte sie aus ihrem feuchten, zerrissenen Hemd. Dieses Beweisstück mußte sie verschwinden lassen — wenn sie Davids Wunsch erfüllen und die Ereignisse dieser Nacht geheimhalten wollte.

Wo hatte er die letzten fünf Jahre verbracht? Und warum war er gerade rechtzeitig aus dem See aufgetaucht, um sie vor ihrem unbekannten Verfolger zu retten? Oder hatte sie die letzten Stunden nur geträumt?

Nein, der nasse Fetzen bewies das Gegenteil. Stöhnend knüllte sie ihn zusammen und beschloß, ihn zu verstecken, bis sie entschieden hatte, was sie tun würde. Sie schaute sich um, dann schob sie ihn unters Bett und zog ein frisches Hemd an.

Wenn sie ihren Verwandten erzählte, David sei am Leben, würden sie ihr nicht glauben und sie für verrückt halten.

Allmählich zweifelte sie selbst an ihrem Verstand. Falls sie irgendwann einschlafen wollte, mußte sie ihre Nerven mit einem Schluck Brandy beruhigen. Auf Zehenspitzen schlich sie ins Kontor und holte die Flasche. Wieder in ihrem Schlafzimmer, schürte sie das Kaminfeuer und füllte ein Glas, das sie in einem Zug leerte. Nachdenklich sank sie in einen Sessel und betrachtete die Flammen.

Hatte David jene schreckliche Nacht tatsächlich überlebt? Wie konnte sie sicher sein, nachdem er spurlos verschwunden war? Morgen würde es keinen Zweifel mehr geben. Man würde die Leiche am See finden.

Und dann? Sollte sie den Eindruck erwecken, sie wüßte nichts? David würde beobachten, wie sie sich verhielt.

Glaubte er wirklich, sie wäre an dem Mordversuch beteiligt gewesen? Nein, niemand wollte ihn töten, redete sie sich ein. Ein Balken fiel herab. Und nach dem Brand fand man einen Körper bis zur Unkenntlichkeit verkohlt, eine Leiche, die man für David hielt.

Sie schenkte sich noch einen Brandy ein. Wenigstens fror sie nicht mehr. Der Alkohol erwärmte ihr Blut. Aber am nächsten Morgen, wenn sie einen klaren Kopf brauchte, würde sie mit schmerzenden Schläfen erwachen.

Morgen. An dem bedrohlichen Tag, an dem David seinen Rachefeldzug beginnen würde ...

5

Heller Sonnenschein fiel ins Zimmer und weckte sie. Schnell richtete sie sich auf. War alles nur ein Traum gewesen? Hastig stieg sie aus dem Bett und spähte darunter. Nein — dort lag das zerknüllte, zerrissene Hemd.

»Shawna?« Vor der Tür erklang die Stimme ihrer Zofe, Mary Jane Campbell. »Alles in Ordnung?«

Gar nichts war in Ordnung. Von einem heftigen Schwindelgefühl erfaßt, strich sie über ihre Schläfen, die schmerzhaft pochten. Dann ließ sie die Zofe eintreten, die sie seit ihrer Kindheit kannte. »O Mary Jane, ich fühle mich so elend. Was für eine grauenvolle Nacht ...«

»Ja, dieser sonderbare Mond!« Die Zofe öffnete den Schrank und nahm Unterwäsche für ihre Herrin heraus. Freundlich lächelte sie ihr zu, ein hübsches, schlankes Mädchen mit hellgrünen Augen und braunem Haar. »Ständig verschwand er hinter den Wolken, kam wieder hervor und raubte mir den Schlaf.«

»Hast du — irgend etwas Ungewöhnliches gesehen oder gehört?«

Mary Jane schüttelte den Kopf. »In solchen Nächten ziehe ich die Decke über den Kopf. Was könnte ich da sehen und hören?«

»Natürlich gar nichts ... Mary Jane, würdest du den Bergarbeitern ausrichten, sie sollen sich den Vormittag frei nehmen?«

»Aber sie erhalten doch einen Stundenlohn. Darauf sind sie angewiesen.«

»Und sie werden ihr Geld auch heute morgen bekommen, obwohl sie *nicht* arbeiten.«

»Hoffentlich ist dein Großonkel damit einverstanden, Shawna.«

»Während der letzten Tage haben wir viel Zeit verloren, weil wir dauernd erörtern, ob im neuen Schacht gearbeitet werden soll oder nicht. Heute vormittag werden sich die Männer erst mal entspannen und mit ihren Frauen und Kindern Tee trinken.«

»Das ist sehr großzügig von dir.«

»Oh, ich wünschte, ich wäre wirklich großzügig. Aber ich habe verschlafen. Eigentlich wollte ich viel früher aufstehen, die nötigen Maßnahmen treffen und mich selber um Tee und Gebäck, doch ... Nun, du weißt es ohnehin. Dieser verdammte Mond! Jetzt werde ich mit dem Reverend sprechen. In zwei Stunden findet ein Gottesdienst beim Bergwerk statt.«

»Darf ich ganz offen reden, Shawna?«

»Das tust du doch immer. Warum bittest du mich plötzlich um Erlaubnis?«

»Also gut. Dein Großonkel wird sich schrecklich über die vergeudete Zeit ärgern.«

»Zum Teufel mit Onkel Gawain!«

Mary Jane lächelte. »Nun, dann will ich hoffen, daß er die Botin nicht erschießt.«

»Sicher wird er seinen Zorn an *mir* auslassen. Wenn ich Glück habe, kann ich das Schloß unbemerkt verlassen, ehe er mich zurückhält und meine Pläne womöglich durchkreuzt. Bitte, lauf jetzt los — und beeil dich! Wahrscheinlich sind die meisten Männer schon zur Arbeit gegangen. Einen Augenblick noch, Mary Jane ...«

»Aye?«

»Gibt's irgendwelche Neuigkeiten? Hat jemand Geister oder Leichen gesehen?«

»Geister oder Leichen?« wiederholte das Mädchen verblüfft. »Nicht, daß ich wüßte.«

»Wird jemand vermißt?«

»Nein. Warum stellst du mir so sonderbare Fragen, Shawna? Was ist denn los mit dir?«

»Ich — ich mache mir eben Sorgen wegen der Bergmänner.«

»Glaubst du, daß es in diesem Schacht spukt?«

»Natürlich nicht. Ich suche nur nach logischen Erklärungen für die gespenstischen Geräusche.«

»Soviel ich weiß, ist niemand da hinuntergefallen, der an die Wände klopfen könnte.« Lachend rannte die Zofe aus dem Zimmer, und Shawna trat auf den Balkon.

Hell schimmerten die Druidensteine im Sonnenschein. Unzählige Blumen blühten auf den smaragdgrünen Wiesen, wo die Rinder weideten. Rings um den See erhoben sich die Klippen wie stumme Wächter. Nie war ihr die Landschaft friedlicher erschienen, und sie vermochte kaum zu glauben, was sich letzte Nacht ereignet hatte.

Aber sie wußte, daß David sich irgendwo da draußen herumtrieb. Sie eilte ins Zimmer zurück, zum Waschtisch, und zog ihr Nachthemd aus. Schaudernd spritzte sie kaltes Wasser in ihr Gesicht.

Nein, sie hatte sich nichts eingebildet. An ihrer Haut haftete immer noch sein maskuliner Geruch. Sie ergriff den Krug und goß Wasser über ihren Kopf. Um Himmels willen, was sollte sie tun? Was konnte sie tun? David war verschwunden, am Ufer des Sees lag keine Leiche. Wenn sie doch wüßte, was in jener Nacht vor fünf Jahren geschehen war ...

In diesem Augenblick beschloß sie, dem Laird zu helfen und die Wahrheit herauszufinden.

Um halb elf stand sie mit Reverend Massey am Eingang des Hauptschachts, der in einen der Felsen am See führte. Die Bergarbeiter und ihre Familien hatten sich versammelt. Unsicher senkten die Frauen die Köpfe, und die Männer hielten ihre Mützen in den Händen.

»Werden Sie's schaffen, Shawna?« fragte der Priester besorgt.

Sie lächelte wehmütig. Würde sie den Leuten einreden können, daß es in diesem Schacht nicht spukte, während sie mit einem Geist kämpfte? »Das weiß ich nicht, Reverend. Aber ich glaube, es wird die Arbeiter beruhigen, wenn Sie den Schacht segnen.«

»Aye«, erwiderte er skeptisch.

Etwa sechzig Leute warteten auf den Beginn des Gottesdienstes. An Shawnas Seite standen Gawain, Alaric und Alistair, der ihr grinsend zuzwinkerte.

»Bitte, fangen Sie an, Reverend!« drängte sie. Allmählich wurde die Menge unruhig.

»Ahem!« räusperte er sich und hob die Hände zum Himmel empor. »Lasset uns beten, meine Lieben!« rief er und sank langsam auf die Knie.

Alle folgten seinem Beispiel. Bevor Shawna die Augen schloß, um zu beten, sah sie ihren Großonkel Lowell und Vetter Aidan hinter den Bergmännern niederknien. Beide lächelten ihr ermutigend zu.

Da sie im Castle MacGinnis wohnten, begegnete sie ihnen nur selten. Nun wünschte sie, auch sie wäre dort geblieben. Aber der alte Laird Douglas hatte Shawna gebeten, ins Castle Rock zu übersiedeln, denn von hier aus konnte sie die Ländereien besser verwalten. Gawain und seine beiden Söhne, Alistair und Alaric, waren ihr in die große Festung gefolgt.

Wie hätte sie damals ahnen können, daß ihr eines Tages auch ein Geist folgen würde?

»Herr im Himmel«, deklamierte Reverend Massey, »wir bitten dich, deine Kinder zu segnen, die hier auf Erden arbeiten, und auch das Bergwerk. In diesen Schächten verdienen sie ihren Lebensunterhalt. O himmlischer Vater, erhöre unser Gebet und sei uns gnädig! Steh allen Männern und Frauen und Kindern bei, bewahre sie vor Gefahren, gib ihnen ihr täglich Brot ...«

Shawna hörte nur mit halbem Ohr zu, öffnete die Augen und begegnete Alistairs Blick. Als er belustigt grinste, runzelte sie warnend die Stirn, und er senkte den Kopf.

Endlich verstummte das Gebet. Mark Menzies ging zu Shawna, um sich für ihre Mühe zu bedanken. »Nun werden die Leute mit Feuereifer ans Werk gehen. Der göttliche Segen hat sie eines Besseren belehrt.« Seufzend fügte er hinzu: »Aber ich wüßte zu gern, was diese Geräusche verursacht.«

»Haben Sie selber was gehört, Mark?«

Er wollte antworten, aber er schwieg, weil Gawain zu ihnen kam.

»Guten Morgen, MacGinnis«, grüßte Mark höflich. »Ich habe der Lady nur für den Gottesdienst gedankt.«

»Hoffentlich hat's was genützt.«

»Ganz bestimmt. Vor allem, weil meine großzügige Herrin den Leuten ein paar freie Stunden schenkt.«

»Aye, auch ich bewundere das weiche Herz meiner Nichte.« Gawains grimmiges Lächeln gab ihr deutlich zu verstehen, daß es ihre Pflicht gewesen wäre, solche Maßnahmen mit ihm zu besprechen.

»Möchten Sie eine Tasse Tee trinken, Mylady Shawna?«

Sie wandte sich zu der hübschen jungen Gena Anderson, deren Vater im Bergwerk arbeitete, und nahm eine dampfende Tasse entgegen. Zur Feier des Tages hatten die Frauen Biskuits gebacken, und Shawna nahm ein kleines Stück, das ihr angeboten wurde.

Während sie an ihrem Tee nippte, schlang sich ein Arm um ihre Taille, und sie zuckte verwirrt zusammen.

»Warum bist du denn so nervös, teure Kusine?« fragte Alistair grinsend. »Genieße doch die Rolle der edlen, großmütigen Schloßherrin!«

»Darüber solltest du nicht spotten. Wir sind für diese Menschen verantwortlich, und wir müssen uns um sie kümmern.«

Plötzlich entdeckte sie eines der kleinen Kinder, die in den schmalsten Korridoren der Schächte arbeiteten. Sie wußte, wie die Kinder in den großen Städten Glasgow,

London und sogar in New York ausgebeutet wurden, und es tat ihr in der Seele weh, wenn sie die Kleinen in die gefährlichen Stollen hinabsteigen sah. Erbittert hatte sie mit Großonkel Gawain diskutiert und durchgesetzt, daß sich die Kinder pro Tag nur ein paar Stunden abrackern mußten.

Der kleine Bursche, den sie nun beobachtete, war einer ihrer Lieblinge. Obwohl er aus der Familie Anderson in Craig Rock stammte, floß offensichtlich auch MacGinnis-Blut in seinen Adern, denn er besaß das verräterische rabenschwarze Haar, die typischen hochgeschwungenen Brauen und die blauen Augen. Sie warf Alistair einen scharfen Blick zu. Einem Gerücht zufolge hatte er die bildhübsche Gena Anderson verführt. »Ich glaube, auch du kümmerst dich rührend um gewisse Leute, lieber Vetter.«

Lachend schüttelte Alistair den Kopf. »O ja, ich sehe dir an, was du denkst. Aber du irrst dich.«

»Mylady!« rief Mark Menzies. »Würden Sie bitte kommen? Reverend Massey möchte ein besonderes Gebet für den linken Schacht sprechen.«

»Natürlich«, stimmte sie zu.

Nun tauchte Alaric, Alistairs älterer Bruder, an ihrer Seite auf. «Menzies, Shawna dürfte die Mine nicht betreten.«

»Doch!« erklärte sie energisch und drückte Alarics Hand. »Wenn ich Angst hätte, dort hineinzugehen, dürfte ich's von unseren Leuten auch nicht verlangen.«

»Es gibt gewisse Unterschiede«, erwiderte er. Fast zehn Jahre älter als Shawna, versuchte er ihr den geliebten, vor einigen Jahren verstorbenen Vater zu ersetzen. Die Mutter hatte sie schon als kleines Kind verloren. »Du bist Lady MacGinnis, und die Männer sind Bergarbeiter. Im Gegensatz zu dir kennen sie die Mine, kleine Kusine.«

»Eben weil ich Lady MacGinnis bin, muß ich dort hinuntergehen.« Ehe er sie zurückhalten konnte, schlüpfte sie an ihm vorbei und eilte in den Schacht.

Schale, stickige Luft wehte ihr entgegen. Trotz des Laternenlichts konnte sie zwischen den dunklen, mit Kohlenstaub bedeckten Wänden kaum etwas sehen. Mark Menzies und ein paar Bergleute folgten ihr. Auch Alistair begleitete sie. Ihr Lieblingsvetter fürchtete weder Tod noch Teufel.

Wie gern hätte sie ihm anvertraut, David sei zurückgekehrt, um sich für die Katastrophe zu rächen, die Alistair verursacht hatte ... Aber das wagte sie nicht. Wenn der Laird herausfände, daß sie ihr Schweigen gebrochen hatte, würde ihr Vetter ebenso bitter dafür büßen wie sie selbst.

Jetzt betete der Reverend hastig und atemlos. Offenbar wollte er den Schacht so schnell wie möglich wieder verlassen. »Amen!« hörte Shawna ihn rufen, dann flüchtete er ins Freie.

Sie spürte Alistairs Hand auf ihrem Rücken. »Gehen wir?«

Zögernd wandte sie sich zu ihm. Dies war vermutlich der einzige Ort, wo sie unter vier Augen sprechen konnten. »Wenn der nette kleine Anderson dein Sohn ist, mußt du die Verantwortung für ihn übernehmen.«

»Aber ich versichere dir, du irrst dich. Frag doch meinen noblen Vetter Aidan oder meinen guten Bruder! Außerdem – halb Craig Rock ist mit Hochländern bevölkert, die blaue MacGinnis-Augen und schwarze Haare haben. Und die andere Hälfte erkennt man an den grünen Douglas-Augen und den kastanienbraunen Haaren ...«

Als er diesen Namen erwähnte, senkte sie bedrückt den Kopf, und sein Lächeln erlosch. »Verzeih nir, Shawna, ich weiß, ich sollte dich nicht an David erinnern. Ich schwöre dir, ich werde immer dankbar sein – für alles, was du mir zuliebe getan hast. Seit jener Nacht bemühe ich mich, die Tragödie wiedergutzumachen, wenigstens einigermaßen. Ich führe die Bücher so gewissenhaft wie nur möglich. Wenn Andrew Douglas nach Schottland kommt, wird er keinen Grund zur Klage finden. Und ich begleite die Männer oft genug in die Minen, um nach dem Rechten zu sehen.«

»Ja, Alistair, und das rechne ich dir auch hoch an. Seit damals hast du dir nichts mehr zuschulden kommen lassen. Du warst immer ehrlich.«

»Weil ich Buße tun will. Für das Unglück, das David widerfahren ist. Eigentlich hatte ich keine Angst vor der Strafe, die er mir zudachte. Am liebsten hätte ich selbst mit ihm gesprochen, denn er war mein Freund.«

»Warum hast du's nicht getan?« fragte Shawna verwirrt.

»Vater hat's mir verboten. Wegen der MacGinnis-Ehre. Du kennst ihn ja.«

»O Gott, Alistair, wenn ich nur wüßte, was wirklich passiert ist!«

»Es ist wohl besser, wenn wir die Vergangenheit begraben.«

Plötzlich erschauerte sie. »Komm, Alistair, gehen wir.«

Mit schnellen Schritten verließen sie den Schacht. Am Eingang standen Gawain, Lowell, Aidan und Alaric. Inzwischen waren die Frauen in ihre Häuser zurückgekehrt, und die Männer bereiteten sich auf ihr Tagewerk vor.

»Shawna!« rief Gawain in strengem Ton. »Wir halten eine Besprechung in der großen Halle von Castle Rock ab. Sofort!«

»Aye, Onkel«, erwiderte sie, fest entschlossen, ihre Stellung zu behaupten. Nie wieder würde sie sich seinem Willen beugen, so wie damals in jener verhängnisvollen Nacht. »Wir werden eine Besprechung abhalten. Aber wie du siehst, bin ich mit Kohlenstaub beschmiert. Ich möchte erst einmal ein Bad nehmen und mich um einige

Angelegenheiten kümmern. Am frühen Abend treffen wir uns in der Halle.«

Ohne eine Antwort abzuwarten, eilte sie zu ihrem Pferd, schwang sich in den Sattel und ritt zum Schloß zurück.

6

Gegen Abend trafen sie sich in der großen Halle. Gawain nahm an einem Ende des langen Tisches Platz, Lowell am anderen. An einer Seite saßen Alistair und Alaric, gegenüber von Aidan und dem Stuhl, der für Shawna bestimmt war. Was für eindrucksvolle Männer, dachte sie, während sie die Treppe hinabstieg. Groß und kräftig — und sehr attraktiv mit ihren schwarzen Haaren und blauen Augen ...

Wie der Wind galoppierten sie über die Berge, und sie konnten beinahe so schnell laufen wie reiten. Ihre Freiheit bedeutete ihnen alles. Einer Autorität beugten sie sich nur so lange, bis sie die unliebsame Macht in die Flucht schlugen. Oft genug hatten Eroberer darauf verzichtet, das Hochland und seine kampflustigen Bewohner zu unterwerfen, denn der Preis wäre zu hoch gewesen.

Die MacGinnis waren stolz, auf ihren Clan, ihr Land und auf ihre Lady, die sie bis zum letzten Atemzug beschützen würden. Trotzdem hält sich Gawain für meinen Herrn und Meister, dachte Shawna ironisch. Immerhin meinten sie es alle gut mit ihr, und sie liebte ihre Verwandten.

Höflich standen sie auf, als sie zum Tisch ging. Die Speisen waren bereits serviert worden. Offenbar hatte Gawain dem Butler Myer und der Haushälterin Anne-

Marie erklärt, die Familie dürfe während des Essens nicht gestört werden. Nun soll wohl schmutzige Wäsche gewaschen werden, überlegte Shawna und lächelte Aidan an, der ihr den Stuhl zurechtrückte.

»Du hast dich verspätet«, tadelte Gawain, nachdem sie sich wieder gesetzt hatten.

»Tut mir leid. Aber ich glaube, ich habe keinen bestimmten Zeitpunkt mit euch vereinbart.«

Drohend hob er einen Finger. »Vergißt du, daß ich dein Großonkel bin? Der Onkel deines Vaters, der dich in meine Obhut gab. Deshalb schuldest du mir einen gewissen Respekt.«

»Respektierst du mich denn?«

Aidan räusperte sich. »Vielleicht sollten wir diesen familiären Machtkampf auf ein andermal verschieben. Wir alle gehören dem Clan MacGinnis an und achten einander.«

»Ja, Aidan hat recht.« Lowell warf seinem Bruder und seiner Großnichte einen strengen Blick zu. »Eigentlich dachte ich, wir hätten uns hier versammelt, um unsere Vorbereitungen für Laird Douglas' Ankunft zu treffen.«

»Heute hat Shawna Maßnahmen ergriffen, ohne uns um Rat zu fragen«, betonte Gawain, immer noch ungehalten.

»Ich sah dich vor dem Gottesdienst nicht«, verteidigte sie sich. »Und du wußtest, daß ich Mark gestern abend versprochen habe, den Reverend um seinen Segen zu bitten.«

»Aber du hättest mich über den Plan informieren müssen, den Männern frei zu geben. Ich fühlte mich wie ein Narr.«

»Leider habe ich verschlafen. Und so fand ich keine Zeit mehr, mit dir zu reden.«

»In Zukunft wirst du mir alle deine Entschlüsse mitteilen.«

»Glaub mir, ich wollte dich nicht verärgern«, antwortete sie ausweichend.

»Bedenk, daß wir eine Familie sind, Shawna«, mahnte Lowell. »Wir müssen stets zusammenhalten. Aber nun sollten wir zum Thema kommen. Es war ein sehr langer Tag, und ich möchte so bald wie möglich schlafen gehen. Wie bereiten wir uns auf Andrew Douglas' Ankunft vor?«

»Was gibt's für ihn vorzubereiten, Onkel?« fragte Shawna. »Er ist der Laird, und er wird seinen Landbesitz inspizieren.«

»Aber dieser Amerikaner gehört nicht hierher!« stieß er so heftig hervor, daß sie ihren sonst so sanftmütigen jüngeren Großonkel verwundert anstarrte.

»Immerhin ist er der Douglas-Erbe. Vielleicht will er diesen Grund und Boden für seine Kinder erhalten.«

»Wir könnten ihm die Ländereien abkaufen«, schlug Alaric vor.

»Eine gute Idee«, murmelte Aidan. »In all den Jahren hat Andrew kein Interesse am Hochland gezeigt und nie verhehlt, daß sein wahres Zuhause in Amerika ist — beim Sioux-Volk seiner Mutter.«

»Gewiß, er gehört nicht hierher«, bestätigte Gawain. »Lowell hat recht. Und es ist tatsächlich eine ausgezeichnete Idee, das Land zu kaufen.« Mit schmalen Augen musterte er Shawna, als trüge sie die Schuld an allen Problemen. »Dieses verfluchte Erstgeburtsrecht! Mit dem Feudalismus führten die Normannen ein großartiges Gesetz in England ein. Einzig und allein die Söhne erben. Und wenn nur Töchter geboren sind, fällt der Besitz an die nächsten männlichen Verwandten.«

»Nach Davids Tod war Andrew sein nächster männlicher Verwandter«, erinnerte Aidan seinen Onkel, der Shawna immer noch anstarrte.

»Oh, diese moderne Welt, in der die Frauen genauso

erbberechtigt sind wie die Männer, wird uns alle dem Untergang weihen!« seufzte Gawain.

»Wir haben uns immer von den Engländern unterschieden«, warf Shawna ein. »Obwohl Schottland 1707 mit England zum Königreich Großbritannien vereinigt wurde, bewahrten wir stets unsere eigene Lebensart. Wilhelm der Eroberer drang nie ins Hochland vor. Sogar die schottischen Tiefländer halten uns für ein anderes Volk. Und in der Vergangenheit waren viele Frauen die Oberhäupter bedeutsamer Hochlandfamilien.«

Verächtlich runzelte Gawain die Stirn. »Dem Himmel sei Dank, daß wir dir zur Seite stehen, Mädchen.«

»Natürlich, und ich liebe euch alle, Onkel.«

»Oder brauchst du deine männlichen Verwandten nicht?«

»Das habe ich nie behauptet.«

»Trotzdem bekämpfst du mich unentwegt. Und manchmal scheinst du zu vergessen, aus welchem Clan du stammst.«

Neue Schuldgefühle stiegen in ihr auf. Vergaß sie nicht in diesem Augenblick, wer sie war? David Douglas lebte, und das verschwieg sie ihren engsten Angehörigen. Aber — jemand hatte sie verfolgt und zu töten versucht. Sicher keiner ihrer Vettern und Onkeln ... Trotzdem konnte sie nicht über den Laird sprechen. Noch nicht.

»Eigentlich ist es unsinnig, über die Rechte von Männern und Frauen zu streiten«, meinte Alistair, »da doch Königin Victoria auf dem Thron sitzt und der arme Albert nur ein Prinz ist.« Obwohl sein Vater ihm einen vernichtenden Blick zuwarf, fuhr er unbeirrt fort: »Und wie lange Königin Bess regiert hat!«

»Außerdem hatten wir hier unsere gute Königin Mary, die ihr Volk beinahe ins Verderben gestürzt hätte«, fügte Aidan trocken hinzu.

»Aber die schottische Königin Mary gebar immerhin

den künftigen König James I. von England, dessen Blut bis zum heutigen Tag in den Adern der königlichen Hoheiten fließt«, bemerkte Shawna. »Und ihr Leben wäre sicher etwas leichter gewesen, hätten nicht so viele Männer hinter ihrem Rücken gegen sie intrigiert.«

Ihr Versuch, die angespannte Atmosphäre mit einem Scherz zu lockern, schlug fehl. Gawain starrte abweisend in ihre Richtung. Von Anfang an hatte sie gewußt, wie sehr es ihn ärgerte, daß sie den MacGinnis-Titel trug. Steckte mehr als Ärger dahinter? Vielleicht ein abgrundtiefer Haß, der ihn sogar zu einem Mord treiben mochte?

Wenn sie starb, würde Gawain als ältester überlebender Bruder ihres Großvaters den Titel erben, dann Alaric und schließlich Alistair. Falls keiner der beiden Kinder zeugte, kämen Lowell und dann Aidan an die Reihe.

Um Himmels willen, was denke ich, ermahnte sie sich. Aber letzte Nacht war ihr ein Mann gefolgt, mit gezücktem Schwert, in mörderischer Absicht. David hatte ihr das Leben gerettet — und dann die Leiche ihres Feindes beseitigt. Jedenfalls war der Tote verschwunden.

»Kommen wir wieder zur Sache«, seufzte Gawain. »Wir sollten die Douglas-Ländereien tatsächlich kaufen. Aidan, du mußt unsere finanzielle Situation überprüfen und feststellen, welche Summe wir Andrew bieten können. Vielleicht braucht er Geld, um seine heidnische Familie zu bewaffnen. Dann hätten wir eine Chance. Und du, Alistair, überleg dir, wie wir ihm klarmachen können, daß er gut daran täte, seine Ländereien und alle damit verbundenen Probleme uns zu überlassen. Möglicherweise müssen wir einen Teil unseres Grundbesitzes verkaufen, um den erforderlichen Betrag zusammenzubringen. Darum wirst du dich kümmern, Alaric.«

»Aye, Vater«, stimmte Alaric zu.

»Wenigstens werden wir ihm die Ländereien abkaufen«, murmelte Shawna, »statt ihn zu ermorden.«

Drückendes Schweigen folgte diesen Worten.

Dann mahnte Gawain: »Hüte deine Zunge, Mädchen!«

»Und welche Aufgabe weist du mir in deinem grandiosen Plan zu?« fragte sie spöttisch.

»Du wirst den Laird freundlich empfangen und dich als gute Gastgeberin erweisen.«

»Oh, welche Ehre!« fauchte sie. »Aber in geschäftlichen Dingen habe ich nichts zu sagen, oder?«

Beruhigend griff Aidan nach ihrer Hand. »Hältst du nichts von unserer Absicht, die Douglas-Ländereien zu kaufen?«

»Nun ja, ich ...«

»Dieses Land ist unser Leben. Und wie du weißt, zieht Andrew die Ranch seines Vaters in Amerika vor.«

»Das stimmt.« Nach einigem Zögern fuhr sie fort: »Also gut, versuchen wir die Ländereien zu kaufen.«

»Dann wäre alles geklärt«, seufzte Gawain zufrieden. »Gib mir die Platte mit dem Schmorbraten, Shawna.«

Verärgert über seinen gebieterischen Ton, war sie versucht, ihm den Gehorsam zu verweigern. Doch sie besann sich eines Besseren. Während ihre Verwandten herzhaft zugriffen, stocherte sie lustlos auf ihrem Teller herum. Dafür trank sie um so mehr Wein.

Aidan musterte sie besorgt. »Geht es dir nicht gut? Du bist so blaß.«

»Wenn ihr mich entschuldigen würdet ...« Sie stand auf. »Letzte Nacht habe ich schlecht geschlafen.«

»Bist du krank?« fragte Gawain.

»O nein, nur müde.«

Alistair erhob die Brauen und musterte sie forschend. Vor ihm mußte sie sich in acht nehmen, denn er kannte sie am besten. Sie floh in ihr Zimmer, wo ein helles Feuer im Kamin loderte.

Auf der Steppdecke ihres Betts lag ein frisches Nachthemd. Sanftes Mondlicht schien durch die offene Balkontür herein. Im Winter hing ein schwerer Teppich vor diesem Torbogen, um die Kälte abzuhalten. Ansonsten mußte man ihn nicht verschließen, da auf diesem Weg keine Feinde eindringen konnten — es sei denn, sie kletterten die senkrechten Festungsmauern herauf. Von außen war der Balkon nur über die Geheimtreppe zu erreichen, und die kannte normalerweise niemand außer dem Douglas-Erben.

Aber David hatte ihr vor Jahren davon erzählt, als ihr Vater gestorben und sie so verzweifelt gewesen war. Nach der Bestattung in der Gruft von Castle MacGinnis saß er bei ihr und versuchte sie mit Geschichten aus alter Zeit von ihrem Kummer abzulenken. Er berichtete von den Jakobiten im Hochland, die sooft katholische Flüchtlinge, Priester und Thronanwärter aus dem Hause Stuart versteckt hatten. Aus jenen Tagen stammten die zahlreichen Geheimgänge und Schlupfwinkel in den schottischen Festungen. Stets hatte sie ihren attraktiven Oberherrn bewundert, aber ihre Gefühle verborgen, aus Angst, er würde sie, das blutjunge Mädchen, nicht ernst nehmen. Und in jener traurigen Nacht, in der sie ihren Vater bestattet hatte, wuchs Shawnas Zuneigung zu David.

Vielleicht war sie deshalb so bereitwillig auf Gawains Plan eingegangen, den Laird aus der Festung in den Stall zu locken. O ja, gestand sie sich bedrückt ein, ich wollte die Gelegenheit nutzen und die Sirene spielen. An die möglichen Konsequenzen hatte sie damals nicht gedacht.

Sie trat auf den Balkon und lauschte in die stille Nacht. Irgendwo dort draußen mußte er sein. »Wo bist du?« fragte sie leise.

Nur der flüsternde Wind gab ihr eine Antwort. Sie kehrte ins Zimmer zurück, spähte hinter den Wandschirm und unter das Bett. Nervös kleidete sie sich aus, schlüpfte in ihr Nachthemd und erwartete jeden Augenblick, David würde aus einer dunklen Ecke auftauchen. Aber er ließ sich nicht blicken.

Als sie im Bett lag, starrte sie angespannt ins Dunkel. Voller Sorge fragte sie sich, ob wirklich niemand außer David und ihr die geheime Treppe kannte. Oder hatte auch ihr unbekannter nächtlicher Verfolger Bescheid gewußt?

Kurz entschlossen stand sie auf, nahm ein Taschentuch aus ihrer Kommode und öffnete die Geheimtür. Dann steckte sie das Tuch ins Metallgewinde des Mechanismus und schloß die Tür. Nun konnte der Hebel nur mehr vom Schlafzimmer aus betätigt werden, aber nicht auf der anderen Seite. Beruhigt kroch sie wieder unter die Decke und schloß die Augen.

Doch dann erhob sie sich noch einmal, um den Riegel der Flurtür vorzuschieben. Jetzt konnte niemand mehr in ihr Zimmer gelangen. Trotzdem lag sie noch lange wach, bis sie endlich in einen tiefen Schlaf der Erschöpfung fiel.

In plötzlichem Entsetzen erwachte sie und richtete sich auf. Sie hatte beide Türen versperrt, niemand konnte das Zimmer betreten. Und doch — sie war nicht allein. Ein schwarzer Schatten neigte sich zu ihr herab, eine kräftige Hand erstickte ihren Schreckensschrei.

7

»Pst, ich bin's.« Die Hand löste sich von ihrem Mund, und David Douglas streckte sich neben ihr aus.

Zitternd rang sie nach Luft. »Wie bist du hereingekommen?« fragte sie, auf einen Ellbogen gestützt.

»Ich habe meine Methoden.«

»Aber ...«

»Geister können sogar durch Wände gehen, nicht wahr?« unterbrach er sie und stieg aus dem Bett.

In dieser Nacht trug er keine Hochländertracht, sondern schwarze Kleidung — ein Baumwollhemd, eine enge Hose, hohe Stiefel und einen langen Umhang mit Kapuze. Ein Schauer rann über Shawnas Rücken. Jetzt sah er so aus wie die schemenhafte Gestalt, die ihr bei den Druidensteinen gefolgt war. »Was — ist mit dem Toten geschehen?«

»Den habe ich mit Steinen beschwert und im See versenkt.«

»Warum?«

»Sollen die anderen erfahren, daß du über den Mordversuch Bescheid weißt, der an dir verübt wurde? Das läge sicher nicht in deinem Interesse. Genausowenig dürfen die Leute herausfinden, wer dich gerettet hat.«

»Wenn meine Familie die Gefahr nicht kennt, in der ich schwebe, kann sie mich wohl kaum schützen.«

»Vielleicht wollen dich deine Verwandten umbringen.«

Empört sprang sie auf. »Diesen Unsinn höre ich mir nicht an.«

»Doch, du wirst mir zuhören.«

»Nein, David! Du hast kein Recht, mitten in der Nacht über mich herzufallen, ohne irgendwelche Erklärungen abzugeben . . .«

Trotz ihrer Gegenwehr packte er ihre Handgelenke. »Hör zu!«

Viel zu dicht stand er vor ihr, viel zu deutlich spürte sie die Wärme seines Körpers und ihre eigenen unerwünschten Gefühle. »David . . .«

»Es ist mein gutes Recht, hierherzukommen.«

»Und wo warst du die ganze Zeit?«

»Ich habe nicht die Absicht, über die letzten fünf Jahre zu sprechen. Die möchte ich vergessen. Und du solltest mich nicht daran erinnern. Hör zu, Shawna, denn du hast keine Wahl! Trotz allem, was geschehen ist, bin ich auf deiner Seite, und ich werde dich beschützen, bis wir die ganze Wahrheit ergründet haben.«

Forschend schaute sie in seine Augen. Was mochte er erlitten haben? Es drängte sie, seine Wange zu streicheln, die Stirnfalten zu glätten. Aber das verbot ihr sein Zorn. Er wollte keine Zärtlichkeit, sondern Rache. »Also behauptest du, meine eigene Familie wäre fähig, mich zu ermorden? Nein, David, das ist Wahnsinn. Warum sollte ich dir das glauben?«

»Weil ich dich am Leben erhalten werde.«

»Um mich zu benutzen. Nein, niemals wirst du mir einreden, die Menschen, die mir an nächsten stehen, würden meinen Tod planen.«

»Nicht alle MacGinnis-Familienmitglieder haben's auf dich abgesehen.«

»Und wer ist es?«

»Das weiß ich nicht.«

Shawna riß sich los und ging zum Torbogen. »Warum bist du so sicher, daß der Schuldige in meiner Familie zu finden ist?«

»Wer hat hier die Macht in Händen?«

»Du!« fauchte sie. »Und dein Bruder. Er kündigt seine Ankunft an, und plötzlich taucht ein Fremder aus dem Nichts aus, der mich zu ermorden versucht.«

»Noch ist Andrew nicht eingetroffen.«

»Aber du bist in diesem Zimmer — obwohl du eigentlich nicht hier sein kannst.«

»Offensichtlich doch.«

»Und warum bist du wiedergekommen?«

»Um dich zu schützen. Vermutlich besteht ein Zusammenhang zwischen der Gefahr, die dir jetzt droht, und den Ereignissen vor fünf Jahren. Du solltest dankbar sein, daß ich dein Leben retten möchte — wenn du's auch nicht zu würdigen weißt.«

»Nach meiner Ansicht bist du der einzige in diesen vier Wänden, vor dem ich beschützt werden müßte.«

»Bedrohe ich dich?« fragte er leise, und sie fühlte, daß er direkt hinter ihr stand. Seine Hände legten sich auf ihre nackten Schultern, sein warmer Atem streifte ihr Ohr. »Du bist viel gefährlicher als ich, Lady. Erinnerst du dich noch, wie du mir damals die zärtlichen Beweise meiner Zuneigung entlockt hast? Und du bist jener Feuersbrunst unbeschadet entronnen.«

»Du weißt doch gar nicht, was ich durchgemacht habe ...«

»Aber ich kenne die Konsequenzen, die man ertragen muß, wenn man in deinen Armen den Himmel sucht.«

Sie drehte sich um, preßte die Fäuste gegen seine Brust, doch sie konnte sich nicht aus seinen Armen befreien. »Trotzdem wolltest du's letzte Nacht erneut versuchen. Wie mutig du bist ...«

»Oh, ich wäge alle Risiken sorgfältig ab.«

»Wenn du glaubst ...«

»Ich glaube, daß jemand sein Bestes tat, um mich zu ermorden. Keine Ahnung, warum. Und ich weiß auch nicht genau, warum ich noch lebe. Aber eins steht fest — jemand will dich töten. In diesem Schloß kenne ich sämtliche Geheimgänge, verborgenen Treppen und Schlupfwinkel. Aufgrund meines Erbes steht mir das Recht zu, über solche Dinge Bescheid zu wissen. Also werde ich kommen und gehen, wie's mir beliebt. Unter diesen besonderen Umständen solltest du mich verdammt noch mal hier einquartieren, und zwar einigermaßen komfortabel.«

»Ich — dich?«

»So schwer wird's dir nicht fallen«, erwiderte David spöttisch. »Bei unserer letzten Begegnung war dir meine Anwesenheit nicht allzu unangenehm. Vielleicht findest du die Rache, die ich an dir üben werde, sogar süß.«

»Laß mich los! Du bist brutal ...«

»Skrupellos«, verbesserte er sie. »Und sehr, sehr entschlossen.«

»Dich zu rächen?«

»Die Wahrheit zu ergründen.« In seinen Augen glitzerte ein seltsames Licht. »Und was die Rache betrifft — dafür werde ich mir viel Zeit nehmen.«

Er preßte sie fest an seine Brust. Spürte er, wie sie zitterte, wie rasend ihr Herz schlug? »Geh doch vor Gericht!« wisperte sie atemlos. »Geh zur Königin und fordere dein Geburtsrecht!«

»Wenn ich mich an die Behörden wende, werde ich den besten Anwalt in diesem Land engagieren und den ganzen MacGinnis-Clan des versuchten Mordes anklagen. Dann wird vermutlich ein Großteil deiner Familie hängen. Von deiner Mitschuld an jenem Komplott ganz zu schweigen.«

Energisch bezwang sie ihre Angst und rang um Fassung. Als sie sich diesmal gegen ihn stemmte, ließ er sie los. Ein paar Schritte von ihm entfernt, blieb sie stehen. »Gut, David Douglas, komm und geh, wie's dir paßt. Schleich in dieses Zimmer, wann immer du willst, und ich werde mich bemühen, nicht vor Entsetzen zu sterben, wenn du plötzlich auftauchst. Hoffentlich halte ich das durch, bis wir am Ende unserer Ermittlungen angelangt sind. Tritt mir bloß nicht zu nahe, dann bin ich mit deinem Plan einverstanden. Wir werden herausfinden, was damals geschehen ist — und was jetzt geschieht.«

»Abgemacht, Shawna. Ich trete dir nicht zu nahe. Und du wirst ebenfalls Abstand wahren.«

»*Ich* schlüpfe nicht durch deine Tür und krieche nicht in dein Bett.«

»Aber du weißt, auf welchem Weg man sich heimlich an jemanden heranpirscht. Das hast du bewiesen.«

Warum mußte er jene Nacht immer wieder erwähnen?

Heißer Zorn stieg in ihr auf. Beinahe hätte sie eine Hand gehoben, um ihn zu schlagen.

Aber wie sie zu ihrer Bestürzung erkannte, wollte sie das gar nicht – sondern ihn berühren, seine Wärme fühlen ... Vorsichtig trat sie noch einen Schritt zurück. »Brauchst du eine Decke und ein Kissen vor dem Kamin?«

»Nein.«

»Du willst doch nicht im Bett ...«

»Wir haben bereits festgestellt, daß es *mein* Bett ist, oder?«

Zum Teufel mit ihm ... »Gut, dann schlafe *ich* vor dem Kamin.«

»Nur zu, Lady. Ganz wie's dir beliebt.«

Sie holte ihr Kissen vom Bett, zerrte die Steppdecke herunter und machte sich's im Sessel vor dem Kamin so bequem wie möglich.

Lässig nahm David seinen Umhang ab, zog die Stiefel aus und sank ins Bett. »Gute Nacht.«

»Fahr zur Hölle!«

Die Minuten schleppten sich dahin, und David schien einzuschlafen. Aber Shawna fand in ihrer unbequemen Lage keine Ruhe. Vielleicht wäre es doch besser gewesen, neben ihm im Bett zu liegen – nein, ganz sicher nicht. Schließlich warf sie die Decke und das Kissen vor den Kamin und legte sich hin.

Wie kalt sich der Steinboden anfühlte ... Sie beobachtete die Flammen und sehnte den Schlaf herbei.

David hatte zwar die Augen geschlossen, doch er blieb wach. Als er hörte, wie sie sich vor dem Kamin zusammenrollte, wartete er eine Weile. Dann richtete er sich auf und schaute zu ihr hinüber. Welch eine Versuchung, sie in die Arme zu nehmen und ins Bett zu holen ...

Aber sie durfte nicht erfahren, wie sehr er sie begehrte. Denn dieses Verlangen hatte ihn damals durch die Flammen und alle Qualen der Hölle gejagt. Er sank ins Kissen zurück, kniff die Augen zusammen und preßte die Finger an die Schläfen, um seine innere Anspannung zu lindern.

Wieder einmal erinnerte er sich in schrecklicher Klarheit an jene Nacht, an jede Einzelheit, Shawnas Flüsterstimme, ihre verführerische Nähe. Alles würde sie ihm geben, hatte sie versprochen.

Und die Gefühle waren überwältigend gewesen. Leidenschaftlich umarmte er sie auf dem schmalen Bett in der Stallkammer, kostete ihre Lippen. Er wußte, daß eine Droge seine Sinne verwirrte. Doch das hielt ihn nicht zurück. Im Gegenteil, es verscheuchte seine letzten Hemmungen.

Immer wieder küßte er Shawna, während sie sich unter seinem Körper wand. Er konnte sich gar nicht genug an ihrem Mund erlaben. Ihr Hemd rutschte nach oben, seine Hände strichen über ihre nackten Schenkel und Hüften. Dann glitt sein Morgenmantel auseinander. Seine Lippen preßten sich auf ihren Hals.

Was sie wisperte, verstand er nicht. Er zog das Nachthemd von ihren Schultern, entblößte ihre Brüste und seine Zunge umkreiste eine harte, rosige Knospe. Schaudernd grub sie die Finger in seine Arme. Er schob das Hemd noch höher hinauf, vergrub sein Gesicht in ihren weichen Bauch und streichelte das seidige schwarze Dreieck zwischen ihren Beinen. Bald wagte er noch intimere Zärtlichkeiten und spürte ihr heftiges Zittern.

Sein Mund ersetzte die Finger, die sie so aufreizend liebkosten, und er spürte nur noch Shawna. Ihre lockenden Reize beherrschten alle Fasern seines Herzens, seine Seele und jeden Atemzug. Stöhnend bäumte sie sich auf. Er roch den betörenden Duft von Flieder und ihrer erregenden Weiblichkeit. Er konnte nicht länger warten.

Als er sich aufrichtete und mit einem Knie ihre Schenkel auseinanderschob, blieben ihre Augen geschlossen. Wie schön und bleich ihr Gesicht im Laternenlicht schimmerte ...

Von wilder Begierde überwältigt, drang er tief in sie ein. Ihr Atem stockte, dann hob sie die Lider und schaute ihn mit verschleierten Augen an.

»Shawna!« rief er bestürzt.

Was nun geschehen war, hatte er nicht beabsichtigt, aber nicht verhindern können. Und er vermochte keinen klaren Gedanken zu fassen, denn er fand es nicht so wichtig, was er ihr antat. Nur eins zählte — sein Verlangen, das er stillen mußte. Im Hintergrund seines Bewußtseins haßte er sich selbst, denn er war doch ein Mensch — kein triebhaftes, unbeherrschtes Tier. Aber auch das spielte keine Rolle, ebenso wenig wie der Schmerz, den er ihr zufügte.

Plötzlich schrie sie auf, schlang die Arme um seinen Nacken und preßte das Gesicht an seine Schulter. Mit aller Kraft klammerte sie sich an ihn, hob ihm die Hüften entgegen und schürte seine heiße Sehnsucht.

Während er dem Gipfel der Lust entgegenstrebte, packte er Shawnas Haar und zwang sie, ihn anzuschauen. In ihren blauen Augen glänzten unvergossene Tränen. Ihre Lippen fanden sich, und sie erwiderte seinen Kuß mit derselben Glut. Eine heiße Welle der Erfüllung erschütterte ihn wieder und wieder, sie durchströmte seinen Körper — ein übermächtiges Gefühl, das er nie zuvor gekannt hatte.

Es dauerte eine Weile, bis er aus dem Paradies in die Wirklichkeit zurückkehrte und erkannte, daß Shawna nicht geplant hatte, sich so weit hinreißen zu lassen.

Behutsam strich er über ihre Wange, betrachtete ihre geschlossenen Augen und wollte ihr versichern, sie natürlich zu heiraten — so wie sie es vorgeschlagen hatte.

Aber kein Wort kam über seine Lippen. In seinem Kopf

explodierten rote Sterne. Als er die Schläfe berührte und die Hand anstarrte, sah er Blut. Und dann verwandelte sich die Farbe in tiefes Schwarz ...

Die Welt drehte sich in neuen Farben — Gelb, Gold, Orange, Blau ...

Feuer. Hatte er zuerst den Schmerz in seinem Kopf empfunden und dann das Feuer — oder gleichzeitig? Wieder ein schwarzer Abgrund — der Tod?

Ja. Irgend jemand wollte ihn in dieser Nacht beseitigen. Verzweifelt warf er sich umher. Ein glühendheißer Schmerz — dann fühlte er nichts mehr.

Und später — grausige Kälte, sengende Hitze, Finsternis ... Nein, eine leuchtende Farbe — ein blauer Himmel.

Grelles Sonnenlicht in seinen Augen, das neue Qualen weckte. Und dann hörte er Wasser plätschern. Er lag in einem Boot. Draußen auf dem See?

»Los, an die Arbeit, Mann! Wir müssen die Segel setzen!«

Stöhnend zuckte er zusammen, als ihn ein schwerer Stiefel zwischen den Rippen traf, und trotz seiner Schmerzen gelang es ihm, sich aufzurichten. Beinahe blendeten ihn die Sonnenstrahlen. Er lag nackt und schmutzig auf den Decksplanken eines Schiffes. Dicht vor ihm stand ein Mann mit einem Holzbein und starrte verächtlich auf ihn herab.

»Stehen Sie endlich auf, elender Bastard!« schrie er mit einem fremdartigen Akzent.

David versuchte zu gehorchen, schwankte und stürzte beinahe. »Wissen Sie, mit wem Sie reden?«

»Aye, mit einem Kerl, der in Glasgow hängen müßte.«

»Hängen?«

»Allerdings! Weil Sie dieses arme Mädchen ermordet haben!«

»Ermordet ...« Plötzlich stürzte sich David auf den Mann, der einen gellenden Schrei ausstieß. Ein halbes

Dutzend kräftiger Seeleute zerrte David nach hinten. Mühsam wehrte er sie ab und sank auf die Knie. Ein heftiges Schwindelgefühl erfaßte ihn.

Als der Einbeinige wieder nach ihm trat, spürte David kaum einen Schmerz.

Was war geschehen, nachdem man ihn im Stall bewußtlos geschlagen hatte? Das Feuer ... War jemand über Shawna hergefallen? »Ermordet ... Wenn sie tot ist ...«

»Aye, das arme Mädchen ist tot. Weil Sie ihr die Kehle durchschnitten haben. In Glasgow. Bei einer törichten Rauferei in irgendeiner Kneipe.«

»Glasgow ...«

Angewidert schüttelte der Mann den Kopf. »Sie waren so besoffen, daß Sie sich nicht einmal an Ihre eigene Greueltat erinnern, Mr. Phipps!« rief er über die Schulter. »Bringen Sie den Schurken für ein paar Tage in den Laderaum. Er hatte zu lange Fieber, also kann er uns vorerst nichts nützen. Aber seien Sie versichert, Mr. MacDonald, Sie werden für Ihr gemeines Verbrechen büßen, bis Sie Blut und Wasser schwitzen!«

»MacDonald?« wiederholte David entgeistert. »O nein, ich heiße nicht MacDonald. Ich bin David Douglas aus Craig Rock, der Erbe des Lairds von Rock Castle!«

Ringsum brachen die Seemänner in schallendes Gelächter aus.

»Bringt den Bastard unter Deck!« befahl der Kapitän.

»Wenn mich irgend jemand anrührt, töte ich ihn, das schwöre ich!« fauchte David und sprang auf.

»Fesselt ihn!« brüllte der Einbeinige. »An Händen und Füßen!«

Den ersten Mann konnte David mit einem gezielten Fausthieb niederstrecken, dem zweiten rammte er seinen Ellbogen in die Rippen. Aber sie fielen zu viert über ihn her. Ein harter Schlag mit einem Senkblei raubte ihm erneut die Besinnung.

Als er zu sich kam, lag er auf schmutzigem, verfaultem Stroh, und ein beißender Gestank stieg ihm in die Nase. Man hatte ihn in eine zerrissene Decke gewickelt, und ein kleiner Mann mit scharfen Gesichtszügen versuchte ihm eine geschmacklose Brühe einzuflößen. Würgend und hustend schüttelte David den Kopf. »Wasser!« krächzte er.

Der kleine Mann erfüllte seinen Wunsch und musterte ihn besorgt.

»In was für ein Höllenloch bin ich hier geraten?« fragte David, nachdem er einen Schluck getrunken hatte.

»Ja, in der Tat, ein Höllenloch. Das ist ein Sträflingsschiff, die *Revenge,* mit Kurs auf Australien.«

»Großer Gott, dafür werden Köpfe rollen! Ich bin der Erbe des Laird Douglas von Craig Rock!« Skeptisch hob der kleine Mann die Brauen, und David schlug ihm wütend die Schüssel mit der Brühe aus der Hand. »Glauben Sie mir etwa nicht?«

»Vor zwei Wochen kam der Douglas-Erbe bei einer Feuersbrunst ums Leben.«

»Vor zwei Wochen?«

»Nun liegt der Sohn des Laird unter der Erde, MacDonald, und die meisten Leute an Bord halten es für eine Gotteslästerung, daß Sie — der Mörder einer jungen Frau — sich Douglas nennen.«

»Wer wurde ermordet? Shawna MacGinnis von Craig Rock?«

Verwirrt schüttelte der Mann den Kopf. »Nein, MacDonald, die Kellnerin, die Sie in der Oarmsby-Taverne getroffen haben!«

»O Gott, ich traf keine Kellnerin, und ich war jahrelang nicht in Glasgow. Wenn dieses Schiff umkehrt, werde ich beweisen . . .«

»Pst!« warnte der kleine Mann. »Einige Männer glauben, Sie hätten wegen Ihres Fiebers den Verstand verloren und bilden sich deshalb ein, Sie wären ein Laird.

Aber der Captain ist wütend. Und er hat gesagt, wenn Sie sich noch mal als Douglas ausgeben, kriegen Sie zwanzig Hiebe mit der neunschwänzigen Katze.«

»Aber ich bin David Douglas!«

In diesem Augenblick flog die Schwingtür auf, die in den Laderaum führte, und der Einbeinige kroch die Leiter hinab. Angeekelt rümpfte er die Nase, als ihm der Gestank entgegenwehte. Einige Besatzungsmitglieder folgten ihm, auch der kräftige Bursche, den David mit einem Faustschlag niedergestreckt hatte. Die Wange immer noch geschwollen, starrte er den Gefangenen erbost an. Wahrscheinlich waren ihm ein paar Zähne ausgefallen.

»MacDonald, an Bord meines Schiffes will ich Ihr wahnwitziges Gefasel nicht mehr hören!« schrie der Kapitän. »Kümmert euch um ihn Jungs!«

Verbissen setzte sich David zur Wehr. Aber er war zu schwach und die Übermacht war zu groß. Schließlich wurde er an den Mittelpfosten des Laderaums gefesselt und mit der neunschwänzigen Katze ausgepeitscht.

Der Mann mit dem geschwollenen Gesicht vollzog die Strafe. Aber sogar er hielt inne und wandte sich zu dem Einbeinigen. »Captain, er ist halb tot. Zwanzig Hiebe werden ihn umbringen.«

»Unsinn! Der ist groß wie eine Eiche und hat stahlharte Muskeln. Diese Kraft hat er mißbraucht, um ein unschuldiges Mädchen zu erstechen. Wenn er stirbt, wär's eine gerechte Strafe. Ich will jeden einzelnen Peitschenschlag sehen. Allerdings würde ich's vorziehen, er bliebe am Leben. In Sydney wird er gute Arbeit leisten. Machen Sie endlich weiter, Mann!«

Grausam bissen die Hiebe in Davids Fleisch, und der brennende Schmerz war unerträglich. Noch bevor das Strafmaß voll war, schwanden seine Sinne.

Irgendwann erwachte er. Der kleine Mann saß wieder neben ihm und musterte ihn besorgt. »Hören Sie jetzt gut zu!« mahnte er. »Sie heißen Collum MacDonald. Und falls Sie wirklich der Laird sind, sollten Sie's erst mal vergessen. Wenn Sie Captain Barnes noch mal ärgern, werden Sie's nicht überleben. Schrubben Sie die Decksplanken und arbeiten Sie in der Takelage, so wie er's Ihnen befiehlt. Und versuchen Sie alles, um Ihr Leben zu retten, damit Sie Ihre Geschichte irgend jemandem erzählen können.«

»Ich bin David Douglas, der älteste Sohn und Erbe des Laird Douglas von Castle Rock in Craig Rock«, beharrte David.

»Schön und gut, Mann, ich glaube Ihnen. Aber wenn Sie dem Tod entrinnen wollen, lassen Sie sich MacDonald nennen. Und versuchen Sie diese Brühe zu essen. Sie sollten sich stärken. Bald müssen Sie arbeiten.«

»Wer zum Teufel sind Sie, und warum kümmern Sie sich um mich?«

»Früher war ich Dr. James McGregor, und meine Praxis lag in der High Street von Glasgow«, erklärte der kleine Mann und grinste gequält. »Bevor die Geliebte eines bedeutsamen Mannes beschloß, ihr Baby abtreiben zu lassen, und mich aufsuchte. Als ich die Blutung stillen wollte, starb sie. Ihr einflußreicher Gönner brachte mich vor Gericht, und so wurde ich auf dieses Sträflingsschiff verfrachtet.«

»Also sind Sie ein Arzt.«

»Jetzt hält man mich für einen Mörder.«

»Und ich bin MacDonald?«

»Aye, wenn Sie vernünftig sind.«

»Kein übler Clan«, meinte David und zuckte die Achseln. »Und schwarze Schafe gibt's in den besten Familien.«

»Jedenfalls ist's ein anständiger Name, mit dem Sie leben können, bis Sie Ihren eigenen wieder annehmen.«

In der Tat. David hatte nur eine einzige Möglichkeit, sein Recht zu erzwingen — er durfte nicht sterben.

Eines Tages würde er nach Hause zurückkehren und herausfinden, wer den Mordversuch an ihm begangen und wen man an seiner Stelle begraben hatte. Dafür sollten die Schuldigen büßen. Vor allem Shawna ...

Plötzlich fuhr er aus dem Schlaf hoch. Nicht mehr in Gefangenschaft, nicht mehr an Bord des Schiffs ... Nein, er lag in seinem Bett auf Castle Rock. Und Shawna schlief am Boden vor dem Kamin.

Nicht nur der Rachedurst hatte ihn in all den qualvollen Jahren am Leben erhalten, sondern auch die Sehnsucht nach dieser Frau. In dunklen Nächten waren Erinnerungen zurückgekehrt — an ihre weiche Haut, das seidige Haar, den süßen Duft. Und jetzt ...

Er begehrte sie immer noch — obwohl ihm jene Leidenschaft zum Verhängnis geworden war.

Lautlos stieg er aus dem Bett, ging zu ihr und hob sie vom kalten Steinboden auf. Dann legte er sie behutsam aufs Bett, und weil die Versuchung übermächtig war, hauchte er einen Kuß auf ihre Lippen.

Welch ein Narr ich bin, dachte er und verließ das Zimmer auf demselben Weg, den er gekommen war.

8

Shawna saß im Büro und sah gewissenhaft die Rechnungsbücher beider Landgüter durch. Soweit sie es feststellen konnte, war seit dem Tag, an dem man David Douglas — oder die verkohlte Leiche eines Unbekannten — begraben hatte, kein einziger Shilling veruntreut worden.

Seufzend schob sie die Bücher beiseite, stand auf und streckte sich. Dann schaute sie zur Balkontür. Wie in ihrem Schlafzimmer führten auch hier Stufen hinaus. Die Balkone boten eine gute Möglichkeit, die Festung zu verteidigen, sie waren aber niemals zu diesem Zweck benutzt worden. Zur Zeit der Feudalkriege hatten die äußeren Mauern allen Eindringlingen standgehalten.

Mit gerunzelter Stirn betrachtete sie den Torbogen und hoffte, er würde ihr verraten, wie David in ihr Zimmer gelangt war. Seit sie am zweiten Morgen nach seiner Rückkehr die Augen wieder in ihrem Bett geöffnet hatte, waren drei Tage verstrichen. Bedrückende Tage. An jedem Abend hatte sie erwartet, er würde zu ihr kommen. Aber er ließ sich nicht blicken.

Trotzdem wußte sie, daß er zu später Stunde ins Schloß schlich. Sie fand subtile Spuren seiner Gegenwart. Einmal hatte ein Strauß wilder Blumen neben ihrem Kissen gelegen — und am zweiten Morgen ein ziseliertes keltisches Kreuz an einer dünnen Kette, sicher ein Familienerbstück der Douglas. Am dritten Morgen hatte sie auf der Truhe vor dem Bett ein feines seidenes Taschentuch und ein leeres Brandyglas entdeckt.

Was sollten diese Geschenke bedeuten? Beinahe fühlte sie sich versucht, alle ins Kaminfeuer zu werfen. David wollte sie vielleicht mit seinen Gaben herausfordern ... Wie auch immer, sie trug das Kreuz, die Blumen standen in einer Vase auf dem Nachttisch, und das Seidentuch steckte in ihrer Tasche.

Sie ärgerte sich, weil sie so nervös war und schlecht schlief — und nicht erwachte, wenn er auf mysteriösen Wegen ihr Zimmer betrat.

Vermutlich erforschte er auch das Büro, den Stall und das Bergwerk. Und sie nahm an, daß er sogar im Castle MacGinnis nach Belieben ein und aus ging, obwohl sie keine Geheimgänge in ihrem Vaterhaus kannte.

Aber was tat er? Was fand er heraus?

Einerseits fürchtete sie seine Aktivitäten, seinen Entschluß, ihre Familie anzuprangern, und eine weitere Begegnung — andererseits wollte sie ihn wiedersehen.

Eine seltsame Sehnsucht nach David quälte ihr Herz, und sie mußte unentwegt an ihn denken.

Auf der Turmtreppe näherten sich Schritte, Shawna wandte sich zur Bürotür. Sichtlich erregt, stürzte Alistair herein. »Ein Unfall! In der Mine!«

»O Gott, was ist passiert? Wie viele Männer sind unten?«

»Drei wurden im Schacht verschüttet. Und die anderen versuchen sie auszugraben. Sie kommen gut voran ...« Unbehaglich verstummte er.

»Ist noch etwas geschehen? Was verschweigst du mir?«

»Daniel kroch in einen Korridor.«

»Daniel?«

»Der kleine Anderson.«

»Um Himmels willen!« Sie schob sich an ihrem Vetter vorbei und stürmte die Stufen hinab.

Vor dem Haupttor holte er sie ein und hielt sie an den Schultern zurück. »Die Pferde stehen schon bereit. Aber nimm dich in acht! Wenn du in halsbrecherischem Galopp zum Bergwerk reitest und abgeworfen wirst, kannst du dem Jungen nicht mehr helfen.«

Shawna nickte, und sie schwangen sich in die Sättel. Seite an Seite sprengten sie über die Felder. Als sie vor dem Mineneingang abstiegen, eilte Mark Menzies heraus. »Mylady, dort drin sind Lowell, Gawain, Alaric und Aidan. Bleiben Sie draußen. Sie dürfen nicht graben. Das ist Männersache.«

»Wo ist der Junge, Mark?«

»Immer noch drinnen. Die Leute versuchen, ihn zu erreichen.«

»Halten Sie Shawna fest, Mark!« rief Alistair und rannte zum Eingang. »Wenn's die Männer nicht schaffen, soll sie die Frauen trösten.«

»Mark, lassen Sie mich vorbei!« befahl sie dem Aufseher, der ihren Arm festhielt.

»Mylady ...«

»Sofort!«

Widerstrebend gehorchte er, und sie lief in den Schacht, wo die Laternen ein unheimliches Licht spendeten.

Aidan, der einen Verletzten stützte, kam ihr entgegen, über und über mit Kohlenstaub bedeckt. »Verschwinde, Shawna!« herrschte er sie an. »Wir haben den Schacht geöffnet. Bald holen wir die Männer raus.«

»Und der Junge?«

Der Bergarbeiter, der soeben gerettet worden war, schüttelte den Kopf. »Leider sind die Leute noch nicht an ihn herangekommen. Er sitzt in einem natürlichen Stollen fest.«

»Oh, mein Gott!« Ohne Aidans Warnruf zu beachten, eilte sie weiter. Die Männer entfernten den Schutt mit Stützbalken, und alle beschworen Shawna, sie möge umkehren, doch sie hörte nicht.

Endlich erreichte sie ihre beiden Großonkel, die kraftvoll am Kohlengestein zerrten und soeben einen weiteren Mann befreiten. »Mein Bein!« klagte er.

Alaric bückte sich und zog ihn vollends aus dem Geröll.

»Verdammt, Mädchen, willst du mit aller Macht sterben?« Stöhnend strich Gawain über seine geschwärzte Stirn. »Alistair, ich sagte doch, sie soll draußen bleiben.«

»Das habe ich ihr auch befohlen, Vater. Nun, du weißt ja, wie eigensinnig sie ist.«

»Bring deine Kusine hinaus, Alistair ...«, begann Lowell.

»Nein«, fiel Shawna ihm ins Wort. »Wo steckt der Junge?«

»Angus, wo sind Sie?« fragte Alistair.

»Hier!«

Lowell und Alistair krochen zum letzten der drei Verunglückten und holten ihn aus dem Schutt.

Jetzt mußte nur mehr das Kind geborgen werden. Shawna bahnte sich einen Weg zu einem schmalen Korridor, direkt oberhalb der Stelle, an der ihre Verwandten den letzten Bergarbeiter ausgegraben hatten.

Solche Gänge konnte kein Mann nach Kohle absuchen. Das schaffte nur ein kleiner Junge. Oder eine Frau. Shawna war schlank genug, um sich in den Tunnel zu zwängen. Hinter sich hörte sie Onkel Gawain fluchen.

»Daniel?« rief sie leise. Auf keinen Fall durfte sie schreien, denn nach dem Einsturz des Hauptschachts war dieser Nebenkorridor sehr verletzlich. Zu starke Schallwellen konnten Erschütterungen und eine Katastrophe heraufbeschwören.

»Komm sofort zurück, Shawna!« fauchte Gawain.

»Daniel? Danny? Bist du da?«

Jetzt hörte sie ein schwaches Wimmern, wie aus weiter Ferne.

»Hier ist Lady Shawna. Keine Angst, wir holen dich raus. Wenn du mit mir redest, würdest du mir helfen, dich zu finden.«

»Aye.« Eine kaum verständliche Flüsterstimme ...

»Gleich bin ich bei dir.«

»Unmöglich ...«

»Warum?«

»Ein — großer Stein ist herabgefallen.« Nun erklang ein Schluchzen. »Kriechen Sie nicht weiter, Mylady, sonst werden Sie auch eingeschlossen.«

»Danny, ich lasse dich nicht im Stich.«

Plötzlich packte jemand ihren Fußknöchel, und sie erkannte Gawains zornige Stimme. »Hinaus mit dir, Shawna. Wenn du nicht gehorchst, lege ich dich übers Knie. Vielleicht stürzt die ganze Mine ein. Bevor wir uns da hineinwagen, müssen wir erst mal die Wände abstützen. Von der Bergwerksarbeit verstehst du nichts.«

»Aber ich weiß, daß der kleine Junge bald ersticken wird. Und deshalb müssen wir ihn befreien.« Die Zähne zusammengebissen, krallte sie sich an einem Felsvorsprung fest und zog ihren Knöchel aus Gawains Hand.

Während das Echo seines Fluchs verhallte, hielt sie inne, weil Danny mit jemand anderem sprach.

»Aye!« Zu ihrer Verblüffung ertönte kindliches Gelächter. »Aye!«

»Danny?« wisperte sie.

»Ich reite auf dem Tierchen!«

»Nein, Danny . . .«

»Hören Sie das Wasser nicht?«

»O Gott, Danny!« rief sie erschrocken, und das Gelächter entfernte sich. Wasser schien gegen einen Felsen zu schlagen. »Danny!«

Keine Antwort. Der Junge war in der Dunkelheit verschwunden, vom Sauerstoffmangel um den Verstand gebracht, in einen unterirdischen Bach gefallen . . .

»O nein, um Himmels willen, nein!« stöhnte sie entsetzt. Dann stockte ihr Atem. Jemand war ihr gefolgt und umfaßte ihren Knöchel. Verzweifelt wehrte sie sich. »Laß mich los! Danny!«

Nichts. Unerbittlich wurde sie aus dem schmalen Tunnel gezerrt. Rauhes Gestein zerriß ihr Kleid, doch sie nahm es kaum wahr.

Den Tränen nahe, sank sie am Ausgang des Schachts in einen Schutthaufen. Starke Hände halfen ihr auf die Beine, und sie starrte in Alistairs geschwärztes Gesicht. Nur an den blauen Augen erkannte sie ihn. »Der Junge . . .«, flüsterte sie.

»Pst!« Liebevoll drückte er sie an seine Brust.

Außerhalb der Mine erklang lautes Geschrei, es drang gedämpft in die Welt unter Tage.

»Und was nun?« hörte sie Gawain fragen.

»Alistair ...«, begann Lowell.

»Keine Angst, ich habe meine Kusine gerettet.«

»Aber wir dürfen nicht gehen!« protestierte sie.

»Wir können nichts mehr tun, Shawna«, seufzte Alistair.

Energisch schob er sie vor sich her, an der Einsturzstelle vorbei.

Ein Bergarbeiter rannte ihnen entgegen. »Kommen Sie, schnell! Da draußen ist der kleine Danny Anderson!«

»Was?« schrie Gawain.

»Ja, es stimmt! Der Junge lebt!«

»Wie ist das möglich?« wisperte Shawna.

»Das weiß nur der Allmächtige«, erwiderte der Bergmann.

Sie rannte ins Freie. Ein paar Schritte vom Ausgang entfernt, kniete Mark Menzies neben dem zitternden Kind im Gras. Mehrere Leute umringten die beiden. Verwundert musterten sie den kleinen Danny.

In eine Decke gewickelt, schaute er sich um. Das kleine Gesicht war unter der schwarzen Staubschicht fast unkenntlich, sein Haar klebte klatschnaß am Kopf.

Auch Shawna sank vor ihm in die Knie. »O Danny, du lebst!« rief sie überglücklich, strich ihm die feuchten Strähnen aus der Stirn und umarmte ihn. »Wie bist du herausgekommen?«

»Da war ein Tierchen, das mir geholfen hat.«

Ein Becher mit heißer Milch wurde in ihre Hand gedrückt, und sie hielt ihn an die blau verfärbten Lippen des kleinen Jungen.

Nachdem er einen großen Schluck genommen hatte, ließ sein Zittern ein wenig nach. Ihr Entschluß stand fest. Nie wieder würde er ins Bergwerk gehen, ebenso wenig wie die anderen Kinder. Zum Teufel mit der Wirtschaftslage von Schottland, Großbritannien und dem Rest der Welt.

Er trank den Becher leer, und eine Hand griff danach. Als Shawna den Kopf hob, sah sie Gena Anderson neben sich stehen.

Angeblich war Danny der Bruder des Mädchens, der Sohn von Fergus und Charity Anderson. Aber Shawna hielt Gena für seine Mutter. Und ihr sollte sie ihn überlassen. Aber es schien der jungen Frau nichts auszumachen, daß ihre Herrin sich um ihn kümmerte.

»Was für ein Tierchen hat dich aus dem Tunnel geführt, Danny?« fragte Mark Menzies.

»Das Tierchen, das in der Höhle wohnt«, erklärte der Junge, als wäre das ganz natürlich. »Es hörte mich weinen und sagte, ich soll mit ihm gehen. Dann hob es mich hoch. Es ist ein großes Tierchen.«

»Spukt's in diesem Schacht?« rief Charity Anderson erschrocken. Einen Schal über dem grauen Haar, bahnte sie sich einen Weg durch die Menge, kniete neben Shawna nieder und entriß ihr den Jungen, der sich erfolglos gegen ihre heftige Umarmung wehrte.

Obwohl sie hübsche Kinder geboren hatte, war sie nie attraktiv gewesen. In ihrem langen Pferdegesicht blinzelten glanzlose graublaue Augen. Früher hatte sie schönes Haar, aber sie pflegte es nicht mehr. Wild zerzaust hing es auf ihre Schultern.

Ihr grimmiger Blick, der Shawna streifte, schien zu bedeuten: Du magst zwar die große Lady sein. Aber ich bin die Mutter dieses Jungen, und ich werde für ihn sorgen. Als Shawna aufstand, hörte sie die Leute lautstark murren.

»Über diesem Schacht liegt ein Fluch!« rief ein Bergmann.

»Unsinn!« widersprach Aidan ärgerlich.

Nun meldete sich Alistair zu Wort. »Mein Vetter hat recht. Seid ihr denn alle verrückt? Wenn in dieser Mine Geister hausen, dann sind sie hilfreich und gut. Ein

Schacht stürzte ein, wir konnten alle drei verschütteten Männer retten, und sogar ein kleiner Junge, der im schmalen Probestollen festsaß, wurde auf wunderbare Weise befreit — von irgendeinem Tierchen. Großer Gott, falls tatsächlich irgendwelche Gespenster ihre Hand im Spiel hatten, waren's die nettesten von ganz Schottland.«

Aber Shawna wußte, daß sich in diesem Bergwerk kein mysteriöses Wesen herumtrieb. David Douglas mußte den Jungen gefunden und gerettet haben — so wie er in jener Nacht aus dem See aufgetaucht war, gerade rechtzeitig, um sie vor ihrem Verfolger zu schützen. Und nun verdankte ihm auch Danny sein Leben.

Mark Menzies brach das Schweigen, das nach Alistairs leidenschaftlicher Ansprache entstanden war. »Aye, Männer, es muß wirklich ein freundlicher Geist sein, der dort unten haust.«

»Und wir haben eine Lady, die sich nicht scheut, sich mit Kohlenstaub zu beflecken!« rief der Verletzte, den Aidan stützte.

»Ein Hoch auf unsere Lady!« rief ein Bergarbeiter, und alle anderen stimmten ein. Plötzlich wurde sie von jubelnden Leuten umringt, und ein Mann hob sie auf ihr Pferd.

»Trinken Sie in der Taverne ein Glas mit uns, Lady Shawna?« fragte Mark Menzies.

Wann immer eine Tragödie im Bergwerk verhindert worden war, fand ein Umtrunk im Dorfgasthaus statt — aber auch dann, wenn sich eine Katastrophe ereignet hatte. Nach jedem Begräbnis stieß das Oberhaupt des Clans mit den Arbeitern an.

»Sehr gern«, stimmte sie zu. »Aber ich bin ein bißchen schmutzig.«

»Nun, das gehört zur Feier«, meinte Mark und zwinkerte ihr zu.

»Gut, dann reiten wir ins Dorf.«

Die Taverne war zu klein, um der ganzen Menschenmenge Platz zu bieten. Und so trugen mehrere Leute ihre Bierkrüge ins Freie, um sich im Gras niederzulassen.

Lachend saß Shawna im Kreis ihrer Verwandten und musterte die geschwärzten Gesichter. Sie war stolz auf ihre Familie. Kühn und entschlossen hatte jeder einzelne um das Leben der Eingeschlossenen gekämpft. Als ihr ein Becher Ale serviert wurde, prostete sie ihrem Großonkel Gawain zu und freute sich, weil er ihr Lächeln erwiderte.

Nach einer Weile kam ein hochgewachsener Fremder zu ihr, ein alter Mann in einer braunen Mönchskutte, mit dichtem silberweißen Haar und wallendem langen Bart. »Es ist mir eine Ehre, Ihnen zu begegnen, Mylady«, begann er. In seiner Stimme schwang ein melodischer irischer Akzent mit. »Noch dazu an einem solchen Freudentag! Wie geht es dem kleinen Jungen, der im Schacht verschüttet wurde?«

»Großartig — dem Himmel sei Dank.«

»Ein Wunder.«

»Vielleicht.«

»Wie ich höre, sollen sonderbare Geister im Bergwerk hausen.«

»Tut mit leid, ich muß Sie enttäuschen.« Shawna nahm einen Schluck Ale, dann musterte sie den Mann. »Wie heißen Sie?«

»Bruder Damian.«

»Und was machen Sie hier? Reisen Sie durch unser Hochland?«

»Ich unternehme eine Pilgerfahrt. Erzählen Sie mir von Ihren Geistern.«

»Aber ich sagte doch, hier gibt's keine Geister.«

»Nun, Mylady, Sie gehören einem sehr abergläubischen Volk an. Bald wird die sogenannte Nacht der Mondjungfrau hereinbrechen.«

»Wir lieben fröhliche Feste, und wir begehen auch alte heidnische Feiertage«, erklärte sie leicht verärgert. Diesem Fremden stand es nicht zu, die Tradition des Hochlands zu verspotten. »Aber Sie werden keine Geister bei uns aufspüren, Bruder Damian. Wahrscheinlich hat der Junge einen Weg ins Freie zufällig gefunden. Und seine lebhafte Fantasie gaukelte ihm vor, irgendein Fabelwesen habe ihn gerettet.« Als sie sich an ihren Entschluß erinnerte, stellte sie ihren Becher ab. »In Zukunft werden keine Kinder mehr im Bergwerk arbeiten.«

»Das haben Sie also entschieden? Sie sind die Herrin von Craig Rock, nicht wahr?« Bevor er weitersprach, nahm er einen großen Schluck von seinem Ale. »Wenn man auf der Wanderschaft ist, hört man viele Geschichten. Das Bergwerk gehört doch einem Douglas?«

»Da sich der Laird in Amerika aufhält, hat er mich mit der Verwaltung seiner Ländereien betraut.«

»Sie, Mylady, und Ihren wackeren Clan?«

»In der Tat. Warum fragen Sie?«

»Wie gesagt, man hört gewisse Geschichten. Und man spricht immer noch von der Feuersbrunst, die vor fünf Jahren den Stall zerstört hat. Damals wurde der Douglas-Erbe getötet. Vielleicht ist er nun zurückgekehrt, um in seinem einstigen Zuhause zu spuken und Rache zu üben.«

»Rache? Der Stall ist niedergebrannt, und niemand weiß genau, was geschehen ist. Damals fanden Ermittlungen statt. Die Behörden glauben, eine Laterne sei umgefallen und habe das Feuer verursacht. Höhere Gewalt. Dafür kann man sich nicht rächen.« Nach kurzem Zögern fügte sie hinzu: »Ich heiße Sie in unserem Dorf willkommen, Bruder Damian, und ich hoffe, Sie fühlen sich wohl bei uns. Wenn Sie mich jetzt entschuldigen …« Natürlich wußte sie, daß sie einem Gottesmann höflich begegnen mußte. Aber dieser alte Knabe erregte ihren Unmut.

Sie erhob sich, ließ ihn stehen und ging zu einem Ecktisch, an dem Fergus Anderson saß. Er arbeitete schon lange nicht mehr im Bergwerk. Als er vor einigen Jahren durch einen Stollen gekrochen war, hatte er sein Bein verletzt und überließ es jetzt seinen Söhnen, die Familie zu ernähren. Seine Frau und seine Töchter bauten Gemüse auf einem Acker außerhalb der MacGinnis-Ländereien an, und Fergus rührte keinen Finger.

Trotzdem konnte er sich sein tägliches Ale leisten, das er angeblich brauchte, um die Schmerzen in seinem Bein zu lindern. Dieses Geld verdankte er David Douglas, der ihn nach dem Unfall großzügig entschädigt hatte.

Zusammengesunken saß er da, unrasiert und so schmutzig wie die Bergmänner, aber nicht mit Kohlenstaub bedeckt. Die stechenden dunklen Augen unter dem silbergrauen Haar blinzelten verwirrt, als Shawna ihm gegenüber Platz nahm.

»Von heute an werden keine Kinder mehr in der Mine arbeiten, Fergus Anderson.«

Ihr herausfordernder Ton schien ihn nicht zu stören. »Ah, Mylady, es ehrt mich, aus Ihrem Mund zu hören, daß mein kleiner Junge nie wieder in dieser schwarzen Höhle leiden soll. Aber bedenken Sie — viele Familien müßten hungern, wenn ihre Kinder nicht arbeiten würden.«

»Nun, *Ihnen* geht es offensichtlich sehr gut, Fergus.«

»Meine verehrte Lady, Sie wissen nicht, welche Schmerzen ich erdulde — wie es mich quält, nur ein halber Mann zu sein.«

»Jedenfalls werden die Kinder nie wieder einen Fuß in dieses Bergwerk setzen.«

Die Finger schlossen sich noch fester um den Krug. »Warten wir's ab, Mylady. Soviel ich weiß, kommt Laird Douglas aus Amerika hierher. Und dann wird er entscheiden, was in Craig Rock geschehen soll.«

Mühsam bezwang sie ihren Zorn. »Von jetzt an arbeitet Danny im Schloß.«

Fergus hob die Brauen. »Muß er Sie bedienen, Mylady?«

»Aye.«

»Werden Sie ihn auch gut bezahlen?« fragte er und grinste breit.

»Aye.«

»Dann verbeuge ich mich vor Ihrer Weisheit, Lady MacGinnis.«

Ringsum lachten und feierten die Bergarbeiter. Aber Shawnas festliche Stimmung war verflogen. Sie stand auf und eilte aus der Taverne. Als sie ihr Pferd erreichte, rief Alistair nach ihr. »Ich begleite dich nach Hause. Vielleicht brauchst du einen Beschützer.«

»Warum?«

»Ich habe so ein seltsames Gefühl.«

Irritiert betrat sie ihr Zimmer. Das Gespräch mit Fergus Anderson hatte an ihren Nerven gezerrt, und sie fand seinen wollüstigen Blick ebenso widerwärtig wie seinen anzüglichen Tonfall.

Auch die Begegnung mit Bruder Damian war ihr unangenehm gewesen, und sie ärgerte sich, daß die Leute offenbar immer noch über die Feuersbrunst klatschten.

Mary Jane kam herein und beglückwünschte sie zu dem tapferen Versuch, den kleinen Danny zu retten. »Überall hört man Lobeshymnen auf deinen Mut, Shawna, und die Bergarbeiter sagen, du seist ihr Schutzengel. Stell dir vor, manche halten dich sogar für eine Heilige.«

Lächelnd schüttelte Shawna den Kopf. »Das ist wohl etwas übertrieben. Würdest du ein Bad für mich herrichten?«

Eifrig traf Mary Jane die nötigen Vorbereitungen und träufelte ein paar Tropfen Rosenöl ins Badewasser. Bevor sie das Zimmer verließ, versorgte sie ihre Herrin mit gewärmten Handtüchern aus Leinen, einem Waschlappen und duftender Seife.

Shawna setzte sich in die Wanne, wusch ihr Haar und schrubbte den Kohlenstaub von ihrer Haut. Dann erhob sie sich aus der schmutzig grauen Lauge, ergriff den Krug und übergoß ihren Körper mit frischem Wasser. In ein Badetuch gehüllt, ging sie zur Balkontür, angelockt von dem unheimlichen Gefühl, von jemandem beobachtet zu werden.

Aber da war niemand. Sie setzte sich vor das Kaminfeuer und entwirrte ihre nassen Haarsträhnen. »Herein!« rief sie, als es an der Tür klopfte.

Aufgeregt kehrte die Zofe mit hochroten Wangen zurück. »Er ist da!«

»Wer?«

»Andrew! Laird Douglas! Soeben aus Amerika mit seiner Frau und ihrer Schwester eingetroffen. Beeil dich, Shawna!«

O Gott, Hawk war hier. Reglos blieb Shawna sitzen. Von beiden Douglas-Brüdern bedrängt, würde sie den Verstand verlieren. Wußte Andrew, daß David lebte? Sollte sie ihm das Geheimnis verraten? Oder hatten sich die beiden schon gesehen?

»Schnell, Shawna!« rief Mary Jane.

»Ja, ich bin gleich fertig. Laß mich jetzt allein.«

»Soll ich dir nicht beim Ankleiden helfen?«

»Nein, danke, da schaffe ich schon. Aber ...« Shawna schaute sich im Zimmer um. »Hier muß ich einige Veränderungen vornehmen. Wenn du mir dabei zur Hand gehen würdest ...«

9

»Shawna!« rief Andrew Douglas. Als sie die Stufen hinabstieg, eilte er ihr entgegen. Er hatte mit Gawain, Alistair und zwei Frauen, die sie nicht kannte, in der großen Halle vor dem Kamin gesessen. Bei ihrem Anblick war er sofort aufgesprungen. Lächelnd erwartete er sie am Fuß der Treppe und ergriff ihre Hände. Dann drückte er sie fest an seine Brust.

Ein wenig verwirrt befreite sie sich aus seinen Armen und sah zu ihm auf. Er war ein eindrucksvoller Mann, der seinem Bruder glich, aber die etwas schärferen Gesichtszüge und die kupferbraune Haut verrieten das Sioux-Blut in seinen Adern. Voller Zuneigung erwiderte er ihren Blick, wie ein Bruder, der nach langen Jahren eine Schwester wiedersieht.

Jetzt war sie sich sicher — er hatte David noch nicht getroffen. Andrew wußte, daß sie sich in der brennenden Stallkammer aufgehalten hatte, in der sein Bruder gestorben war. Das hatte sie ihm beim Begräbnis selbst erzählt. Selbst wenn sie lügen wollte, es wäre unmöglich gewesen. Zu viele Dorfbewohner hatten ihre verkrümmte Gestalt neben den verkohlten sterblichen Überresten des Mannes liegen sehen, den sie für David Douglas hielten.

Offenbar glaubte Andrew, sie hätte etwas für seinen Bruder empfunden und ihre Gefühle wären erwidert worden. Und er wußte wohl kaum, daß David ihr einen Teil der Schuld an seinem ›Tod‹ gab, sonst würde er sie nicht so herzlich begrüßen.

»Hawk«, flüsterte sie, und es fiel ihr nicht allzu schwer, ihn anzulächeln, denn unter normalen Umständen würde sie sich über seinen Besuch freuen. Er war in Amerika aufgewachsen, aber oft nach Schottland gekommen, und sie hatten sich immer gut verstanden. Aber seit der Feuersbrunst mußte sie sich zwingen, in seine Augen zu schauen. »Ich bin so froh, dich wiederzusehen — und deine Gemahlin kennenzulernen.«

Nun erhoben sich die zwei Frauen. Im schlanken Körperbau und in den Gesichtszügen glichen sie einander. Aber die eine war honigblond, mit faszinierenden Silberaugen, die andere hatte kastanienbraunes Haar und Augen, die im Feuerschein wie Türkise schimmerten, mit kobaltblauen Lichtern. Beide waren jung, elegant und bildschön. Falls Hawk die entsprechenden Sioux-Sitten außer Acht ließ, konnte er nur mit einer verheiratet sein. Shawna fragte sich unwillkürlich, was David von der ledigen Amerikanerin halten würde, die sein Schloß besuchte.

Ärgerlich verdrängte sie ihre Eifersucht. »Willkommen im Hochland!« rief sie und ging zu den beiden Frauen.

Hawk folgte ihr, legte einen Arm um ihre Schultern und führte sie erst zu der Blondine. »Darf ich dir meine Frau Skylar vorstellen? Und das ist Sabrina Connor, meine Schwägerin.«

Shawna reichte ihnen lächelnd die Hand, wobei Sabrina etwas geistesabwesend wirkte.

Um so begeisterter ergriff Skylar das Wort. »Ich habe deinem Onkel und meinem Mann gerade erklärt, wie sehr ich dich bewundere. Oh, es ist einfach fantastisch, daß du Andrews Ländereien so gut verwaltest, obwohl du dich auch um deine eigenen Angelegenheiten kümmern mußt. Vielen Dank für alles, was du für uns tust.«

»So schwierig finde ich das gar nicht«, erwiderte Shawna. Über Skylars Scheitel hinweg begegnete sie dem strengen Blick ihres Großonkels. »Die zwei Besitze sind schon lange miteinander verbunden, und deshalb bereitet es keine große Mühe, beide gemeinsam zu betreuen.«

»Aber es ist doch sicher problematisch, diese alten Schlösser instand zu halten«, meinte Hawk.

»Ja, sie sind uralt«, bestätigte Gawain und wandte sich

zu Skylar. »Nachdem die Wikinger die Hebriden an der schottischen Westküste überfallen und sich dort niedergelassen hatten, nutzten wir ihre architektonischen Kenntnisse und bauten starke Festungen, die wir gegen ihre Angriffe verteidigen konnten. Dann nahm der normannische Eroberer die Burg Hastings ein und errichtete in ganz England steinerne Trutzburgen, um einem rebellischen Volk standzuhalten. Hier im Hochland führten wir stets unser eigenes Leben. Hohe Felsen schützten uns jahrhundertelang vor den Feinden. Doch wir erkannten angesichts der fortgesetzten Attacken, daß auch wir unerschütterliche Schlösser brauchten. Als man dieses Schloß zu bauen begann, hieß es Castle Grayfriar, Skylar. Nach der Vollendung wurde es Castle Rock genannt, weil es wie ein Fels in der Brandung aller Kämpfe steht.«

»Eine faszinierende Burg«, bemerkte Sabrina.

»Aber eher klein«, sagte Alistair, »verglichen mit den Bauten in London oder Edinburgh. Leider können sich weder Castle Rock noch unser Castle MacGinnis mit den grandiosen Festungen messen, die später entstanden sind.«

»Bei einem Schloß kommt es nicht nur auf die Größe an, sondern vor allem auf die Bewohner«, erklärte Hawk seiner Frau. »Die Hochländer sind ein einzigartiges Volk.«

»Nirgendwo auf der Welt gibt es eine so wundervolle Landschaft«, behauptete Shawna. »Das werdet ihr morgen sehen. Die Berge erstrecken sich in allen Grüntönen, vermischt mit den bunten Farben der Feldblumen. Und der Himmel schimmert hell- und dunkelblau, silbrig und grau — abends und morgens von rosa Streifen überzogen. Wenn der See unter der Sonne funkelt, scheinen unzählige Diamanten zu glitzern ...« Plötzlich errötete sie, weil sie so überschwenglich von ihrer Heimat schwärmte, und fügte in beiläufigem Ton hinzu: »Davon könnt ihr euch bald überzeugen.«

Myer, der würdevolle Butler, räusperte sich. Gewohnheitsmäßig schaute er Shawna und Gawain an. Doch dann erinnerte er sich an die Anwesenheit des Schloßherrn. »M'laird, das Dinner ist fertig. Dürfen wir servieren?«

»Ja, gewiß«, antwortete Hawk. »Nach der langen Fahrt sind wir hungrig.«

Sie nahmen am langen Tisch Platz, Laird Douglas am einen Ende, Shawna am anderen, zu ihrer Linken ihr Onkel und ihr Vetter, zur Rechten Skylar und Sabrina.

Beim Essen erkundigte sich Shawna nach der Schiffsreise. Bereitwillig erstatteten Skylar und ihre Schwester Bericht, während Hawk die beiden MacGinnis um Informationen über den Zustand der Ländereien und des Bergwerks bat. Shawna war dankbar für Gawains und Alistairs Gegenwart. Wenn sie auch Douglas' Grund und Boden erwerben wollten — an diesem Abend beantworteten sie alle Fragen wahrheitsgemäß und empfingen den heimgekehrten Laird so höflich, wie es ihm gebührte.

»Und wie sieht die Situation in Amerika aus?« wandte sie sich an Hawk.

Sofort erlosch sein Lächeln, und er warf seiner Frau einen kurzen Blick zu. »Es wird mit jedem Tag schlimmer.«

»Oh, wie schrecklich! Wenn ich dir doch helfen könnte ...«

»Hier tust du schon genug für mich, Shawna, mit der freundlichen Unterstützung deiner Verwandten. Nur deshalb bin ich imstande, alle meine Kräfte für das Land meiner Mutter einzusetzen. Bald muß ich nach Hause zurückkehren.«

»Wann?« fragte Gawain hastig. Dann schluckte er und fügte hinzu: »Du bist doch eben erst angekommen.«

»Wir bleiben bis zur Nacht der Mondjungfrau, dann fahren wir zurück.«

»In drei Tagen ist es soweit«, erklärte Shawna. »Es freut

mich, daß ihr dieses Fest miterleben werdet. Nach alter Tradition tanzen die Leute um einen geschmückten Pfahl herum und danken den Göttern für die Ernte. Natürlich entstand der Brauch lange vor der Christianisierung, aber die Hochländer halten immer noch daran fest.«

»Und für die Lairds war die Feier stets profitabel«, warf Alistair ein, »denn in dieser besonderen Nacht wurden zahlreiche Kinder gezeugt, die später auf den Feldern arbeiteten.«

»Also ein Freudenfest mit praktischem Hintergrund«, meinte Skylar, und Sabrina verschluckte sich beinahe an ihrem Wein.

»Früher wurden Mondjungfrauen geopfert«, ergänzte Alistair.

»Dieser Brauch wurde schon vor vielen, *vielen* Jahren abgeschafft«, betonte Shawna, und Skylar lächelte.

»Oh, da bin ich aber sehr erleichtert.«

»Als Lady des Lairds wären Sie nicht in Gefahr«, sagte Alistair grinsend. »Doch die schöne Sabrina, eine unschuldige Ausländerin, könnte Interesse wecken. Das beste Opfer wäre allerdings meine schöne Kusine ...«

»Alistair!« protestierte Shawna.

»In meiner Kindheit fiel sie uns Jungen gewaltig auf die Nerven. Deshalb fesselten wir sie manchmal an den Altar zwischen den Druidensteinen und gaben vor, sie den Göttern zu opfern.«

»Halt den Mund!« fauchte sie. Aber Hawk lachte, und sogar seine Schwägerin schien sich endlich zu amüsieren.

»Einmal sah ich zu, wie sie am Stein festgebunden war und Gift und Galle spie«, erzählte Hawk. »Da kam David und befahl euch, die arme Shawna zu befreien, sonst würde ihr Vater euch alle verprügeln.«

»Aye«, bestätigte sie. »Zum Glück hast du diesen Rüpeln Cowboy- und Indianerspiele beigebracht. Natürlich wurden die Cowboys immer besiegt.«

»Wie ich meinen Mann kenne, mußten sich alle seine Gegner stets geschlagen geben«, bemerkte Skylar und unterdrückte ein Gähnen. »Tut mir leid — die Reise war doch sehr anstrengend. Shawna, würdest du uns bitte unsere Zimmer zeigen?«

Shawna wandte sich zu Hawk. »Vorhin habe ich das Herrschaftsschlafzimmer für euch beide geräumt. Und Sabrina wird nebenan einquartiert.«

Unbehaglich runzelte Hawk die Stirn und schaute Gawain an. »Ich habe doch geschrieben, ihr sollt meinetwegen keine Umstände machen.«

»Zu dieser Maßnahme habe ich meine Nichte nicht aufgefordert«, erwiderte Gawain. »Ich habe in letzter Zeit kaum noch Einfluß auf das Mädchen.«

»Mittlerweile bin ich ein ziemlich altes Mädchen, Onkel«, betonte Shawna honigsüß.

»Ja, natürlich«, stimmte Hawk lächelnd zu. »Du stehst schon mit einem Fuß im Grab.«

»Immerhin bin ich vierundzwanzig.«

»Dann wirst du diese Woche wohl kaum überleben«, spottete Hawk. In ernsthaftem Ton fügte er hinzu: »Da wir nicht lange bleiben, habe ich dich gebeten, jedes Aufheben zu vermeiden.«

»Oh, ich habe nur ein paar meiner Sachen aus dem Zimmer entfernt.« Shawna stand auf. »Wenn ihr wollt, führe ich euch nach oben ...«

»Nicht nötig, ich kenne den Weg«, fiel er ihr ins Wort.

»Gewiß. Wenn du mich jetzt entschuldigen würdest ... Auch wir haben einen ereignisreichen Tag hinter uns.«

»Das habe ich gehört.« Seine forschenden grünen Augen erinnerten sie viel zu lebhaft an seinen Bruder. »Unterwegs hielten wir in der Taverne an, um ein Ale zu trinken. Dort erfuhren wir von deiner Heldentat. Ein Schacht stürzte ein. Und du bist in einen engen Tunnel gekrochen, um einen kleinen Jungen zu retten.«

Shawna errötete verlegen. »Oh, wir waren alle dort unten — Gawain, Lowell, Alistair, Alaric, Aidan und ich. Da wir für die Mine verantwortlich sind, haben wir nur unsere Pflicht erfüllt.«

»O nein, du hast viel mehr getan.« Auch Hawk erhob sich, ebenso wie die anderen. Zärtlich und besitzergreifend zugleich, legte er einen Arm um die Taille seiner Frau.

»Vielen Dank für das Kompliment«, entgegnete Shawna. »Nun wünsche ich euch allen eine gute Nacht.«

Als sie die Treppe hinaufstieg, drehte sie sich um und warf Hawk einen letzten Blick zu. Bald würde er erfahren, daß sie noch viele gute Taten vollbringen mußte, um die Douglas für den Verrat zu entschädigen, den sie vor fünf Jahren begangen hatte.

Sabrina folgte ihr nach oben, während die anderen noch in der Halle stehenblieben und sich unterhielten. »Vielen Dank für deine Gastfreundschaft, Shawna.«

»Dies ist das Heim deiner Schwester.«

»Aber du führst den Haushalt.«

»Hoffentlich erlaubst du mir, dir auch einen Teil der MacGinnis-Ländereien zu zeigen.«

»Darüber würde ich mich sehr freuen.«

»Reitest du?«

»O ja, sehr gern.«

»Dann bis morgen. Zuerst muß ich natürlich mit deinem Schwager die Rechnungsbücher durchsehen.« Im ersten Stock angekommen, verabschiedete sich Shawna von Sabrina und stieg die schmalere Treppe des Nordturms hinauf, wo sie ein kleines Zimmer bezogen hatte.

Sie verriegelte die Tür hinter sich und begann umherzuwandern. In diesem Raum waren zur Zeit der Feudalkriege Geiseln gefangengehalten worden. Ein Fenster und eine Balkontür boten eine imposante Aussicht auf die Berge.

Welch eine passende Umgebung, dachte Shawna. Auch sie fühlte sich wie eine Gefangene. Wäre die Zeit nicht so knapp gewesen, hätte sie sich für die Dauer von Hawks Besuch im Castle MacGinnis niedergelassen.

Zitternd sank sie aufs Bett und dachte an David. Jetzt, da sein Bruder endlich eingetroffen war, würde er die Hilfe finden, die er brauchte. Und sie hatte die Kontrolle über ihre Welt verloren.

Sie stand auf, zog sich aus und schlüpfte in ihr Nachthemd. Würde David heute nacht in Hawks Zimmer schleichen? Genau das hatte sie mit der Übersiedlung in den Nordturm bezweckt. Sie starrte ins Kaminfeuer, das die fürsorgliche Mary Jane entzündet hatte, kroch unter ihre Decke und hoffte, endlich wieder ungestört zu schlafen.

Hawk trat auf den Balkon des Herrschaftsschlafzimmers, und Skylar schaute sich um. Fasziniert betrachtete sie die jahrhundertealten Möbel und die vereinzelten viktorianischen Stücke, die für zeitgemäße Eleganz sorgten. »Was für ein abwechslungsreiches Leben ich mit dir führe, mein Liebster!« Sie eilte zu ihrem Mann und schlang die Arme um seine Taille. »In einem komfortablen Herrschaftshaus, in einem Indianerzelt und jetzt in einem schottischen Schloß ... Oh, es wäre wundervoll, wenn David noch leben würde. Ich weiß, wie wichtig es für dich wäre.«

»Ja, darum bete ich jeden Tag.« Viele Anhaltspunkte gab es nicht – nur den Siegelring seines Bruders, die sonderbaren Nachrichten, die sein Anwalt von einem Fremden bekommen hatte, und die Aufforderung, Hawk solle sich in der Nacht der Mondjungfrau bei den Druidensteinen einfinden. Er hauchte einen Kuß auf Skylars Lippen. »Gehen wir schlafen? Wir müssen uns von der langen Reise erholen. Morgen möchte ich mich frisch und munter fühlen, wenn ich dir den Ahnensitz meines Vaters zeige.« Trotz seiner Erschöpfung wußte er nicht, ob er tatsächlich schlafen wollte. Die Nähe seiner reizvollen Frau erregte ihn. »Nun, legen wir uns wenigstens ins Bett.«

»Nicht nur Castle Rock ist wunderschön«, meinte sie, wandte sich ab und öffnete den obersten Knopf ihres Kleids. »Auch Lady MacGinnis ...«

Grinsend schüttelte er den Kopf. Er hatte gedacht, die stürmischen Tage ihrer Ehe würden der Vergangenheit angehören. Aber sie war immer noch eifersüchtig. »Gewiß, Shawna ist schön, mit ihren leuchtendblauen Augen und dem rabenschwarzen Haar.«

Nun knöpfte sie ihren Kragen wieder zu. »Was dir natürlich aufgefallen ist.«

»Allerdings.«

»Hat sie in deiner Vergangenheit eine besondere Rolle gespielt?«

Er ging zu ihr und zog sie an seine Brust. »Falls du meinst, ob ich mit ihr geschlafen habe — nein.«

»Wie sonderbar«, erwiderte sie und runzelte mißtrauisch die Stirn.

»Keineswegs. Schon als Kind hat sie für David geschwärmt. Das amüsierte ihn zunächst, und dann ...«

»Dann?«

»Sie wuchs zu einer schönen, stolzen, charmanten Frau heran, und seine Gefühle vertieften sich. Aber sie behandelte ihn kühl und abweisend. Sie weigerte sich, ihre Liebe zu zeigen, weil sie eifersüchtig und unsicher war.«

»Warum denn?«

»Er verkehrte in hohen politischen und militärischen Kreisen, in Großbritannien und Amerika. Wahrscheinlich zögerte Shawna, ihm alles zu geben, weil sie fürchtete, auf seinen Reisen würde er einer jüngeren, weltgewandteren Frau begegnen.« Nach einer kurzen Pause fügte er hinzu: »Für mich war sie immer eine kleine Schwester, und nach dem Begräbnis meines Bruders bedauerte ich sie zutiefst. Sie war völlig verzweifelt und brachte kaum ein Wort hervor.«

»Hinter jener Nacht, in der das Feuer ausbrach, scheint irgendein Geheimnis zu stecken. Könnte die schöne Lady Shawna versucht haben, deinen Bruder zu beseitigen?«

»Das bezweifle ich.«

»Wieso?«

»Weil sie ihn aufrichtig liebte.«

»Also sollten wir ihre Verwandten unter die Lupe nehmen.«

»Was immer geschehen muß, es hat Zeit bis morgen. Lösch die Lampen und geh ins Bett.«

»Oh, dieser Befehlston!«

»Heute nacht bin ich der Laird dieses Schlosses, Liebling.«

Erschrocken rang sie nach Luft, als er plötzlich an ihr vorbeisprang und alle Lichter löschte. Dann packte er sie und warf sie aufs Bett.

Ihre Lippen fanden sich, ein langer Kuß weckte leidenschaftliche Gefühle.

Zunächst glaubte Skylar, sie hätte sich getäuscht. Doch sie hörte das sonderbare, scharrende Geräusch ein zweites Mal — etwas lauter.

Wenige Sekunden später spürte sie eine Bewegung an ihrer Seite, und in den nächtlichen Schatten erklang ein Fluch. »Verdammt!« Beinahe hätte sie laut aufgeschrien. Irgend jemand lag bei ihnen im Bett.

»David?« fragte die atemlose Stimme ihres Mannes.

»Hawk?«

Ohne lange zu überlegen, erhob sie sich, riß ein Streichholz an und entzündete die Kerze, die auf dem Nachttisch stand. Und da erkannte sie, daß sie nicht Lady Douglas hieß. Laird David Douglas lebte. Da die Ähnlichkeit zwischen den Brüdern unübersehbar war, erkannte sie ihn sofort.

Auch die beiden Männer waren aus dem Bett gesprungen. Es dauerte eine Weile, bis sie ihre Verwirrung überwanden und sich umarmten.

Verlegen wandte sich David zu Skylar. »Großer Gott, verzeih mir, liebe Schwägerin! Ich konnte es kaum erwarten, dich kennenzulernen. Aber glaub mir, ich wollte nicht in dein Bett kriechen.«

»Und warum bist du in unser Bett gekrochen?« fragte Hawk.

»Nun, ich ...«

»Hast du erwartet, jemand anderen anzutreffen?« erkundigte sich Skylar.

»Natürlich — Shawna!« stöhnte Hawk. »Vermutlich weiß sie, daß du noch lebst, David.«

»Ja.«

»Also weiß sie auch, was damals geschehen ist — und wo du die ganze Zeit gesteckt hast.«

»Sie weiß nur, daß ich am Leben bin. Und sie weigert sich, die Schuld ihrer Familie an jenem Mordversuch einzugestehen. Wo ich inzwischen war — das ist eine lange Geschichte.«

»Großer Gott, die MacGinnis!« stieß Hawk hervor. »Sie wollten dich umbringen? Obwohl mein Vater und ich ihnen bedingungslos vertraut haben?«

»Moment mal, Hawk. Wir dürfen nicht den gesamten Clan verdächtigen. Sicher, sie wollten Alistair schützen, nachdem ich gewisse Unstimmigkeiten in den Kontoauszügen entdeckt hatte. Aber sie sind wohl kaum alle so kaltblütig, einen Mordversuch zu vertuschen.«

»Alistair!« fauchte Hawk. »Am liebsten würde ich ihm den Hals umdrehen.«

»Moment mal! Ich glaube, damals ließ er sich nichts anderes zuschulden kommen als jugendlichen Leichtsinn.

Wie ich nach meiner Rückkehr feststellte, ist er nun ein gewissenhafter Geschäftsmann, der hart arbeitet und sogar bereit ist, sein Leben für andere Menschen zu riskieren.«

»Und wer ist der Schurke?«

»Das weiß ich nicht, aber ich werde die Wahrheit herausfinden. Um eine lange Geschichte mit knappen Worten zu erzählen — in jener Nacht traf ich Shawna im Stall, weil sie mit mir reden wollte. Bevor das Feuer ausbrach, schlug mich jemand bewußtlos. Ich verbrannte nicht, denn ein anderer schleifte mich gerade noch rechtzeitig aus den Flammen und erweckte den Eindruck, ich wäre tot. Schließlich verpaßte man mir die Identität eines Mörders aus Glasgow und brachte mich an Bord eines Sträflingsschiffs, das nach Australien fuhr. Als ich dem Kapitän erklärte, ich sei David Douglas, wurde ich beinahe zu Tode gepeitscht. Vier Jahre lang rackerte ich mich in Australien ab, bis ich mit einem Freund und Mithäftling, Dr. James McGregor, fliehen konnte. Wir verdingten uns als Seemänner und kämpften uns über die Meere. In all den Jahren hatte ich niemanden von meiner wahren Identität überzeugen können. Ich wußte, daß ich nach Schottland zurückkehren mußte, um zu beweisen, daß ich David Douglas heiße. Als ich von schottischen Seeleuten erfuhr, Vater sei gestorben, schickte ich Jamie zu deinem Anwalt und reiste hierher. Jetzt hause ich in den Höhlen und beobachte die Vorgänge rings um Castle Rock.«

»Also bist du durch die Hölle gegangen«, flüsterte Hawk voller Mitgefühl.

»Und ich konnte Vater vor seinem Tod nicht wiedersehen.« David ballte die Hände. »Bis zu seinem letzten Atemzug glaubte er, ich wäre verbrannt.«

»Er war eine Kämpfernatur. Und bis zu seinem letzten Atemzug manipulierte er mein Leben, um der Dynastie endlich einen Stammhalter zu sichern.«

»Offenbar zog er es vor, in Amerika zu leben. Und die MacGinnis übernahmen die Herrschaft in Craig Rock.«

Hawk legte eine Hand auf die Schulter seines Bruders. »Bald werden wir die ganze Wahrheit kennen.« Er zögerte. »Hat sich Shawna schuldig gemacht?«

»Nur an mangelnder Urteilskraft.«

»Mehr nicht?«

»Ihre Unschuld muß sie noch beweisen.«

»Immerhin war sie an dem Komplott beteiligt. Und nun weiß sie, daß du noch lebst. Trotzdem wahrt sie das Geheimnis?«

»Ja, ich glaube schon.«

»Jedenfalls werden wir das Rätsel bald lösen.«

»Aye.« David umklammerte den Arm seines Bruders. »Vielleicht hätte ich dich nicht veranlassen sollen, nach Schottland zu reisen. Damals wußte ich noch nichts von deiner zweiten Ehe. Ich hoffe, ich habe euch beide nicht in Gefahr gebracht.«

»Hier leben wir sicher nicht gefährlicher als in Amerika«, meinte Skylar. »Keine Angst, wir werden uns in acht nehmen.«

»Hoffentlich.« David lächelte ihr zu. »Und nun muß ich mich verabschieden. Ich habe noch zu tun.«

»Wenn du deine Anwesenheit geheimhalten willst, kannst du doch nicht einfach herumlaufen«, warnte sie ihn.

»In diesem Schloß wimmelt es von Geheimgängen.«

»Oh ...“

»Geht es um Shawna?« fragte Hawk.

»Ja, ich behalte sie ständig im Auge. In der Nacht meiner Heimkehr wurde sie von einem Mann verfolgt und fast getötet.«

»Von wem?«

»Ich kannte ihn nicht. Notgedrungen erstach ich ihn.«

»Was sagte der Constable dazu?«

»Die Leiche wurde nicht gefunden, weil ich sie im See versenkt hatte.«

»Und Shawna nimmt die Gefahr nicht ernst, in der sie schwebt?«

»Sie will nicht zugeben, daß ein MacGinnis hinter dem Anschlag stecken könnte. Jetzt, da du hier bist, werde ich mehr Zeit finden, um in beiden Schlössern Anhaltspunkte und Spuren zu suchen. Ich bin dir sehr dankbar für deine Unterstützung, mein Bruder. Trotz der Schwierigkeiten in Amerika bist du hierhergekommen. Das weiß ich zu schätzen. Wenn dies alles vorbei ist, begleite ich dich ins Sioux-Land und helfe dir, deine Probleme zu lösen.«

»Darüber würde ich mich sehr freuen. Und ich danke dem Himmel, daß du noch lebst.«

Die beiden Brüder umarmten sich, dann küßte David seine Schwägerin auf die Wange. »Verzeih mir die Störung — und den Schrecken, den ich dir eingejagt habe.«

Fasziniert beobachtete sie, wie er einen Stein in der Mauer neben dem Bett berührte, eine schmale Tür öffnete und im schwarzen Nichts verschwand. Danach erklang das leise scharrende Geräusch, das sie bei Davids Ankunft gehört hatte, die Mauer schloß sich. Nicht einmal eine Ritze war zu sehen. »Mein Gott, er lebt! Und in diesem Schloß geschieht irgend etwas Schreckliches.«

»Offensichtlich. Nur gut, daß ich hier bin und ihm beistehen kann — obwohl er die Schwierigkeiten sicher auch allein meistern würde.«

»Zweifellos. Ein eindrucksvoller Mann ...«

»Gefällt er dir?«

»O ja.«

»Muß ich eifersüchtig sein?«

»Das würde dir nur recht geschehen.«

»Aber ich bin nicht eifersüchtig.«

»Warum nicht?«

»Weil ich meinem Bruder vertraue.«

»Mir nicht?« fauchte sie und warf ein Kissen nach ihm.

Lachend nahm er sie in die Arme und küßte sie. Das Verlangen, das so plötzlich abgekühlt war, erwachte von neuem.

Aber sie rückte von ihm ab. »Womöglich werden wir wieder gestört. Gibt es wirklich so viele Geheimgänge in diesem Schloß?«

»Sehr viele. Früher waren die Douglas Jakobiten.«

»Jakobiten?«

»Ja. So nannten sich die Anhänger James II. Seine schottische Stuart-Linie regierte Schottland und England. Aber dann nahm er eine katholische Prinzessin zur Frau. Die Engländer und viele Schotten wollten den Sohn der beiden nicht als Thronerben anerkennen. Als seine Tochter Mary und sein Schwiegersohn, William von Oranien, nach England kamen und die Krone beanspruchten, mußte James abdanken. Er floh nach Frankreich, und sein Sohn übernahm die Rolle des Thronfolgers. Später bekam er selbst einen Sohn, und von da an trug er den Beinamen ›alter Prätendent‹. Keiner seiner Nachkommen konnte den Thron erobern. Aber viele Hochländerfamilien unterstützten jahrelang die Bemühungen der Stuarts. Oft mußten ihre Anhänger, darunter viele Priester, versteckt werden. Dafür eigneten sich besonders Festungen wie Castle Rock mit ihren vielen Geheimgängen. Diese Schlupfwinkel waren damals ein Gottesgeschenk.«

»Und jetzt sind sie aber ein gewisses Ärgernis.«

Hawk grinste und zog seine Frau wieder an sich. »Mach dir keine Sorgen. David wird nicht zurückkommen. Und nun wollen wir uns endlich ausziehen und ins Bett gehen.«

Statt den ersehnten Schlaf zu finden, starrte Shawna ins Kaminfeuer. In den Flammen sah sie die Vergangenheit vor sich, jene Nacht, in der sie neben der verbrannten Leiche erwacht war, und sie glaubte immer noch, ihren eigenen Schrei zu hören.

Plötzlich fürchtete sie, jemand könnte ihr Zimmer betreten. Sie stand auf und schaute sich prüfend um. Keine Menschenseele. Trotzdem hatte sie das beklemmende Gefühl, nicht allein zu sein. Sie spähte unter das Bett. Dann blickte sie durch die Balkontür in die Nacht hinaus. Der Mond stand hoch am Himmel.

Als sie ein seltsames Geräusch vernahm, kroch sie hastig unter die Decke. Hatte sie sich getäuscht?

Nein. *Er* war zu ihr gekommen. In seiner schwarzen Kleidung saß er vor dem Kamin, ein gestiefeltes Bein lässig über die Armstütze des alten Queen Anne-Sessels gelegt.

Sollte sie vor Wut schreien — oder einfach nur beten?

10

Lächelnd wandte er sich zu ihr. »Sei gegrüßt, Lady.«

»Mein Gott«, flüsterte sie, »du kannst nicht hier sein.«

»Wie schlau du das eingefädelt hast ... Ich sollte meinen Bruder und seine Frau im Bett überraschen, nicht wahr?«

»Und?« fragte sie unbehaglich. »Hast du's getan?«

»Wir führten ein langes, interessantes Gespräch.«

Bedrückt wich sie seinem Blick aus. Es war leichtsinnig gewesen, ihm diesen Streich zu spielen — und seinen Zorn heraufzubeschwören. »Nun, ich dachte, du wolltest deinen Bruder möglichst bald wiedersehen.«

»Dein Herz war schon immer am rechten Fleck, was, Mädchen?«

»Vielleicht müßtest du endlich aufhören, nachts umherzuschleichen und die Leute zu überfallen.«

»Ich hatte nicht die Absicht, andere ›Leute‹ zu überfallen — nur dich.«

»Wie bist du in dieses Zimmer gelangt?«

»Geister und Dämonen und gewisse Tierchen bahnen sich stets einen Weg.«

»Oh — gewisse Tierchen ...« Shawna sprang aus dem Bett und lief zu ihm. »Wenigstens hast du als unheimliches Fabelwesen ein gutes Werk vollbracht und den kleinen Danny gerettet. Dafür bin ich dir dankbar.«

»Aye, ich habe den Jungen aus dem Schacht geholt. Und von jetzt an wird er ein angenehmeres Leben führen, weil die Kinder nicht mehr in der Mine arbeiten dürfen.«

Hörte er denn alles, was sie sagte? »Ja, das habe ich beschlossen ...« Seufzend verstummte sie. Da Andrew zurückgekehrt war und der Laird lebte, würde sie keine Entscheidungen mehr treffen.

»Und es war völlig richtig. Ein hübscher, kluger, tapferer Junge. Glücklicherweise befolgte er alle meine Anweisungen und hielt den Atem an, während wir durch den unterirdischen Bach schwammen. Sonst wäre er ertrunken.«

»Ich konnte ihn nicht erreichen.«

»Zum Teufel, was hast du eigentlich im Stollen gemacht?« fauchte er und stand auf.

Angstvoll wich sie zurück. »Ich wußte, daß Danny dort drin festsaß, und ...«

»Nichts gegen deine Mutterinstinkte, Shawna, aber sei in Zukunft etwas vorsichtiger. Du solltest heiraten, selber Babies kriegen und dich nicht mehr um alle Kinder dieser Welt kümmern.«

»Zum Glück hast du keine Zeit gefunden, eine Familie zu gründen. Du wärst ein miserabler, kaltherziger Vater.«

»Zumindest weiß ich, daß ich nicht die ganze Welt retten kann.«

»Nur ein einziges Kind war in Gefahr. Nicht die ganze Welt.«

»Jedenfalls wirst du das Bergwerk nicht mehr betreten.«

»Aber dazu bin ich verpflichtet, da ich hier die Herrin bin ...«

»Das bist du nicht.«

»Meine Position hängt nicht vom Diktat der Douglas ab«, erklärte sie ärgerlich. »Auf Wunsch meines Vaters befehlige ich den Clan MacGinnis, und ich bin es leid, mit gottverdammten *Männern* über diese Tatsache zu streiten.«

»Selbst wenn du die Königin wärst — solange ich lebe, wirst du nicht mehr ins Bergwerk gehen.«

»Du lebst nicht, denn du ziehst es vor, für tot zu gelten.«

»Soll ich dir zeigen, wie lebendig ich bin?«

Plötzlich preßte er sie gegen die Wand, schlang die Finger in ihr Haar und zwang sie, ihn anzuschauen. Sie zitterte am ganzen Körper. Nur wegen der kalten Steinmauer, redete sie sich ein und versuchte seinen Blick möglichst gelassen zu erwidern. »Fünf Jahre lang warst du tot. Und da du beschlossen hast, tot zu bleiben, kannst du hier keine Macht ausüben.«

»Glaub mir, ich bin eine sehr mächtige Leiche — zumindest, was dich betrifft, Lady.«

»Wenn du dich so sehr um mich sorgst«, stieß sie zwischen zusammengebissenen Zähnen hervor, »warum bist du dann erst nach fünf endlosen Jahren von den Toten zurückgekehrt?«

Sofort bereute sie ihre Worte, denn sie sah, wie sich seine Kinnmuskeln anspannten. »Gewisse Umstände entzogen sich meiner Kontrolle«, erklärte er tonlos und grub die Finger noch fester in ihr Haar. »Erinnere mich lieber nicht an den Ort, wo ich den Großteil dieser fünf Jahre verbracht habe.«

Seine eisige Stimme jagte ihr einen Schauer über den Rücken. »In der Hölle ...«, wisperte sie.

»Ja, in der Hölle.«

»Wie du in deine Hölle geraten bist, weiß ich nicht. Aber glaub mir, keiner meiner Verwandten kam damals in die Stallkammer. Zu einer solchen Tat wären sie unfähig. Heute hättest du ihnen im Schacht zuschauen sollen. Ohne Rücksicht auf die eigene Gefahr befreiten sie die verschütteten Männer ...«

»Oh, ich habe sie beobachtet.«

»Du kannst nicht alles sehen.«

»Viel mehr, als du denkst.«

»Seit jener Nacht wurde ich nicht mehr attackiert«, betonte sie.

»Weil ich Wache hielt.«

»Niemand wird mir was antun — niemand außer dir.«

»Was ich dir antun könnte, ließe sich nicht mit dem Leid vergleichen, das ich *dir* verdanke.«

»O Gott, wie gern würde ich die Zeit zurückdrehen und die Ereignisse ungeschehen machen ...« Zu ihrem Entsetzen spürte sie Tränen in den Augen und schluckte sie mühsam hinunter. »Deinetwegen würde ich durch die Hölle gehen.«

»So? Das freut mich, wenn ich auch nicht vorhabe, dich in die Hölle zu schicken. Übrigens, heute nacht möchte ich im Bett schlafen. Der Sessel vor dem Kamin ist nicht allzu bequem.«

Ungläubig starrte sie ihn an, als er sie losließ und zum Bett ging. »Würdest du freundlicherweise die Decke herüberwerfen?« zischte sie.

Ohne in Shawnas Richtung zu schauen, erfüllte er den Wunsch, und die Decke landete auf ihrem Kopf. Ärgerlich befreite sie sich davon. »Oh, du anmaßender Bastard!

In diesem Schloß gibt's genug andere Betten, und offensichtlich hast du zu allen Räumen Zugang. Aber nein, du mußt hier schlafen und mich zwingen, am Boden zu liegen. Diesmal kannst du nicht einmal behaupten, ich hätte dir *dein* Bett gestohlen. Das hier ist *meines.*«

»Da es in meinem Schloß steht, gehört es mir«, erwiderte David und wandte sich zu ihr.

»Aber nicht, wenn es von jemand anderem benutzt wird.«

»Nun, nachdem ich dich aus deinem Bett hinausgeworfen habe — laß dich wieder zurückwerfen.«

Mit zwei Schritten war er bei ihr, packte sie und schleuderte sie auf die Matratze. Empört wollte sie aufstehen, aber er streckte sich blitzschnell neben ihr aus und schlang ein Bein um ihre Hüften. Auf einen Ellbogen gestützt, hielt er mit seiner anderen Hand ihre Schulter fest.

»Willkommen in *deinem* Bett, Lady MacGinnis. Natürlich würde ich dir niemals eine Nacht auf dem Fußboden zumuten.«

In seinen Augen schien ein grünes Feuer zu leuchten. Sie wußte nicht, ob er ihr grollte oder ob er sie hänseln wollte. Nur eins wußte sie — seine Nähe erschreckte und erregte sie. Und sie wagte nicht, sich zu bewegen. Mit allen Fasern ihres Körpers spürte sie ihn. »Eigentlich möchte ich lieber den kalten Stein unter meinem Rücken fühlen«, würgte sie hervor.

»O nein, das erlaube ich nicht. Wir werden beide in diesem warmen, weichen Bett schlafen.«

»Zusammen?«

»Wie schnell du das begreifst . . .«

Irgendwie mußte sie ihm entrinnen. Sie riß sich los, fuhr herum und wollte aus dem Bett springen. Aber er war schneller, preßte ihren Rücken an seine Brust und umklammerte ihr linkes Handgelenk.

Ihr rechter Arm wurde von ihrem eigenen Gewicht gefesselt.

»So ist es sehr bequem«, meinte David.

Für ihn. Er genoß den Vorteil seiner Kleidung, während ihr Nachthemd bei ihrem mißlungenen Fluchtversuch hochgerutscht war. Durch den dünnen Stoff spürte sie sein Leinenhemd, an den nackten Schenkeln das rauhere Material seiner engen Hose. Sie schluckte und lag stocksteif da, sein warmer Atem streifte ihren Nacken. Unterhalb der Brüste hielt er ihr Handgelenk fest, seine Fingerknöchel berührten das weiche Fleisch, und sie merkte bestürzt, wie sich die Knospen erhärteten und ein flüssiges Feuer ihre Adern durchströmte. »Wirklich — ich würde lieber am Boden schlafen«, stammelte sie und schüttelte seinen Arm ab.

Wieder wurde sie zurückgezerrt, und diesmal warf er sich auf ihren Körper. Als sie sich umherwand, drückte sie ihre Brüste unwillkürlich in seine Hände. An ihrem Bauch fühlte sie seine wachsende Erregung. Sie wollte protestieren, doch ein heißer, hungriger Kuß verschloß ihr den Mund. Erst jetzt erkannte sie, wie weit ihr Hemd nach oben gerutscht war, denn Davids Hand fand ihren Venusberg und glitt aufreizend zwischen das schwarze Kraushaar. Die Vernunft befahl ihr, Widerstand zu leisten. Doch sie war ihrer eigenen Begierde hilflos ausgeliefert — und ihrer Liebe.

Sein Mund verließ ihre Lippen und wanderte an ihrem Hals hinab. Ungeduldig öffnete er ihr Nachthemd. »Nein«, hauchte sie. Und trotzdem — sie sehnte sich nach ihm. Gehörte es zu seiner Rache, ihre Sinne zu entflammen? Seine Zunge liebkoste ihre Brüste, ihren Bauch, während seine Finger die intimste Zone ihres Körpers streichelten.

»Ist das deine Vergeltung?« wisperte sie.

Stöhnend richtete er sich auf. »In der Hölle träumte ich

von dir und schürte meine Rachsucht, Shawna. Und nun verführst du mich erneut mit deiner Schönheit, obwohl ich weiß, daß sie so tödlich ist wie das Feuer.«

»Aber ich sage dir ...«

»Sag gar nichts und genieße die Rache ebenso wie ich. Denn sie kann sehr süß sein.«

Er küßte sie wieder, in wilder, fordernder Leidenschaft, und sie gab ihm recht. Ja, die Rache war unglaublich süß. Ganz fest drückte er sie an sich, und das verzehrende Fieber seines Verlangens nahm ihr den Atem. Seine Zunge erforschte begierig ihren Mund. Dann zog sie wieder eine erotische Spur zu ihren Brüsten hinab. Seine Hände und Lippen waren überall, sandten Flammenströme durch ihr Blut, liebkosten sie immer intimer.

Was sie flüsterte, verstand sie selber nicht, und David schien es nicht zu hören. Als sein Finger in ihre Weiblichkeit eindrang, schrie sie leise auf. Vor Lust? Oder um zu protestieren?

Das wußte sie nicht. Sie spürte seine Zunge zwischen ihren Schenkeln, die betörenden Zärtlichkeiten, die das Zentrum ihrer Sehnsucht reizten, bis sie zu sterben glaubte. Irgend etwas in ihrem Innern explodierte, und sie rang stöhnend nach Luft.

Rasch öffnete er die Knöpfe seiner schwarzen Hose. Sein Mund erstickte ihre atemlosen Worte, während er kraftvoll in sie eindrang. Ringsum versank die Welt, und Shawna kannte nur noch diese überwältigende Begierde, die sie zwang, die Hüften zu heben, dem Rhythmus seiner Bewegungen zu folgen. Sie klammerte sich an ihn und gewann den Eindruck, sie würde schweben, immer höher empor, bis sie fühlte, wie sich alle seine Muskeln anspannten, bis ihr Körper von einer zweiten süßen Erfüllung erschüttert wurde.

Auf dem Gipfel des Entzückens schienen gleißende Sonnenstrahlen die Nacht zu erhellen. Nur langsam erloschen sie, und Shawna sank sanft auf die Erde zurück, ins Bett.

Danach lag David neben ihr, und sie spürte, wie er seine Hosenknöpfe schloß. Verwirrt wandte sie sich zu ihm. Die Hände unter dem Kopf verschränkt, starrte er zur Zimmerdecke hinauf.

»O Gott . . .« Plötzlich erkannte sie, daß er sie immer noch verdächtigte, ebenso wie ihren Clan. Trotz dieser Liebesnacht, trotz der Blumen und Geschenke. Und er strebte nur ein einziges Ziel an — Rache.

»Zum Teufel mit dir!« rief sie und wollte aus dem Bett springen.

Aber er hielt sie eisern fest. »Was hast du vor?«

»Ich will aufstehen.«

»Warum?«

»Weil — weil . . .«, stotterte sie. »Oh, verdammt.« Wütend ballte sie eine Hand und schlug auf seine Brust. »Ich habe dich nicht verführt, Laird David Douglas.«

»Allein schon deine Existenz verführt mich, Lady Shawna MacGinnis. Von jetzt an werde ich nicht mehr in Sesseln schlafen, und du wirst dir keine Lungenentzündung auf dem kalten Steinboden holen.«

Von einem heftigen Zittern erfaßt, versuchte sie gegen ihn zu kämpfen, obwohl ihre Kraft längst geschwunden war. »Du darfst nicht . . .«

»Habe ich dir weh getan oder dich bedroht? Wenn du jetzt ja sagst, lügst du. Heute nacht bestand nur eine Gefahr für uns. Wir hätten vor Lust schreien und uns verraten können.« In heller Empörung versuchte sie, ihn wieder zu schlagen, doch er griff blitzschnell nach ihren Handgelenken. »Du hattest alle Chancen, dich zu wehren.«

»Da irrst du dich. Du gibst mir nur selten eine Gelegenheit, irgend etwas zu unternehmen.«

»Vielleicht wage ich's nicht«, erwiderte er und strich über ihre Unterlippe.

»So kann's nicht weitergehen.«

»Wie denn sonst? Ich bin's leid, die Nächte in Sesseln zu verbringen, und ich lasse dich auch nicht auf dem Boden schlafen, während ich dich bewache.«

»Also warst du jede Nacht bei mir?«

»Natürlich.«

»Aye, die Blumen, die Halskette auf meinem Kissen.« Im schwachen Feuerschein versuchte sie, seine Miene zu erforschen. »Warum? Gehört auch das zu deiner Rache?«

Lächelnd entblößte er schimmernde weiße Zähne. »Allerdings.«

»Vor fünf Jahren wollte ich dich nicht verführen. Oder doch — aber ich hatte nicht vor, dich in die Hölle zu schicken. Und jetzt fürchte ich deine Rache ...«

»Vielleicht will ich Vergeltung üben, indem ich dich zwinge, mich ebenso zu begehren wie ich dich — damals, bevor das Feuer ausbrach.«

Seine heisere Stimme ließ ihr Herz schneller schlagen. Mühsam hielt sie ihre Tränen zurück. Er wußte nicht, wie sehr sie ihn begehrt, wie schmerzlich sie ihn vermißt hatte.

»Nun, vielleicht werde ich dir die Rache erschweren, Laird Douglas«, flüsterte sie, »und mich weigern, dich zu begehren. In dieser Nacht habe ich dich gewiß nicht verführt, und ich werde auch nichts dergleichen tun ...«

»Dann muß ich dich eben verführen«, unterbrach er sie und zog sie an sich. »Immer wieder.«

Diesmal legte er seine Kleider ab. Und nachdem er seine Verführungskunst bewiesen hatte, schlief er nackt neben ihr. Sein warmer, starker Körper schützte sie vor der nächtlichen Kälte.

11

Natürlich war er am Morgen verschwunden, und Shawna atmete erleichtert auf. Während die Sonnenstrahlen das Zimmer allmählich erhellten, dachte sie über Davids letzten Besuch nach. Rache? Er wußte es nicht, aber er hatte sich schon vor Jahren an ihr gerächt. Am liebsten wäre sie gestorben, durch seinen ›Tod‹ in tiefste Verzweiflung gestürzt. Was sie durchgemacht hatte, konnte er nicht einmal ahnen. Und jetzt? Weckte er ihre Sinnenlust nur, um Vergeltung zu üben und sein eigenes Verlangen zu stillen? Oder steckte mehr dahinter als körperliche Leidenschaft? Wie auch immer, sie würde nicht zugeben, was sie für ihn empfand.

Als es klopfte, stieg sie aus dem Bett und lauschte an der Tür. »Aye?«

»Shawna? Hier ist Mary Jane. Ich bringe dir frisches Wasser. Stimmt was nicht?«

Ehe sie den Riegel zurückschob, hob sie ihr Nachthemd vom Boden auf und schlüpfte hinein. Dann öffnete sie die Tür.

Die Zofe musterte sie prüfend. »Was ist nur los mit dir? Vor dieser Woche hast du deine Tür nie verriegelt.«

Scheinbar gleichmütig zuckte Shawna die Achseln. »Oh, ich wußte gar nicht, daß ich sie verschlossen hatte«, log sie.

Mary Jane stellte den Krug mit frischem Trinkwasser auf den Nachttisch. »Vielleicht bist du ein bißchen nervös. Die Nacht der Mondjungfrau wird bald hereinbrechen.«

»So wie jedes Jahr«, bemerkte Shawna trocken.

»Aber diesmal kommst du mir etwas verwirrt vor. Vermutlich, weil Laird Douglas eingetroffen ist.«

»Mag sein . . .« Etwas verwirrt? Welch eine Untertreibung! Mary Jane konnte allerdings nicht wissen, daß ein anderer Laird von den Toten auferstanden war.

»Normalerweise setzt du dich mit Feuereifer für die Pflege alter Traditionen ein. Und ich hoffe, du vergißt auch diesmal nicht, wie wichtig das Fest ist. Jedenfalls werde ich dich dran erinnern ... O Shawna, schenk mir doch ein Lächeln!« bat Mary Jane und küßte sie auf die Wange.

Shawna lächelte gehorsam. »Beruhige dich, ich werde die Feier besonders schön gestalten. In diesem Jahr haben wir sogar Gäste. Das heißt, es sind keine Gäste, denn Skylar ist die Herrin des Hauses.«

»Unsinn, du wirst immer die Herrin bleiben.«

»Aber Skylar ist die Frau des Lairds, und deshalb müssen wir sie ebenso wie ihre Schwester in die Vorbereitungen für die bedeutsame Nacht einbeziehen.«

»Ja, gewiß. Nun lasse ich dich allein. Zieh dich an und tritt den Männern hocherhobenen Hauptes entgegen — Verwandten und Neuankömmlingen.«

»Genau das habe ich vor.«

Als die Zofe hinausgegangen war, nahm Shawna ein Bad und kleidete sich an. Dann ging sie in die Halle hinunter, wo Andrew Douglas und ihre Familie bereits gefrühstückt hatten. Sie verbrachte den Vormittag mit Hawk, wie der Laird genannt werden wollte, ihren Großonkeln und Vettern im Büro. Dabei stellte sich heraus, wie gut die MacGinnis die Douglas-Interessen vertreten hatten. In allen Familienunternehmen waren Gewinne erzielt worden. Nach der Besprechung vereinbarten sie, daß sie sich zum Dinner in der Halle wiedersehen würden. Den Nachmittag wollte Hawk nutzen, um Skylar die Umgebung zu zeigen. Da Shawnas Verwandte das Kontor zuerst verließen, blieb sie allein mit ihm zurück. Sie saßen sich am Schreibtisch gegenüber.

»Falls du weißt, was geschehen ist, solltest du mich jetzt einweihen«, begann er ohne Umschweife. Der kalte Klang seiner Stimme erschreckte sie, wenn sie auch mit seiner Wut und Verachtung rechnete, seit er von ihrer Teilnahme an dem Komplott wußte.

Aber statt in Tränen auszubrechen, straffte sie die Schultern. »Und wenn ich mich weigere? Skalpierst du mich dann?«

»Eigentlich hätte ich eine vernünftigere Reaktion von dir erwartet«, erwiderte er und lehnte sich zurück.

»Ich weiß nicht, was damals passiert ist.«

»Solltest du David erneut betrügen, mußt du nicht *mich* fürchten.«

»Ich weiß nichts über jene Ereignisse, und das ist die Wahrheit, die ich nicht ändern kann. Von seiner Rückkehr habe ich niemandem erzählt, obwohl ich meine eigene Familie hintergehe. Nacht für Nacht schleicht ein Toter in mein Zimmer, ohne meine Erlaubnis. Und ich schweige trotzdem.«

Plötzlich lächelte er. »Freut's dich, daß er noch lebt?«

»O ja.«

Damit gab er sich vorerst zufrieden, und sie verließen das Büro. Als sie die Halle betraten, versuchte Alistair gerade, Sabrina mit seinem Charme zu umgarnen. Shawnas Großonkel erklärte Skylar die landschaftlichen, historischen und politischen Unterschiede zwischen dem schottischen Hochland und dem Tiefland. »Meistens waren die Tiefländer die ersten, die sich mit der englischen Herrschaft abfanden«, sagte Gawain, »vor allem, weil sie an der Grenze leben. Viele Lairds in diesem Gebiet stammten aus England, mit dem sie sich auch aus finanziellen Gründen verbunden fühlten. Hingegen kämpften die Hochländer für die Jakobiten und schützten den katholischen Zweig der Stuart-Linie. Jetzt gibt es Gesetze, die alle religiösen Interessen unseres Volkes wahren. Aber in früheren Zeiten, in denen Religion und Politik oft gleichzusetzen waren, versteckten viele Hochländer die gefährdeten Priester.«

»Aye, und trotzdem befaßten sich die Hochländer auch mit dem Hexenkult«, bemerkte Lowell. »Hier leben immer noch einige Hexen.«

»Hexen?« fragte Skylar.

»Onkel Lowell«, mischte sich Shawna ein, »du vermittelst Skylar einen falschen Eindruck.«

»Willst du die Existenz von Hexen bestreiten?«

Lächelnd schüttelte sie den Kopf. »Er meint die Frauen, die Wicca praktizieren, keine alten Vetteln, die auf Besen reiten und die Menschen verfluchen.«

»Vor der Christianisierung ließen sich viele Völker in dieser Gegend nieder«, ergänzte Alistair, »die Gälen, die Pikten, die Skoten aus Irland, die unserem Land seinen Namen gaben. Hier regierten die Druiden, die nordischen Eindringlinge brachten ihre alten Götter mit, und vor dem Siegeszug des Christentums war der Wicca-Kult weit verbreitet.«

»Die Religion verehrt die Natur«, fuhr Shawna fort, »die Mutter Erde, die Heilkräuter, die Steine, die den Menschen Kraft spenden, die Schönheit und den Frieden des Himmels, des fruchtbaren Bodens und des Wassers.«

»Vor etwa hundert Jahren wurde unsere letzte Hexe verbrannt«, verkündete Lowell. Natürlich erkannte Shawna, daß er sie herausfordern wollte, weil sie sich energisch für das Recht aller Menschen einsetzte, so zu leben, wie es ihnen gefiel. Ihr Großonkel war ein leidenschaftlicher Verfechter der schottischen Kirche. Vielleicht wäre er sogar bereit, auch heutzutage Hexen zu verbrennen.

Hawk Douglas legte einen Arm um die Schultern seiner Frau. »Soviel ich weiß, ähnelt der Wicca-Kult unserem Sioux-Glauben.«

»Wenn dieser Kult für das Schöne und Gute eintritt, warum wurde die Hexerei dann so erbittert verfolgt?« fragte Sabrina und nahm von Gawain ein Glas Wein entgegen.

»Wegen der Satanisten«, antwortete Lowell in unheilvollem Ton.

»Aber du darfst die Satanisten und die Hexen nicht auf dieselbe Stufe stellen, Vater«, protestierte Aidan.

»Der Papst sieht das anders«, warf Gawain trocken ein.

»Was man der katholischen Kirche nicht verübeln sollte ...«, begann Lowell erbost, und Alaric fiel ihm ins Wort, um einem Streit in Anwesenheit der Gäste vorzubeugen.

»Onkel, sicher will mein Vater die katholische Kirche nicht angreifen.«

Aber Gawain wollte seinen Standpunkt darlegen. »So sehr ich die römisch-katholische Kirche auch respektiere, mein Bruder, ich kann die Geschichte nicht ändern. Viele Männer, die im Dienste Gottes standen, waren trotzdem korrupt und grausam. Im fünfzehnten Jahrhundert erschien das Gesetzbuch *Malleus Maleficarum,* das bedeutet ›Hexenhammer‹. Darin wurde die Hexerei mit Teufelspraktiken gleichgesetzt, und die große Hexenjagd begann. Allein der spanischen Inquisition fielen ein paar tausend unschuldige Menschen zum Opfer. Auch unser James — der VI. von Schottland und der I. von England — fürchtete die Hexen und verfolgte sie gnadenlos.«

»Das hast du gut erklärt, Onkel Gawain«, meinte Shawna.

Lowells Augen verengten sich. »Aye, weil dein Großonkel sehr viel von Edwina McCloud hält, die angeblich einen Hexenzirkel in unserer Gegend leitet.«

»Was ihr gutes Recht ist«, betonte Gawain.

»Davon höre ich zum erstenmal!« rief Alistair erstaunt und wandte sich zu seinem Bruder. »Hast du's gewußt, Alaric?«

»Aye, Vater hat mal was angedeutet.«

»Klar, er mag dich lieber als mich«, seufzte Alistair in gespielter Verzweiflung.

»Er vertraut ihm — während du die Gefühle eines alten Mannes verspotten würdest!« fauchte Gawain, und alle brachen in Gelächter aus.

»Hängt der Wicca-Kult mit der Nacht der Mondjungfrau zusammen?« fragte Sabrina.

Shawna runzelte die Stirn. »Ja und nein ... Die Feier dieser Nacht ist älter als alle anderen Hochländerfeste und stammt aus der Zeit, in der auf unserem Druidenaltar Menschenopfer dargebracht wurden. Später veränderte sich der Kult, und heutzutage feiern wir nur mehr die Ernte.«

Nun kam Myer in die Halle und kündigte das Mittagessen an. Nach dem Essen wandte sich Sabrina an Shawna und erinnerte sie an das Versprechen, ihr die Ländereien zu zeigen.

»Du kannst uns begleiten«, schlug Hawk vor.

»Nein, sicher bist du lieber mit deiner Frau allein, wenn du sie durch dein Imperium führst. Das ist doch viel romantischer. Und ich werde mich inzwischen mit Shawna amüsieren. Oder hast du etwas gegen diesen Vorschlag, Shawna?«

»Keineswegs, es ist mir ein Vergnügen.«

»Nun, dann wollen wir alle unseren Geschäften nachgehen.« Gawain stand vom Tisch auf. »Vielleicht treffen wir uns später in der Taverne. Dort könntest du dann deine Frau und deine Schwägerin mit unserem schottischen Ale und einem Hammeleintopf bekannt machen, Laird.«

»Eine gute Idee«, stimmte Hawk zu.

»Bis nachher«, verabschiedete sich Aidan. »Ich habe in der Mine zu tun.«

»Aye, ich auch«, sagte Alaric.

»Vielleicht brauchen die Ladies eine Eskorte«, begann Alistair.

»Wir Männer gehen ins Bergwerk«, fiel Alaric ihm ins

Wort, und Alistair schnitt eine Grimasse, aber er gab sich geschlagen.

Nachdem Shawna mit Sabrina vereinbart hatte, sich eine Stunde später im Stall zu treffen, suchte sie ihr Zimmer auf und zog ein olivgrünes Reitkostüm an. Dazu trug sie einen passenden Hut mit Samtbändern.

In vollen Zügen genoß die Amerikanerin den Ritt über die Felder und am Ufer des Sees. Shawna zeigte ihr Castle MacGinnis und erklärte, daß es wahrscheinlich älter sei als die Douglas-Festung, aber kleiner und infolge der wenigen Fenster viel dunkler. »Im Büro von Castle Rock kann man besser arbeiten. Deshalb wohne ich dort mit Onkel Gawain, Alistair und Alaric, seit . . .«

»Seit David gestorben ist«, ergänzte Sabrina.

Shawna nickte. »Also weißt du Bescheid.«

»Natürlich. Meine Schwester und mein Schwager wollten mich nicht hierherbringen, ohne auf etwaige Risiken hinzuweisen.«

»Sicher droht dir keine Gefahr. Wenn du auch ein wunderbares Jungfrauenopfer wärst . . .«, fügte Shawna lächelnd hinzu. »Aber wie gesagt, dieser Brauch wurde schon vor langer Zeit abgeschafft.«

»Nun, ich bezweifle, daß ich ein geeignetes Opfer wäre. Reiten wir zur Taverne? Ich habe Durst.« Im hellen Sonnenschein lenkten sie die Pferde zum Dorf. Voller Bewunderung betrachtete Sabrina die saftigen, leuchtendgrünen Wiesen mit den bunten Blumen. »Wie schön es hier ist! Ich könnte mir vorstellen, für immer in diesem Land zu bleiben.«

Trotz der milden Herbstluft fröstelte Shawna. Die Amerikanerin war charmant und schön — und trug keine Mitschuld an einem Mordversuch. Bald würde David sie kennenlernen . . .

Sie erreichten die Taverne vor den anderen und nahmen an einem Fenstertisch Platz. Freundlich begrüßte

Shawna die Kellnerin – Edwina McCloud, eine liebenswürdige Frau, die Gawains romantisches Interesse erregte. Davon hatte die Familie, Alaric ausgenommen, erst an diesem Tag erfahren.

»Freut mich, Sie wiederzusehen, Edwina. Das ist Miss Sabrina Connor, Laird Douglas Schwägerin. Sabrina – Miss Edwina McCloud.«

»Oh, es ist mir ein Vergnügen«, beteuerte Edwina. »Was darf ich den Ladies servieren? Vielleicht Ale?« Nachdenklich musterte sie die elegante Amerikanerin. »Oder Apfelwein? Wir haben sehr guten Apfelwein.«

»Ale«, entschied Sabrina. Aber während Edwina sie anstarrte, besann sie sich zu Shawnas Verblüffung anders. »Ich versuche doch lieber den Apfelwein.«

»Möchten Sie auch etwas essen?«, fragte die Kellnerin.

»Aye, später.« Shawna musterte das Gesicht der älteren Frau.

Früher war Edwina eine Schönheit gewesen, und sie wirkte trotz ihrer zarten Fältchen und der grauen Strähnen im dichten kastanienroten Haar immer noch attraktiv. Sie bewirtschaftete das Land, das sie von dem MacGinnis-Clan gepachtet hatte. Aber an ein paar Tagen pro Woche arbeitete sie im Gasthaus ihres Vetters Evan McCloud, einem Pächter der Douglas-Ländereien. »Bald werden sich meine Onkeln, meine Vettern und Laird Douglas mit seiner Frau zu uns gesellen.«

»Nun, dann warten wir solange.« Die Neuigkeit, daß Gawain in die Taverne kommen würde, schien Edwina nicht sonderlich zu beeindrucken.

Während sie hinter die Theke ging, um die Getränke einzuschenken, überlegte Shawna, ob die Frau von Gawains Interesse wußte. Hatte das etwas zu bedeuten? Wenn er den Wicca-Kult auch verteidigte, er war ein stolzer MacGinnis und Edwina eine einfache Bäuerin.

»Was für ein hübsches Lokal!« meinte Sabrina lächelnd.

»Sicher ein bißchen rustikal, verglichen mit den Restaurants, die du in Amerika kennst.«

Sabrina schüttelte den Kopf. »Vor kurzem war ich bei meiner Schwester in Dakota. Dagegen finde ich diese Taverne geradezu vornehm. Natürlich ist mein Schwager ein kultivierter Mann, aber die meisten Indianer sind ziemlich unzivilisiert.«

»Wenn du dich in Schottland wohler fühlst, solltest du hierbleiben ...« Abrupt verstummte Shawna, als sie Bruder Damian entdeckte, der an einem Ecktisch saß. Er prostete ihr mit seinem Ale zu, das zerfurchte Gesicht war von der dunklen Kapuze überschattet.

»Wer ist das?« fragte Sabrina. »Ein Dorfbewohner?«

»Nein, ein Besucher, über den ich mich mal geärgert habe.«

»Dieser harmlose Mönch?« Lächelnd schaute Sabrina zu ihm hinüber, und er nickte ihr zu.

»Myladies?« Edwina trat an den Tisch.

Verwirrt und ein wenig beklommen beobachtete Shawna, wie eindringlich die Frau in Sabrinas Augen schaute. Manche Leute behaupteten, Edwina sei nicht nur wegen ihrer Wicca-Praktiken eine Hexe. Sie besaß heilsame Kräfte und angeblich sogar das ›zweite Gesicht‹. Schon oft hatte sie gewisse Ereignisse vorausgesagt, zum Beispiel die Geburt eines Kalbs oder ein Gewitter. Reverend Massey erklärte, Gottes Hand habe sie berührt. Obwohl er ihr mangelndes Interesse an der schottischen Kirche beklagte, diskutierte er gern mit ihr und bewunderte ihre Fähigkeiten. Aber manche Leute fürchteten ihr hellseherisches Talent. Glücklicherweise behielt sie viele Dinge, die sie in der Zukunft sah, für sich.

Nachdem sie die gefüllten Gläser auf den Tisch gestellt hatte, nippte Sabrina an ihrem Apfelwein. »Einfach köstlich! Aber ich hätte das Ale probieren sollen.«

»Für das Baby ist Apfelwein viel besser«, erwiderte Edwina. »Ich kannte viele schwangere Frauen, die zuviel Ale tranken, und dann brachten sie kranke Kinder zur Welt.«

»Edwina, das ist *Miss* Sabrina Connor«, mahnte Shawna und runzelte die Stirn. Dann sah sie, daß Sabrina leichenblaß geworden war.

»Oh, ich weiß nicht — ich weiß nicht, was ...«, stammelte die junge Amerikanerin.

Edwina schaute sich um und senkte dann ihre Stimme. »Wie Sie wünschen, Miss Connor. Aber Ihr Kind ist in Gefahr, ebenso wie Sie selbst, Mylady.«

»Edwina ...«, protestierte Shawna.

Doch die Frau ließ sich nicht beirren. »Neulich träumte ich von Laird David. Ich ging in die Douglas-Gruft, und da hämmerte er gegen den Sargdeckel und bat mich, ihn zu befreien. Als ich den Sarg öffnete, sah ich ihn auf der Leiche eines anderen Mannes liegen. Auch Sie kamen ins Gewölbe, Lady Shawna, und er forderte Sie auf, ihm zu helfen. ›Ich lebe‹, rief er, ›und ich bin der Laird dieses Schlosses! Nun will ich nicht länger als Mordopfer hier liegen und verwesen!‹ Im Schatten der Gruft standen Leute, die seine Rückkehr aus dem Totenreich zu verhindern suchten. Und sie wünschten auch Ihren Tod, Lady Shawna ...« Sie unterbrach sich und wandte sich wieder zu Sabrina. »Manchmal verstehe ich meine eigenen Träume nicht. Aber Sie schweben ebenfalls in Gefahr, Miss Connor. Irgendwie hängt das alles zusammen. Und ich muß Sie warnen.«

Bedrückt blickte sich Shawna um. Wer mochte Edwina belauscht haben? Bruder Damian blieb in seiner Ecke sitzen und schaute herüber. Zu ihrer Bestürzung hatte Fergus an der Theke Platz genommen. Er grinste spöttisch. »Hast du das gehört, Evan?« fragte er und beugte sich zum Wirt hinüber. »Deine Kusine erzählt unserer hochwohlgeborenen Lady MacGinnis, David Douglas würde noch leben.« Nachdem er in schallendes Gelächter ausgebrochen war, fuhr er fort: »Laß die arme Lady in Ruhe, Edwina! Der Laird wollte sie angeblich heiraten. Stell dir mal vor, wie ihr zumute wäre, wenn sie mit einer verkohlten Leiche im Bett liegen müßte.«

»Fergus!« Wie Donnerhall drang der Ruf von der offenen Tür herüber, und Fergus beschattete seine Augen mit einer Hand, um sie vor dem grellen Sonnenlicht zu schützen, das plötzlich hereinfiel.

»Ah, der Wilde«, flüsterte er dem Wirt zu.

Empört sprang Sabrina auf, lief zu ihm und schlug ihm ins Gesicht. »Unterstehen Sie sich, meinen Schwager einen Wilden zu nennen, Sie elender Schurke.«

Shawna folgte ihr, um Fergus zurückzuhalten, der schwankend aufstand. Aber Hawk Douglas packte ihn bereits am Kragen. »Es mißfällt mir, wenn Trunkenbolde über meinen Bruder reden, mag er tot oder lebendig sein. Gehen Sie nach Hause, Fergus! Für heute haben Sie genug Ale in sich hineingeschüttet.«

Wütend starrte Fergus ihn an. »Lairds, Ladies — und Wilde! Die regieren die Welt und glauben, sie könnten einem alles nehmen, das Leben, die Zeit, aye — sogar die Kinder!«

»Unsinn, Fergus!« protestierte Shawna ärgerlich. »Niemand hat Ihnen etwas weggenommen. Im Gegenteil, man hat sehr viel für Sie getan.«

»Und wie geht's meinem kleinen Jungen, Lady Shawna?«

»Er ist in guten Händen.«

»Verschwinden Sie, Fergus!« befahl Hawk und ließ ihn los.

Fergus warf ihm einen rebellischen Blick zu, rückte seinen Kragen zurecht und verließ die Taverne.

»Was ist mit seinem Sohn geschehen, Shawna«, fragte Hawk.

»Das ist der kleine Junge, der im eingestürzten Schacht festsaß und gerettet wurde, von ...« Zögernd fügte sie hinzu: »Wie durch ein Wunder fand er einen Weg ins Freie. Jetzt arbeitet er im Castle Rock. Ich hoffe, du bist damit einverstanden.«

»Ja, natürlich.«

Nun erschien Skylar Douglas an der Seite ihres Mannes. Auch Gawain und Aidan traten ein. Wie Shawna feststellte, war Bruder Damian inzwischen unbemerkt hinausgeschlüpft, und Sabrina Connors Gesicht war immer noch aschfahl.

Shawna fühlte sich müde und wollte mit ihren Gedanken allein sein. Deshalb verließ sie die Taverne vor den anderen. Als sie zum Castle Rock ritt, brach die Dunkelheit herein. Über dem Hochland lag goldener und purpurroter Glanz, den die fernen Druidensteine widerspiegelten. Entzückt über diesen Anblick, zügelte sie ihr Pferd im Schatten eines Wäldchens und stieg ab. Sie lehnte sich an einen Baum und schaute zu dem Hügel hinüber, wo die alten Monumente emporragten.

Plötzlich spürte sie, daß sie nicht allein war, und wandte sich zum Grat hinter dem Wäldchen. Dort stand jemand, wie ein Hochländer gekleidet, eine Silhouette im schwindenden Tageslicht. Reglos und hoch aufgerichtet, wirkte er wie eine Statue.

Dann kam er langsam auf sie zu und erinnerte sie an den Mann, der sie zu töten versucht hatte. Angstvoll eilte sie zu ihrem Pferd.

»Shawna!« rief der Hochländer, und sie erkannte Davids Stimme. Erleichtert drehte sie sich um. Im rotgoldenen Schein der Abenddämmerung erschien er ihr attraktiver denn je. Sie wollte ihm entgegenlaufen und in seine starken Arme sinken, aber angesichts seines Verdachts konnte sie sich nur im nächtlichen Dunkel gestatten, ihn zu berühren. Er blieb vor ihr stehen, der Wind zerzauste sein dunkles Haar.

»Oh, beehrst du mich neuerdings auch bei Tag mit deiner Gesellschaft, Laird Douglas?« fragte sie.

Und plötzlich lag sie an seiner Brust. Er hob sie hoch, trug sie zu einigen Felsblöcken am Ufer eines plätschernden Bachs und setzte sie auf einen flachen Stein. Die Arme verschränkt, blieb er vor ihr stehen. »Um Himmels willen, was machst du hier draußen — ganz allein?«

Lächelnd strich sie sich das Haar aus der Stirn. »Aber ich bin nicht allein. Ein mächtiger Geist beschützt mich — zu meinem nicht geringen Ärger.«

»Nicht einmal die mächtigsten Geister können überall sein.«

»Dir scheint das nicht schwerzufallen.«

»Nun, ich tue mein Bestes. Allerdings bin ich kein richtiger Geist — und deshalb nicht unfehlbar.« Er beugte sich herab und umfaßte ihr Kinn. »Sei vernünftig, Shawna! Du darfst nicht allein ausreiten.«

»Als ich mit den anderen in der Taverne saß, hielt ich's plötzlich nicht mehr aus.«

»Wie auch immer, du wirst dich nicht mehr allein in dieser Gegend herumtreiben, während ich das Rätsel zu lösen versuche. Allmählich wird sich das Geheimnis offenbaren.«

»Hast du was herausgefunden?«

Er zögerte. »Zumindest weisen gewisse Anhaltspunkte auf den Ort hin, wo ich die Wahrheit suchen muß.«

»Und wo ist das?«

»Sobald ich etwas mehr weiß, werde ich's dir erzählen. Wenn du mir versprichst, nicht mehr allein auszureiten.«

»Wie du wünschst, Laird Douglas.«

Lächelnd strich er über ihre Wange. Im sanften Abendwind, eingehüllt von den letzten rötlichen Sonnenstrahlen, hatte Shawna das Gefühl, sie wären ganz allein auf der Welt. Ihre Lippen fanden sich. Behutsam spielte seine Zunge mit ihrer und weckte süße Qualen. Dann richtete er sich plötzlich auf. »Pferde! Die anderen haben das Gasthaus verlassen. Schnell, reit zu ihnen!«

Verwundert wandte sie sich in die Richtung des Dorfes. Sie hatte keine Hufschläge gehört. Aber nun drangen Stimmen und Gelächter herüber. Sie drehte sich zu David um, aber er war verschwunden. Leise plätscherte der Bach, der Wind flüsterte, und der Geist war im Dämmerlicht untergetaucht.

12

Hastig bestieg sie ihre Stute. Im selben Augenblick kam die Reitergruppe zwischen den Bäumen hervor.

»Was machst du hier, Shawna?« rief Gawain mißbilligend. »Mutterseelenallein!«

»In der Abenddämmerung ist das Hochland besonders schön. Deshalb hielt ich in diesem Wäldchen an, um den Sonnenuntergang zu genießen. Aber jetzt werde ich euch begleiten.«

»Das befehle ich dir sogar!« mischte Hawk sich ein.

Als sie sah, daß seine Schwägerin vorausgeritten war, spornte sie ihr Pferd an und folgte ihr besorgt. »Sabrina?«

Verwirrt wandte sich die Amerikanerin zu ihr, immer noch kreidebleich.

»Ich wollte nur fragen, ob alles in Ordnung ist«, begann Shawna unbehaglich und errötete. »Meistens sagt Edwina die Wahrheit. Falls du tatsächlich ein Baby erwartest, werde ich nichts verraten, und ich verstehe ...«

»Nein, du verstehst gar nichts. Wie könntest du?«

»Trotzdem werde ich schweigen, da du dieses Geheimnis offensichtlich nicht einmal mit deiner Schwester teilst.«

»Um ehrlich zu sein — bisher habe ich's nicht einmal mit mir selbst geteilt.« Sekundenlang schloß Sabrina die schönen türkisblauen Augen und preßte ihre Finger an die Schläfen. »Das alles ging so schnell — der Tod meines Stiefvaters, die Reise in den wilden Westen, die Fahrt hierher ...«

»Weiß der Vater des Babys Bescheid?«

»Großer Gott, nein! O Shawna, wieso hat's mir diese Frau angesehen? Und sie träumte, David wäre noch am Leben ...«

»Ja. Und Fergus hat alles gehört. Bald wird das ganze Dorf munkeln, der Laird sei von den Toten auferstanden.«

»So ist es doch, oder?«

Shawna nickte. »Aber er war niemals tot. Und nun glaubt er ...«

»Daß ihn ein MacGinnis ermorden wollte.«

»Da irrt er sich.«

»Nun, dann mußt du ihm eben das Gegenteil beweisen.«

Shawna seufzte. »Reden wir lieber von deinen Problemen. Der Vater des Kindes hat das Recht, davon zu erfahren.«

»O nein!« fauchte Sabrina.

»Kann ich dir irgendwie helfen?«

»Danke, ich komme schon allein zurecht. Ich sage dir, du würdest es nicht verstehen ...«

»Doch, sicher.«

»Du kennst diesen Mann nicht. Oder die Umstände ... Es geschah ganz zufällig. Und — ich glaube es noch immer nicht.«

»Ist er denn so schrecklich? Ein Verrückter? Ein Ungeheuer?«

»Keineswegs. Er sieht sehr gut aus, ein eindrucksvoller, charmanter Mann — aber gnadenlos. Wenn ich mir vorstelle, in was für einer lächerlichen Situation wir uns trafen! Diese Ironie!«

»Verachtest du ihn?«

»Ja! Nein! Ach, ich weiß nicht ... Er ist in seinen eigenen Konflikt verstrickt. Vorerst läßt sich mein Problem nicht lösen. Zum Glück bin ich jetzt hier und habe genug Zeit, um nachzudenken. Und nun möchte ich nicht mehr darüber reden. Bitte!« Sabrina drehte sich um und sah, daß die anderen weit hinter ihnen ritten. »Erzähl mir lieber von jener Nacht, in der David angeblich getötet wurde. Vielleicht kommt die Wahrheit ans Licht, wenn du dich an alle Einzelheiten erinnerst.«

»Tausendmal habe ich mir dieselben Fragen gestellt«, seufzte Shawna, »und keine Antworten gefunden.«

»Wenn du die Ereignisse schilderst, kann ich dir vielleicht helfen. Manchmal sehen Außenseiter mehr als die Betroffenen.«

»Alistair hatte Geld veruntreut. Weil meine Onkeln und Vettern im Büro oder im Herrschaftsschlafzimmer nach belastendem Beweismaterial suchen wollten, lockte ich David aus dem Schloß. Wir trafen uns in der Stallkammer.«

»Und was ging schief?«

»Das weiß ich nicht.«

»Was geschah im Stall?«

»Der Wein, den ich ihm servierte, enthielt eine Droge. Für mich war sie nicht bestimmt, aber David schöpfte Verdacht und vertauschte die Gläser. Plötzlich wurde es dunkel, dann brach das Feuer aus. Ich verlor die Besinnung, und als ich zu mir kam, lag ich neben . . .«

». . . einer verkohlten Leiche.«

»Oh, es war grauenvoll!«

»Also legte jemand einen Toten in die Stallkammer, den man für David halten sollte. Gut geplant, nicht wahr?«

»Offensichtlich. Alistair hat's nicht getan, da bin ich mir

sicher. Nach Davids vermeintlichem Tod war mein Vetter völlig verzweifelt und schämte sich, weil er das Geld unterschlagen und damit die Tragödie ausgelöst hatte. Nun verurteilt der Laird die MacGinnis«, fügte Shawna bitter hinzu, »ohne zu ahnen, was wir durchgemacht haben.«

»Du mußt doch erkennen, daß ihn irgend jemand ermorden wollte.«

»Warum lebt er dann immer noch?«

»Ja, das ist erstaunlich«, gab Sabrina zu. »Und ich habe bereits eine Theorie. Vermutlich war nicht nur eine Person in die Sache verwickelt.«

»Sondern meine ganze Familie?« fragte Shawna entrüstet.

»Das habe ich nicht behauptet. Aber weil so viel geschehen ist, müssen mehrere Leute dahinter stecken ... Oh, die anderen kommen näher. Bitte — du darfst meiner Schwester und meinem Schwager nichts über meinen Zustand verraten!«

»Keine Bange.«

Sabrina drehte sich zu Hawk und Gawain um. »Was für ein schöner Abend!«

»Sicher wird dir die Nacht der Mondjungfrau noch besser gefallen«, meinte Gawain.

Shawna lag im Bett und wartete vergeblich auf David. Als sie in einen unruhigen Schlaf versank, träumte sie, jemand würde ihr folgen. Sie lief am Castle Rock vorbei, zum See, der im Mondlicht glänzte. Sobald sie ihn erreichte, würde ein Geist — halb Mensch, halb Tier — aus dem Wasser steigen und sie vor ihrem Feind retten. Das wußte sie.

Aber zwischen Shawna und dem Ufer ragten die Druidensteine empor. Sie stolperte über den Altar, spürte den Atem des Verfolgers im Nacken, Finger griffen nach ihrem Hals.

Auf der anderen Seite des runden Altars blieb sie neben einer verkohlten Leiche liegen. Entsetzt starrte sie in das schwarze Gesicht, sah im grausigen Todesschrei den weit aufgerissenen Mund geöffnet.

Sie fuhr aus dem Traum hoch und wurde von starken Armen umfangen. Beinahe hätte sie geschrien.

»Was ist denn los?« flüsterte David, der neben ihr auf dem Bett saß. Wieder einmal war er in ihr Zimmer geschlichen, während sie geschlafen hatte, ein lautloser Wächter.

»Nichts. Nur ein Alptraum.«

»Von einem Toten?«

Im schwachen Schein des Kaminfeuers versuchte sie sein Gesicht zu betrachten. Sie sah keinen Hohn, keine Anklage, nur grimmig zusammengepreßte Lippen.

»Von einer verbrannten Leiche?« fügte er hinzu.

Ein Schauer rann über ihren Rücken. Wie unheimlich ... So als hätte er ihren Traum mit angesehen ...

»Als ich heute mit Sabrina die Taverne besuchte, kam Edwina McCloud an unseren Tisch und behauptete, in deinem Sarg würde ein anderer liegen.«

»Was für eine scharfsinnige Frau!« erwiderte David kurz angebunden.

»Vielleicht solltest du endlich verlauten lassen, daß du am Leben bist.«

»Noch nicht. Vorher möchte ich feststellen, ob der Tote in meinem Sarg jener Strafgefangene ist, dessen Leben ich so lange Zeit geführt habe.«

»Ein Sträfling?«

»Das ist eine lange Geschichte. In dieser Nacht spielt sie keine Rolle.«

»Für mich schon.«

»Jetzt bin ich nicht in der Stimmung, um darüber zu reden.«

»Aber ich will es wissen ...«

»Erzähl mir lieber, was in der Nacht des Feuers mit dir geschehen ist.«

»Ich wurde aus dem Stall gezerrt — keine Ahnung, von wem. Jedenfalls erwachte ich draußen, neben deiner Leiche.«

»Also waren zwei Personen am Werk. Ich sollte in den Flammen sterben, aber dann wurde ich mit einem anderen Mann vertauscht.«

»Vielleicht versuchte einer meiner Verwandten, dich zu retten.«

»Mag sein.«

Shawna erschauerte wieder. Warum fühlte sie sich in dieser Nacht so unbehaglich?

»Fürchtest du dich?« fragte David leise. »Dazu hast du keinen Grund. Ich passe auf dich auf. Jetzt solltest du wieder schlafen.«

Wie konnte sie schlafen, wenn so gräßliche Visionen ihre Fantasie heimsuchten? Um die kalte Angst endlich abzuschütteln, schmiegte sie sich an Davids Brust, spürte eine tröstliche Geborgenheit — und dann noch mehr, viel mehr ...

Auf dem Gipfel der süßen Lust glaubte sie, zwischen Sternen zu schweben. Langsam sank sie zur Erde zurück, immer noch von Davids starken, warmen Armen umschlungen. Bald würde er sie wieder verlassen. Im Morgengrauen. Und sie würde nicht wissen, wohin er ging.

Aber er würde sie beobachten, alles sehen, alles hören.

Als er aus dem Bett stieg, erwachte sie und blinzelte. Im Zimmer lagen immer noch dunkle Schatten, vor der Balkontür schimmerte das erste Tageslicht.

Shawna spürte seine Lippen auf ihrer Stirn. Dann verschwand er wie ein Geist, und der Kuß war nur mehr eine Erinnerung. Sie schloß die Augen und fühlte eine schreckliche Leere in ihrem Herzen. Hatte sie die Liebesnacht nur geträumt?

Sabrina fand keinen Schlaf.

Wie lange hatte sie versucht, die Unpäßlichkeit während der Schiffsreise zu überstehen und die offenkundigen Tatsachen zu verdrängen? Sie stand auf, schlüpfte in ihren Morgenmantel und wanderte vor dem schwachen Kaminfeuer umher.

Großer Gott! Sloan!

Viel zu lebhaft erinnerte sie sich an die erste Begegnung in seinem Hotelzimmer ... Sie hatte sich voller Verzweiflung vor ihrem Stiefvater versteckt. Und Sloan hielt sie für das neue Mädchen, aus dem benachbarten Bordell herübergeschickt. Natürlich konnte sie ihm ihre Situation nicht erklären, die immer schwieriger wurde.

Nun, sie war ihrem Stiefvater entronnen. Sie lebte — und unter ihrem Herzen wuchs ein neues Leben. »O Gott!« wisperte sie und fröstelte.

Die Nacht war schlimm genug gewesen. Und am Morgen glaubte er immer noch, sie wäre ein Freudenmädchen.

Noch ehe sie vollends erwachte, verführte er sie ein zweites Mal — nach allen Regeln der Kunst. Danach entdeckte sie zu ihrem Entsetzen, daß er nicht nur ein überaus selbstbewußter Halbindianer und Kavallerist war, sondern auch noch der beste Freund ihres Schwagers. Sie würde ihn sehr oft wiedersehen, einen eingefleischten Junggesellen, an die Gesellschaft vieler Frauen gewöhnt.

Wenn er wollte, konnte er sehr charmant sein, aber auch eigensinnig und unbarmherzig. Und zu allem Überfluß schuldete sie ihm ihren Dank. Ohne seine Hilfe wäre sie ihrem mörderischen Stiefvater nicht entkommen. Und womöglich hätte der Schurke auch Skylar getötet.

Zitternd verschränkte sie die Arme vor der Brust und dachte an den Konflikt, der in Sloan Trelawnys Brust tobte. Ein Kavallerist im Dienst der amerikanischen Regierung, gegen die sein Sioux-Blut rebellierte ... Hinter seiner zivilisierten Fassade brannte ein wildes Feuer, so wie in den Herzen aller roten Krieger, die sich gegen den weißen Mann auflehnten.

Sabrina öffnete den Schrank und hoffte, eine Flasche Brandy oder Sherry zu finden. Dann hielt sie inne und erinnerte sich an Edwinas Warnung. Der Alkohol könnte dem Baby schaden. Nur ein kleiner Schluck — sie würde ohnehin einen Bastard zur Welt bringen.

Bei diesem Gedanken wurde ihr übel, und sie eilte auf den Balkon, um die frische Nachtluft einzuatmen. Wie sollte sie diese furchtbare Situation bewältigen?

Wenigstens war sie kein naives Mädchen. Zielstrebig und entschlossen hatte sie Maryland verlassen und die Reise zu ihrer Schwester nach Westen angetreten. Diese innere Kraft hatte sie entwickeln müssen, um sich gegen den skrupellosen Mann zu behaupten, bei dem sie aufgewachsen war.

Nach dem ungesühnten Mord an ihrem leiblichen Vater machte er eine steile politische Karriere. Dank seiner zahlreichen Kontakte konnte er ihrer Spur nach Westen folgen. Um ihm zu entfliehen, landete sie schließlich in Sloans Hotelzimmer.

Am nächsten Morgen haßte sie sich selbst, weil sie ihr Herz nicht belügen konnte. Sie hatte nicht nur ein Opfer für Skylar und ihr eigenes Leben gebracht. Von Sloans magischer Anziehungskraft überwältigt, war sie ins Reich der sinnlichen Liebe entführt worden — wenn er auch geglaubt hatte, er würde eine Hure ausbilden.

Nach der Trennung vergaß er sie vermutlich ebenso schnell wie seinen Frühstückskaffee. Aber zu Sabrina Connors tiefster Bestürzung hatten sie sich wiedergesehen.

Und jetzt? Natürlich würde sie ihn niemals über seine Vaterschaft informieren.

Was sollte sie tun? Diese schrecklichen Kopfschmerzen!

Sie wollte nicht mehr nachdenken. Nur ein kleiner Brandy oder ein Sherry ... Das würde dem Baby nichts anhaben und ihr helfen, endlich einzuschlafen.

Lautlos schlich sie aus ihrem Zimmer, zog den Morgenmantel aus blauem Samt fester um die Schultern und eilte die Treppe hinab. Auf dem großen Tisch in der Halle stand ein Tablett mit einer gefüllten Karaffe und Gläsern. Hastig schenkte sie sich einen Brandy ein. Nur einen kleinen.

Als sie das Glas an die Lippen hob, hörte sie ein Geräusch im Korridor, der zur Schloßkapelle führte. »Wer ist da?« fragte sie.

Ein leises Schluchzen erklang. Vielleicht ein Kind, das sich verirrt hatte?

»Keine Angst, ich tu dir nichts!« rief sie leise. »Kann ich dir helfen?«

Ein schwaches Wimmern. Entschlossen stellte Sabrina ihr Glas ab und betrat den dunklen Korridor.

Plötzlich fuhr Edwina aus dem Schlaf hoch und starrte zur Zimmerdecke hinauf, wo der Widerschein silberner Strahlen tanzte.

Was hatte sie geweckt? Sie stand auf, trat ans Fenster und spähte in die Nacht hinaus. Unbehaglich betrachtete sie den nahezu vollen Mond.

Dort draußen lauerte irgend etwas Böses, und sie wünschte, sie könnte es bekämpfen. Aber es gab keine Beweise. Sie wußte nichts und wurde nur von diesem seltsamen Gefühl gequält.

Immerhin hatte sie Shawna und Sabrina Connor gewarnt — belauscht von diesem Trunkenbold und Taugenichts, der sie immer nur verspottete. Aber das spielte keine Rolle, sagte sie sich. Wie oft war sie schon verhöhnt worden ... Sie hätte Lady Shawna mehr erzählen müssen. Über den Jungen.

Der Wind frischte auf. Plötzlich öffnete sich die Tür ihrer Hütte. Ein Mann stand auf der Schwelle.

»Also bist du gekommen«, flüsterte Edwina.

Er trat ein, schloß die Tür hinter sich, und der Wind heulte noch lauter. Sekundenlang verschwand der Mond hinter dichten Wolken, dann schimmerte er wieder hellgelb am Nachthimmel. Fast voll ...

Zögernd schaute Sabrina in die Kapelle. Dann ging sie hinein.

Sie glaubte immer noch, ein Kind weinen zu hören. Zu beiden Seiten des Altars flackerten Laternen. Aber das kleine alte Kirchenschiff wurde noch von einem anderen schwachen Lichtstrahl erhellt — vom Mondschein. Im Hintergrund stand die Tür offen, die zum Friedhof führte.

Soviel Sabrina wußte, hatte Shawna neulich einen kleinen Jungen im Schloß aufgenommen. Obwohl es für mütterliche Instinkte noch zu früh war, ertrug sie dieses angstvolle Schluchzen nicht.

Sie durchquerte die Kapelle und erreichte den Friedhof. Neben Marmorengeln standen alte hölzerne und steinerne keltische Kreuze, dazwischen erhoben sich majestätische Grabmäler mit Inschriften. Sabrina erschauerte. Tagsüber hatte sie den Friedhof imposant gefunden. Aber nachts ...

Wenn sich ein Kind hierher verirrte, würde es vor Angst fast vergehen.

Da hörte sie das Wimmern wieder. Die Stimme schien hinter einem großen Engel mit ausgebreiteten Schwingen hervorzudringen, etwa hundert Schritte von der Festungsmauer entfernt.

»Hallo!« rief sie. »Ich will dir helfen!« Als sie zu der Statue rannte, flatterten ihre Haare und der Morgenmantel im Nachtwind.

Plötzlich folgten ihr Schritte, und der Mond verbarg sich hinter einer schwarzen Wolke. Sie blieb stehen und drehte sich um. Zu spät. Kein Laut kam über ihre Lippen. Viel zu schnell wurde ein feuchtes, übelriechendes Tuch auf ihr Gesicht gepreßt.

12

»Es ist der Schacht nordwestlich von hier, in dem es angeblich spukt, nicht wahr?«

Obwohl Shawna die Frage hörte, antwortete sie nicht und gähnte ausgiebig.

Ungeduldig runzelte Hawk die Stirn. »Shawna! Ist es der Schacht nordwestlich von hier?«

Sie wäre fast im Stehen eingeschlafen, tief unten in der Kohlenmine. Kein Wunder, nach der gestörten Nachtruhe... Kurz nachdem David verschwunden war, hatte sein Bruder an Shawnas Tür geklopft. Gemeinsam mit ihr wollte er die Tunnels erforschen, ehe die Bergmänner zu arbeiten anfingen.

»Aye«, bestätigte sie. »Vermutlich ist es David, der dort herumgeistert.«

»Kann sein. Und hier wurden die Leute verschüttet?«

Sie hob ihre Kerosinlaterne. »Da siehst du die Wände, die sie abgestützt haben«, erklärte sie und zeigte auf massive Pfosten. »Wir sind nicht weit vom See entfernt. Deshalb fließen viele unterirdische Bäche durch diesen Teil des Bergs. Aber bisher drang kein Wasser in die Stollen. Wie du bereits gehört hast, wäre bei dem Einsturz beinahe ein Junge ums Leben gekommen. Glücklicherweise ›spukte‹ dein Bruder in der Nähe herum und rettete ihn.«

»Dieser kleine Bursche, der jetzt im Schloß wohnt?«

»Ja.«

»Er sieht wie ein MacGinnis aus.«

»So wie viele Kinder in diesem Dorf. Da gibt's auch einige mit grünen Augen und braunem Haar.«

»Beenden wir doch endlich den Kleinkrieg zwischen den MacGinnis und den Douglas . . .« Plötzlich verstummte er.

Beide hatten ein Klopfen gehört, das von einer natürlichen Biegung des Schachts im Norden herandrang. Er eilte in diese Richtung, und sie folgte ihm. Am Ausgang des Bergwerks wartete Skylar, um ihnen Bescheid zu geben, wenn die Arbeiter eintrafen. Aber hier in der Mine dürfte sich niemand außer Hawk und Shawna aufhalten.

Nach ein paar Schritten blieb er stehen und lauschte. Es klopfte wieder.

»Offenbar will uns jemand zu einer bestimmten Stelle locken«, wisperte sie, und er nickte. »Wir sollten nicht weitergehen. Holen wir lieber Hilfe.«

»Dann würden wir die Leute nur in ihrem Glauben bestärken, daß es hier unten spukt. Komm, ich werde dich beschützen.«

»Um mich selber sorge ich mich nicht.«

»Etwa um *mich*? Nachdem ich gegen die US-Kavallerie, Rebellen und Crow-Indianer gekämpft habe, soll ich vor Klopfgeräuschen in einer Kohlenmine davonlaufen?« Shawna nickte, und er lachte leise. Dann drückte er einen brüderlichen Kuß auf ihre Stirn. »Wir müssen herausfinden, was da vorgeht.«

»Wahrscheinlich kocht dein Bruder seinen Morgentee«, bemerkte sie trocken.

»Pst!« warnte er.

Vorsichtig schlichen sie weiter, und Shawna verspürte ein wachsendes Unbehagen. Hawk hielt wieder inne. Nun klopfte es etwas lauter, als würde sich der Unbekannte ärgern, weil sie seinem Ruf nicht schnell genug folgten.

Ein Windstoß fegte durch den Tunnel und löschte die Laterne. Reglos standen sie in pechschwarzer Finsternis.

»Shawna?« flüsterte Hawk.

»Hier ...«

»Rühr dich nicht von der Stelle.«

»Wie könnte ich, wenn ich nicht einmal meine Hand vor den Augen sehe?«

»Ich habe Streichhölzer. Reg dich nicht auf, gleich zünde ich die Laterne an ...« Eine winzige Flamme flackerte in seiner Hand. »Verdammt, ich sagte, du sollst dich nicht bewegen!«

»Das tu ich doch gar nicht!« verteidigte sie sich.

»Aber da hinten entfernt sich dein Schatten. Komm zurück!« Das Flämmchen erlosch, und Shawna hörte Hawks Schritte, die sich der Biegung des Schachts näherten.

Blindlings starrte sie ins Dunkel, die Laterne immer noch in der Hand. »Hawk!« rief sie, von kalter Panik erfaßt. Offenbar hatte jemand den Eindruck erweckt, sie wäre davongerannt. «Hawk, halt ...", begann sie.

Zu spät. Holzplanken zersplitterten, sie hörte ihn fluchen und stürzen. Schreiend setzte sie einen Fuß vor den anderen.

»Hawk!«

»Bleib, wo du bist, Shawna! Sonst fällst du hier herunter!«

»Wo steckst du?«

»In einem Höllenloch. Ich sehe überhaupt nichts. Leider habe ich die Streichhölzer verloren.«

»Ich hole Hilfe.«

»Irgendwo in meiner Nähe plätschert was.«

»Gibt es einen Ausweg?«

»Keine Ahnung ... Oh, das Wasser steigt - es überspült meine Fußknöchel.«

»Um Himmels willen! Die Flut des Sees!«

»Was? Eine Flut? Aus einem See? Großer Gott, ja!«

Offenbar hatte Hawk das Phänomen des Craig Loch vergessen. Durch mehrere unterirdische Bäche war er mit der Irischen See verbunden, und sein Wasserspiegel veränderte sich mit den Gezeiten.

»Ich hole Hilfe«, versprach Shawna.

»Unmöglich! In dieser Finsternis kannst du nicht durch die Mine gehen. Das wäre zu gefährlich.«

»Jetzt sehe ich etwas besser«, erwiderte sie und schaute sich um. Dann schrie sie in wilder Panik auf, als starke Hände ihre Schultern umfaßten. Sie wurde herumgedreht und ließ die Laterne fallen. Verzweifelt versuchte sie, sich zu befreien, bis eine heisere Stimme in ihr Bewußtsein drang.

»Ganz ruhig, Lady!« David, dessen Gegenwart in diesem Moment keineswegs tröstlich wirkte ...

»Heb die Laterne auf!« befahl er.

Mit zitternden Händen tastete sie den Boden ab und hörte, wie David ein Streichholz an der Felsmauer anriß. Sie sah das Flämmchen flackern, fand endlich die Laterne, und er zündete sie an.

Ehe er an ihr vorbeieilte, sah sie seine grünen Augen im schwachen Licht glänzen.

»Hawk!«

»Hier!«

Sie folgte David zu der Stelle, wo einige Holzplanken unter Hawks Gewicht zerbrochen waren. Der Länge nach am Boden ausgestreckt, hielt David die Laterne über den Abgrund, bis er seinen Bruder entdeckte.

Inzwischen hatte das Wasser Hawks Knie erreicht.

»Was zum Teufel treibst du da unten?« fragte David.

»Ich bin runtergefallen.«

»Eigentlich müßten Indianer auch im Dunkeln sehen, wo sie hintreten!« fauchte David, und Shawna merkte, wie wütend er war. Weil er glaubte, sie hätte Hawk absichtlich hierhergeführt und gewußt, er würde durch den Bretterboden stürzen?

Am liebsten hätte sie ihn empört angeschrien. Aber das Wasser stieg, und Hawk brauchte dringend Hilfe.

David stellte die Laterne an den Rand der Einsturzstelle, stand auf und packte Shawnas Handgelenk. »Hol einen Strick! In den vorderen Tunnels müßtest du einen finden. Beeil dich!«

Wortlos ergriff sie die Laterne und rannte davon. Sie erinnerte sich an eine schwere Seilrolle, die sie gesehen hatte, als sie mit Hawk in den äußeren Korridor gegangen war. An einer Abzweigung hielt sie inne. Der Eingang lag zu ihrer Linken, nicht mehr weit entfernt, aber sie mußte stehenbleiben, um Atem zu schöpfen. Vor dem Schacht wartete Skylar, und Shawna überlegte, ob sie ihr erzählen sollte, was geschehen war.

Doch da hörte sie wieder ein vages Klopfen. Und eine leise, tiefe, gespenstische Stimme rief ihren Namen. »Shawna ...«

Ehe sie sich umdrehen konnte, stieg ihr ein seltsamer Geruch in die Nase. Etwas Kaltes, Feuchtes wurde auf ihr Gesicht gepreßt, und sie stürzte in dunkles Nichts hinab.

Im Laternenschein funkelte ein Messer. Bevor es Shawnas Hals berührte, wurde die Hand, die es festhielt, zurückgerissen. »Du Narr! Was machst du da?«

»Sie muß sterben ...«

»Nicht hier, nicht jetzt. Heb sie hoch!«

Starke Arme umschlangen ihren Körper. Plötzlich drang aus der Richtung des Eingangs helles Licht in den Tunnel.

»Hawk! Shawna!«

»Da kommt jemand. Schnell!«

»Laß sie liegen.«

»Nein, wir sollten doch ...«

»Bald finden wir eine neue Gelegenheit. Komm! Sie dürfen uns nicht erwischen. Immerhin haben wir das andere Mädchen. Aber er wollte vor allem M'lady MacGinnis haben. Die schnappen wir uns ein andermal.«

Die beiden Gestalten verschwanden in der Tiefe des Schachts. Vor dem Eingang hielt Skylar ängstlich ihre Laterne hoch und hoffte, ihr Mann und Shawna würden endlich auftauchen.

»Verdammt«, fluchte David, »warum braucht sie so lange?« Er kannte die meisten Tunnels, die vom See zu den Bergwerkstollen führten. Oft genug hatte er sie durchwandert. Aber im Dunkeln ließ ihn sein Orientierungssinn im Stich. Und er hörte, wie das Flutwasser hochstieg.

Als könnte Hawk die Gedanken seines Bruders lesen, versicherte er: »Sie hat mich nicht hierhergeführt — ich wollte die Schächte erforschen, ehe die Männer zu arbeiten anfangen.«

»Vorhin sagtest du, sie hätte sich bewegt«, entgegnete David, an die Höhlenwand gelehnt.

»Das habe ich mir eingebildet.«

»Wenn auch du stirbst, gehört die Kohlenmine den MacGinnis.«

»Du lebst, und das weiß Shawna.«

»Sonst weiß es niemand, und ein zweiter Mordversuch könnte gelingen.«

»Glaub mir, sie ist unschuldig.«

»Obwohl sie mich damals ins Verderben lockte? Vielleicht wußte sie nicht, daß man mich umbringen wollte. Aber solange ich die Schuldigen nicht kenne, muß ich auch Shawna verdächtigen ... Nun, jetzt haben wir andere Sorgen.« David neigte sich über den Abgrund. »Am besten versuche ich, dich hochzuziehen.«

»Warte, bis das Wasser noch ein wenig steigt. Dann werde ich deine Hände erreichen.«

»Womöglich ist die Strömung in ein paar Minuten zu stark.«

»Also gut. Noch eine Minute ...«

David stemmte seine Beine gegen den Felsenrand des Abgrunds und streckte die Arme hinab. In der Dunkelheit sah er die schemenhaften Umrisse seines Bruders, und er hoffte, Hawk würde seine Silhouette ebenso erkennen. Immer lauter plätscherte das anschwellende Wasser. David hörte, wie Hawk sich aufrichtete und emporsprang.

Beim ersten Versuch berührten sich ihre Finger, und Hawk verwünschte die Flut, die ihn nordwärts trug, aus der Reichweite seines Bruders.

»Hawk?«

»Ich komme zurück ... Jetzt!« Wieder schnellte Hawk nach oben, und die Hände umklammerten einander. Mit aller Kraft, die Zähne zusammengebissen, zerrte David seinen Bruder hoch und rutschte auf dem Steinboden nach hinten.

Als Hawk die Felskante erreichte, ließ er Davids Finger los, hielt sich fest und kletterte hinauf. Keuchend lagen sie nebeneinander.

»Für einen Weißen bist du verdammt tüchtig«, meinte Hawk, und David grinste erleichtert.

»Danke. Und für einen heidnischen Amerikaner bist du auch nicht schlecht. Aber ich hätte dich nicht hierherholen dürfen.«

»Wegen dieses kleinen Zwischenfalls?«

»Irgend jemand ist fest entschlossen, die Welt — oder zumindest Craig Rock — von den Douglas zu befreien. Übrigens«, fügte David hinzu und richtete sich auf, »Lady MacGinnis ist noch immer nicht zurückgekommen.«

»Könnte ihr etwas zugestoßen sein?« Hawk sprang auf, und sein Bruder erhob sich ebenfalls.

»Oh, sie leidet nur an der Habgier des MacGinnis-

Clans.« Aber David war froh, daß die Finsternis seine sorgenvolle Miene verbarg.

So schnell es das Dunkel gestattete, eilten sie durch den Tunnel.

»Steh auf!«

Shawna blinzelte und fühlte sich elend.

»Steh auf, Shawna!«

»Das kann ich nicht.« In ihrem Kopf drehte sich alles. Grelles Licht zwang sie, die Lider zusammenzukneifen. Wer sprach mit ihr? Jemand, der sie ermorden wollte? In diesem Augenblick erschien ihr der Tod wie eine Gnade.

»Shawna!« Erst jetzt erkannte sie Davids Stimme. Er kniete vor ihr und leuchtete ihr mit der Laterne ins Gesicht.

»Was ist geschehen?« Eine andere Stimme erklang. Freundlicher und sanfter. Die Stimme eines ›Wilden‹. Hawk.

Er kauerte neben ihr, und sobald sie sich zu ihm wandte, wurde sie nicht mehr vom Laternenschein geblendet. »Keine Ahnung. Ich blieb stehen, um Atem zu holen ... O Gott, ist alles in Ordnung?«

»Aye, mein Bruder lebt«, antwortete David.

In diesen Worten hörte sie die Klage mitschwingen: Obwohl du dein Bestes getan hast, um ihm zu schaden. Entrüstet stand sie auf und schwankte von einem heftigen Schwindelgefühl erfaßt. Hätte Hawk sie nicht festgehalten, wäre sie gestürzt.

»Was fehlt dir denn, Shawna?« fragte David.

»Mir — ist übel ...« Sie schüttelte Hawks Hand ab und taumelte zum Ausgang

Dort wartete Skylar, die ihr erschrocken entgegenlief. »O Gott ...« Als ihr Mann auftauchte, gefolgt von David, verstummte sie.

Nervös spähte sie nach allen Seiten, um sich zu vergewissern, daß sie immer noch allein waren. »Hier kann man dich sehen, David. Um Himmels willen, Hawk! Was ist passiert?« Bestürzt musterte sie Shawnas aschfahles Gesicht, ihren durchnäßten, mit Schlamm bedeckten Ehemann und den Kohlenstaub an Davids Kleidung.

Ohne die Antwort der Männer abzuwarten, flüchtete Shawna in ein Gebüsch und übergab sich. Erschöpft lag sie im kühlen Gras.

»Armes Mädchen!« Skylar kniete neben ihr nieder, tauchte ein Taschentuch in den Wassereimer, den sie aus dem Schacht geholt hatte, und wusch ihr das Gesicht. »Du bist doch nicht ...?«

»Was?«

»Guter Hoffnung?«

»O nein! Ich wurde überfallen und mit einer Droge betäubt!«

»Mit einer Droge?« wiederholte Skylar entsetzt.

»Im Tunnel klopfte es. Dieses Geräusch lockte Hawk und mich zu einer Stelle, wo eine Höhle mit Brettern überdeckt war. Unglücklicherweise zerbrachen sie, und Hawk fiel hinunter. Als ich einen Strick holen wollte, griff mich jemand an — und ich verlor die Besinnung ...«

»Vielleicht wurde dir ein Becher Wein serviert?« fragte eine sarkastische Stimme, und Shawna wußte, daß David hinter ihr stand.

»Bitte, Skylar, sag deinem Schwager, er soll zur Hölle fahren!« zischte sie und sprang auf. Sofort wurde ihr schwarz vor Augen. Sie schwankte und spürte, wie sie hochgehoben wurde. Kraftlos sank ihr Kopf an Davids Brust. »Du Schurke!« flüsterte sie, ehe sie von einer neuen Ohnmacht erfaßt wurde.

Als sie erwachte, lag sie in ihrem Bett. Sonnenlicht strömte durch die Balkontür herein, und Skylar saß neben ihr.

Stöhnend versuchte Shawna zu lächeln.

»Alles in Ordnung?« fragte Skylar besorgt.

»Jetzt geht's mir besser. Ich habe schrecklichen Durst.«

»Nur einen Augenblick, ich hole Wasser.«

»Hier.«

Skylar mußte sich nicht bemühen, denn David trat ans Bett, frisch gebadet, in einem weißen Hemd, dunkler Hose und schwarzen Stiefeln. Ungeduldig drückte er ein Glas Wasser in Shawnas Hand. Eine feuchte braune Locke hing über seiner Stirn.

»Jetzt lasse ich euch wohl besser allein.« Skylar stand auf und ging hinaus. »Verschwindest du denn gar nicht mehr?« flüsterte Shawna und schlug die Hände vors Gesicht.

»Erzähl mir, was geschehen ist.« David setzte sich auf den Bettrand, und sie spürte seinen durchdringenden Blick. »In allen Einzelheiten.«

»Dein Bruder wollte sich in der Mine umsehen, und ich begleitete ihn", berichtete sie, ließ die Hände zögernd sinken und schaute ihn an. »Plötzlich hörten wir ein Klopfen, und wir folgten dem Geräusch. Ein Windstoß löschte die Laterne. Dann hörte ich Hawks Ruf . . .« Sie verstummte, die Arme vor der Brust verschränkt.

»Sprich weiter!«

»Nein.«

»Doch!«

»Warum quälst du nicht jemand anderen, Laird Douglas?«

»Oh, ich werde dich gnadenlos peinigen, bis du alle meine Fragen beantwortet hast. Heute wurde mein Bruder fast getötet. Soll der Douglas-Clan vielleicht aussterben?«

»Aber ich wollte ihm nichts antun. Das weiß er, und auch du mußt es zur Kenntnis nehmen.«

»Wie gern würde ich an deine Unschuld glauben! Leider darf ich es nicht wagen. Was geschah, als du davonliefst, um den Strick zu holen?«

»Jemand — betäubte mich.«

»Seltsam ...« Er stand auf und schlenderte zur Balkontür.

»Was ist seltsam?«

»Heute morgen fand ich ein Taschentuch in der Kapelle«, erklärte er und wandte sich zu ihr.

»Und was hat das damit zu tun ...«

»Es roch nach Chloroform.«

Verwirrt schnappte sie nach Luft. »Chloroform? Wem gehört das Taschentuch?«

Er kehrte zum Bett zurück, beugte sich hinab und stützte seine Hände ins Kissen, zu beiden Seiten ihres Kopfs. »Dir.«

»Was? Eins meiner Taschentücher lag in der Kapelle? Und es roch nach Chloroform?«

»So ist es. Ich durchsuchte die ganze Kapelle. Aber sonst fand ich nichts.«

»Und nun behauptest du, ich hätte mich selber betäubt, damit ich deinen Bruder nicht retten mußte? Danach rannte ich in die Kapelle, ließ mein Taschentuch fallen, kam in die Mine zurück und brach zusammen?«

»Ich behaupte nichts dergleichen.«

»Dann ...«

»Aber es erscheint mir sehr merkwürdig, daß du im Tunnel von einem geheimnisvollen Unbekannten betäubt wurdest — und daß ich in der Kapelle ein Taschentuch mit deinen Initialen entdeckte, das nach Chloroform roch.«

Erbost stieß sie seinen Arm beiseite und stieg aus dem Bett. Das Schwindelgefühl hatte nachgelassen. Trotzdem taumelte sie und mußte sich an David lehnen, um Kräfte zu sammeln, bevor sie auf eigenen Füßen stehen konnte. »Jetzt reicht's mir! Ich werde deine Anwesenheit nicht länger geheimhalten — und meine Familie nicht mehr hintergehen ...«

Plötzlich verengten sich seine Augen, und er packte ihre Schultern. »Bist du sicher, daß dir vom Chloroform übel wurde?«

»Natürlich.«

»Und wenn du schwanger wärst?«

»Großer Gott, nein!«

»Wie kannst du das wissen?«

»Hör auf mit dem Unsinn! Es lag an diesem ekelhaften süßlichen Geruch. Nur deshalb wurde mir schlecht. Verdammt, warum gehst du nicht endlich? Verschwinde doch, wenn du mir nicht glaubst! Laß mich in Ruhe und halt bei deinem Bruder Wache! Oder bei Sabrina ...«

»Nein.«

»Sie ist eine sehr schöne junge Frau ...«

»Was ich nicht bestreite. Aber ihr Herz gehört dem Vater ihres Kindes.«

Bestürzt hielt sie den Atem an. »Du weißt Bescheid ...«

»Aye.«

»Außer mir hat sie's niemandem verraten, nicht einmal ihrer Schwester und deinem Bruder. Die beiden dürfen nichts erfahren ...«

»Soweit ich informiert bin, haben sie keine Ahnung.«

In wachsendem Unbehagen schaute sie zu ihm auf. Er hörte zuviel, wußte zuviel. Energisch befreite sie sich von seinem Griff und wich zur Wand zurück.

Was mochte er sonst noch wissen? Nein, versuchte sie sich zu beruhigen. Niemals hatte sie die Vergangenheit preisgegeben. Nicht einmal in ihren Träumen. Es gab Dinge, an die sie sich nicht erinnern wollte. Weil sie es nicht ertragen würde. »Und wenn Sabrina Connor kein süßes Geheimnis hätte — würdest du dann in ihr Zimmer schleichen, Laird Douglas?«

»Also glaubst du nicht, ich könnte mit meinen Nächten etwas Besseres anfangen?« fragte er und hob die Brauen.

»Nun, sie ist wirklich bildschön.«

»Zweifellos. Bist du etwa eifersüchtig, meine liebe Lady MacGinnis?«

»Keineswegs. Aber es wäre mir lieber, du würdest mich verschonen und ein anderes armes Mädchen peinigen.«

Langsam ging er zu ihr. »In der Tat, Miss Connor ist sehr schön. Wer weiß, was geschehen würde, hätte sie nicht ihre Vergangenheit — und ich meine.«

»Und die Zukunft?«

»Ehe wir in die Zukunft blicken können, müssen wir die Gegenwart überleben ...«

Plötzlich verstummte er, als die Tür aufflog und Skylar hereinstürmte. »Shawna, Edwina ist bei deinem Großonkel — die Kellnerin aus der Taverne. O Gott, sie hatte einen schrecklichen Traum!«

David eilte zu ihr und legte einen Arm um ihre Schultern. »Reg dich nicht auf! Edwina träumt sehr oft, und sie warnt die Leute, wenn sie glaubt, sie seien in Gefahr.«

Mühsam schluckte Skylar ihre Tränen hinunter. »Sie sorgt sich um Sabrina und ...«

»Und?« fragte Shawna angstvoll.

»Meine Schwester ist verschwunden! Gerade wollte ich sie holen und zu Edwina führen ...«

»Sicher werden wir sie bald finden«, versuchte Shawna die junge Frau zu besänftigen. »Sie hat nichts mit den Dingen zu tun, die hier geschehen. Also wird ihr nichts zustoßen.«

»Aber Edwina behauptet ...« Zögernd biß sich Skylar in die Lippen.

»Was?«

»Daß ihr etwas Böses begegnet ist.«

»Wie kann sie so sicher sein?« flüsterte Shawna, und ihr Herz krampfte sich zusammen.

»Weil Sabrina ihr in diesem Traum erschien — als Engel. Und sie sagte, David Douglas' ›verkohlte Leiche‹ sei von den Toten auferstanden, um sich zu rächen.«

14

Gemeinsam mit Großonkel Lowell und Aidan durchsuchte Shawna die Festung ihrer Familie. Da dieses Gebäude kleiner war als Castle Rock, hatte man es seltener in politische Manöver verwickelt als das Schloß der Douglas.

Während Lowell die Räume des Erdgeschosses und die Gruft darunter aufs gründlichste erforschte, schauten sich Shawna und Aidan in den oberen Stockwerken und den Türmen um. Die Herrschaftszimmer lagen im runden Hauptturm — das Büro mit einem Schreibtisch und Aktenschränken, das Schlafgemach, die Bibliothek und die Ankleidekammer.

Seufzend spähte Aidan unter den Schreibtisch, dann wandte er sich zu Shawna, die gerade einen Schrank öffnete. »Das ist doch unsinnig! Warum sollte Sabrina hierherkommen?«

»Keine Ahnung«, erwiderte Shawna. »Jedenfalls muß sie irgendwo stecken. Oder Edwina hat recht, und der armen Sabrina ist etwas zugestoßen. Aber selbst wenn ...« Beklommen verstummte sie.

»... müßten wir ihre Leiche finden. Wolltest du das sagen?«

»Natürlich nicht!« Sie sank in einen Sessel. »O Gott, hoffentlich geht's ihr gut.«

»Wir suchen am falschen Ort.«

»Vielleicht nicht.«

»Warum sollte sie ins Castle MacGinnis kommen?«

Shawna zögerte. »Das frage ich mich schon die ganze Zeit. Als wir vorbeiritten, zeigte ich ihr das Schloß. Es wäre doch möglich, daß sie ihrer Familie für eine Weile entrinnen und allein sein wollte.«

»Dazu hätte sie auf Castle Rock genug Platz.«

»Wer weiß, was sie dachte oder fühlte? Nehmen wir einmal an, die Atmosphäre im Haus der Douglas mißfiel ihr. Deshalb brauchte sie eine andere Umgebung. Und dies ist immer noch eine MacGinnis-Festung.«

»Allerdings«, murmelte er bitter.

»Stimmt etwas nicht, Aidan? Ich dachte, nur Gawain würde sich über die Rückkehr des Lairds ärgern.«

»Sind wir nicht alle davon betroffen?« entgegnete er und setzte sich zu ihren Füßen auf den Boden. »Die besten Felder und das Bergwerk gehören den Douglas. Und natürlich heimsen sie den Löwenanteil des Gewinns ein, den *wir* hier erzielen. Im Grunde sind wir nur ihre Pächter, nicht viel besser gestellt als die Andersons.«

»Wie kannst du das behaupten? Auch wir besitzen Ländereien.«

»Nun, du bist Lady MacGinnis ...«

»Grollst du mir deshalb?«

»Nein, ich mißgönne dir deine Stellung keineswegs. Und den Laird beneide ich nur um Amerika.«

»Was?«

»Ich möchte fortgehen, den Wilden Westen kennenlernen und die großen Büffelherden sehen. In dieser Neuen Welt will ich leben.«

»O Gott, Aidan, ich hatte keine Ahnung ...«

»Davon weiß niemand.«

»Und warum gehst du nicht nach Amerika?«

»Weil mein Vater alt ist. Außer mir hat er niemanden.«

»Aber wir alle würden für ihn sorgen.«

»Es wäre nicht dasselbe. Vielleicht, wenn ich nach seinem Tod noch jung genug bin ...«

»Du könntest Hawk begleiten«, schlug Shawna vor.

»Glaubst du, er wird nach Amerika zurückkehren?«

»Natürlich. Er fühlt sich eng mit dem Sioux-Volk verbunden, und weil es dort drüben ernsthafte Schwierigkeiten gibt, wird er wieder hinfahren. Hoffentlich mit seiner Schwägerin!«

»Im Castle MacGinnis ist sie nicht.« Beruhigend drückte er ihre Hand. »Aber es kann nicht mehr lange dauern, bis wir sie finden. Hawk wird sie ebenso mitnehmen wie seine Frau. Fragt sich nur noch, ob er uns die Douglas-Ländereien verkauft ...«

»Wie auch immer, du solltest mit ihm nach Amerika reisen, wenigstens für einige Monate. So lange würdest du uns deinen Vater doch anvertrauen?«

Plötzlich lächelte er. Shawna staunte über die Macht seiner Träume, das Fernweh eines Mannes, der stets den Eindruck erweckt hatte, er wäre fest in seiner schottischen Heimat und ihren Traditionen verwurzelt. »Sicher würde ich euch meinen Vater anvertrauen — und unseren Teil der Ländereien, wenn ich auch nicht weiß, warum wir uns so leidenschaftlich für unseren Grund und Boden einsetzen. Bis jetzt haben wir nichts für den Erhalt unserer Dynastie getan. Alaric und ich sind über Dreißig, Alistair ist Ende Zwanzig. Und du befindest dich längst im heiratsfähigen Alter.«

»Um Craig Rock vom MacGinnis- und Douglas-Blut zu befreien, müßte die ganze Bevölkerung aussterben.«

»Aye, das stimmt.« Neugierig schaute er zu ihr auf. »Sag mal, hat sich Alistair mit dem Anderson-Clan eingelassen? Der kleine Junge, den du ins Castle Rock geholt hast, sieht meinem Vetter verdammt ähnlich.«

»Das bestreitet er. Aber was deine Träume betrifft — damit hast du mich wirklich überrascht, Aidan. Oder willst du dich nur einer gewissen Verantwortung entziehen?«

»Wie diskret du dich ausdrückst, teure Kusine! Nein, ich bin nicht Dannys Vater. Und so hübsch ich die Anderson-Mädchen auch finde, ihr Vater ist ein Rüpel, dem ich lieber aus dem Weg gehe.«

»Das freut mich.« Shawna stand auf. »Über dieses interessante Gespräch haben wir Sabrina ganz vergessen, die immer noch vermißt wird.«

»Im Castle MacGinnis ist sie nicht«, wiederholte Aidan, griff nach der Hand, die sie ihm reichte, und ließ sich auf die Beine helfen. »Shawna, ich weiß, du vertrittst den Standpunkt, daß jeder so leben soll, wie's ihm paßt. Die Presbyterianer müßten die Katholiken und die Anhänger der anglikanischen Kirche akzeptieren — und umgekehrt. Wer den Wicca-Kult bevorzugt, darf ihn ungehindert ausüben. Aber vielleicht sind diese Praktiken nicht so harmlos, wie du glaubst, und die Hexen verbünden sich mit dem Teufel. Falls Edwinas Hexenzirkel das Mädchen entführt hat für irgendein Opferfest ...«

»Aidan! Wie kannst du so etwas denken!«

Unglücklich zuckte er die Achseln. »Wir feiern bald die Nacht der Mondjungfrau. Vielleicht steckt mehr hinter den alten Riten, als wir in den letzten Jahren annahmen.«

»Das glaubst du doch nicht im Ernst.«

»Ich weiß nicht, was ich glauben soll«, erwiderte er und schüttelte müde den Kopf. »Warum ist Sabrina spurlos verschwunden?«

Plötzlich wandte sie sich von ihrem Vetter ab. Es gab eine Spur. Doch davon wagte sie nicht zu sprechen.

In der Schloßkapelle war ihr Taschentuch gefunden worden — ein Tuch, das man ihr entwendet und in Chloroform getaucht hatte. Dieselbe Person, die in der Mine über sie hergefallen war, mußte Sabrina entführt haben.

»Hier geschehen seit einigen Tagen seltsame Dinge«, fuhr Aidan fort. »Der Einsturz im Schacht, der Junge, der im schmalen Stollen festsaß, wie durch ein Wunder ins Freie gelangte und erzählte, ein Tierchen habe ihn gerettet ... Dann die Ankunft des amerikanischen Lairds ...«

Die Ereignisse waren noch viel merkwürdiger, als er ahnte. Auf dem Grund des Sees lag ein Toter, mit Steinen beschwert — so wie viele Feinde der Hochländer jahrhundertelang in der Wassertiefe verschwunden waren. Und am seltsamsten — Lord David Douglas lebte, versteckte sich innerhalb der Festungsmauern oder in den Höhlen. Vor fünf Jahren hatte man ihn zu töten versucht. Aber ein anderer war verbrannt und der Laird dem Flammentod auf wundersame Weise entronnen ...

Es gab viel zu viele Geheimnisse, die Shawna ihren Verwandten vorenthielt, doch sie hatte keine Wahl. »Irgend etwas ist Sabrina zugestoßen, und wir müssen sie finden.«

»Vielleicht hat sie sich in einen hübschen Schotten verliebt und ist mit ihm durchgebrannt.«

»Nicht Sabrina.«

»Jede Frau kann der Sinnenlust erliegen.«

Bei diesen Worten warf er Shawna einen durchdringenden Blick zu, der ihr das Blut in die Wangen trieb. Nur David und sie selbst kannten Sabrinas Probleme. Und sie wußte, daß die junge Frau nicht leichtfertig davongerannt war. »Holen wir deinen Vater, und reiten wir zum Castle Rock zurück.«

»Wie du willst, Lady MacGinnis.« Aidan verneigte sich, und sekundenlang hatte sie Angst vor ihrem Vetter. Vor ihrem eigenen Fleisch und Blut.

»Offenbar gibt es viel mehr Tunnels, als ich dachte.« David hatte seinen Bruder in der Mine an der Einsturzstelle erwartet. Hier war der Schacht mit Seilen abgesperrt, damit sich die Arbeiter nicht in die Gefahrenzone wagten. »Durch diese Höhle brachte ich damals den kleinen Jungen ins Freie.« Er zeigte in eine Öffnung hinab. »Sie war überflutet, und wir mußten schwimmen. Glücklicherweise hielt sich Danny genau an meine Instruktionen. Ein kluger Bursche.«

»Kein Wunder«, meinte Hawk, der neben ihm kniete und in die Tiefe starrte. »Er sieht wie ein MacGinnis aus.«

»Aye, das stimmt. Wahrscheinlich hält Shawna einen ihrer Vettern für Dannys Vater, und deshalb holte sie den

Jungen zu sich ins Schloß. Ich bin froh, daß er nicht mehr im Bergwerk arbeitet und in Sicherheit ist.«

»Glaubst du, im Castle Rock würden keine Gefahren lauern?« fragte Hawk, in tiefer Sorge um seine vermißte Schwägerin.

»Ich habe zu fast allen Räumen Zugang. Und es gibt Gucklöcher in den Außenmauern, durch die man am Ende einiger unterirdischer Gänge spähen kann. Also sehe und höre ich, was in der Festung geschieht. Wer immer unsere Familie beseitigen will, versucht den Eindruck einer natürlichen Ursache zu erwecken. Und als Sabrina verschwand, hielt sie sich außerhalb des Schlosses auf.«

»Bist du sicher?«

David zögerte. Bis jetzt hatte er Hawk nichts von dem Taschentuch erzählt, um zu verhindern, daß Skylar davon erfuhr. Gemeinsam hatten sie ihr eingeredet, Sabrina sei ausgeritten und habe wohl nicht bedacht, wie spät es inzwischen sei.

Nun informierte er seinen Bruder. »In der Schloßkapelle fand ich eins von Shawnas Taschentüchern, mit Chloroform getränkt. Aber Sabrina wurde wohl kaum aus der Kapelle entführt. Das Tuch lag zusammengeknüllt auf dem Boden, so als wäre es aus einer Tasche gefallen.«

»Glaubst du etwa, Shawna hätte Sabrina betäubt und in irgendein Versteck gebracht?«

»Natürlich nicht.«

»Dann ist sie auch nicht für meinen Unfall im Tunnel verantwortlich, oder?«

David zuckte die Achseln. »Aber wenn sie unschuldig ist — was geht hier vor? Und wen versucht sie zu schützen?«

»Vielleicht niemanden.«

»Eins steht jedenfalls fest. Sie verschweigt mir irgend etwas.«

»Hast du ihr alles erzählt?«

»Über die verlorenen Jahre rede ich nicht«, entgegnete David bitter. »Am liebsten würde ich sie vergessen . . .« Plötzlich verstummte er und schaute seinen Bruder an. Beide hatten das knarrende Geräusch gehört.

Warnend legte David einen Finger an die Lippen und zeigte nach links, wo ein Spalt in der Felswand klaffte — breit genug, so daß man hindurchschlüpfen konnte.

Von verschiedenen Seiten her schlichen sie an die Öffnung heran, und David erreichte sie kurz vor Hawk. Er nahm eine Bewegung wahr, kroch durch den Spalt und rechnete mit einem Angriff. Aber wer immer die Brüder beobachtet und belauscht hatte, ergriff die Flucht.

»Komm mit mir, schnell!« forderte David seinen Bruder auf und folgte den Schritten, die sich in einem dunklen Tunnel entfernten. Bald gewöhnten sich seine Augen an die Finsternis. Hawk blieb ihm auf den Fersen.

Die Arme ausgestreckt, warf sich David nach vorn, umschlang einen Körper und fiel mit seinem Gefangenen auf den Boden.

Während Hawk ein Streichholz an der Felswand anriß, zog David ein Messer aus dem Stiefelschaft. Im schwachen Licht des Flämmchens erkannte er das Gesicht der Person, die unter ihm lag, und blinzelte ungläubig. »Großer Gott, du!«

»David! Du lebst!« rief der Mann verblüfft, ohne die Klinge unter seiner Nase zu beachten.

»Aye, und ich will wissen, was hier vorgeht — und wo das Mädchen steckt.«

»Laß mich aufstehen! Von mir droht dir keine Gefahr.«

David sah seinen Bruder an, der fast unmerklich nickte, um ihm zu bedeuten, der Mann würde wohl kaum zwei Douglas überrumpeln und ihnen entkommen.

»Also gut, MacGinnis.« David erhob sich. »Steh auf und erklär, warum du mir nachspionierst.«

»Aye, Douglas — wenn du mir verrätst, warum du einen Geist spielst, obwohl du quicklebendig bist.«

»Diese Erklärungen solltet ihr möglichst schnell hinter euch bringen«, mahnte Hawk. »Vergiß nicht, David, Sabrina ist immer noch verschwunden. Es sei denn, du kannst uns sagen, wo sie steckt, MacGinnis.«

»Ich suche sie doch selber.«

»Und ich suche die Wahrheit«, betonte David.

»Was ich weiß, sollt ihr erfahren.«

Am späten Nachmittag war ganz Craig Rock durchsucht worden. Aber man hatte keine Spur von Sabrina gefunden. Constable Clark war aus der Stadt gekommen, doch er zeigte sich nicht sonderlich besorgt, weil er annahm, die junge Frau wäre einfach davongerannt, so wie seine Tochter, die sich in der Welt umsehen wollte.

In der großen Halle von Castle Rock sprach er mit Shawna, Gawain, Hawk und Skylar, der er versicherte, gewiß gehe es ihrer Schwester gut und sie würde bald von ihrem Ausflug zurückkehren. Unterdessen durchforsteten seine beiden Beamten zusammen mit Lowell, Aidan, Alaric und Alistair die Umgebung.

Mit jeder Stunde wuchs Shawnas Angst. David hatte ihr versprochen, die Geheimgänge zu erforschen — offensichtlich ohne Ergebnis.

»Regen Sie sich nicht auf, Lady Douglas«, versuchte der korpulente Constable die verzweifelte, erschöpfte Skylar zu beruhigen. »Manchmal machen junge Ladies solche Dummheiten.«

Er zwinkerte ihr vielsagend zu und nahm von Gawain ein Glas Whisky entgegen, um in der kühlen Schloßhalle seine Glieder zu erwärmen.

»Es war kein Mann im Spiel, Constable«, erklärte Shawna. »Den ganzen Tag waren Suchtrupps unterwegs. Die Bergarbeiter durchkämmten die Tunnels, meine Vettern jedes einzelne Haus im Dorf und beide Festungen. Natürlich machen wir uns Sorgen.«

»Zweifellos wird die junge Amerikanerin demnächst auftauchen, Mylady.«

»Wir dürfen die Suche nicht aufgeben«, sagte Skylar entschieden. »Immerhin hat mich Edwina McCloud vor einer großen Gefahr gewarnt.«

»Ah, diese Hellseherin ...« Allem Anschein nach hielt Clark nicht viel von Edwinas Fähigkeiten.

»Constable, hier geht es um ein sehr ernstes Problem«, erklärte Hawk. »Und wenn Sie keine angemessenen Maßnahmen ergreifen, muß ich Ihre Vorgesetzten um Hilfe bitten.«

Clark räusperte sich unbehaglich, und seine dicken Backen liefen dunkelrot an. »Selbstverständlich tun wir alles, was in unserer Macht steht, Laird Douglas. Aber ich glaube, da Sie aus Amerika stammen, wissen Sie nicht viel über die seltsamen Sitten und Gebräuche in Craig Rock. Miss Edwina McCloud hält sich für eine Hexe, nicht wahr?«

»Offenbar kennen Sie die ursprüngliche Bedeutung des Wortes ›Hexe‹ nicht, Sir«, bemerkte Shawna kühl.

»Die Lady befaßt sich mit schwarzer Magie.«

»Keineswegs!«

»Nun, ich werde Miss McCloud verhören. Vielleicht suchen die Hexen von Craig Rock ein Opfer?«

»Wie können Sie es wagen, Constable!« fauchte Shawna erbost.

Gawain beugte sich vor. »Gewiß, Laird Douglas ist ein Amerikaner. Aber er war oft genug hier, und in seinen Adern fließt auch das Blut von Craig Rock. So wie wir alle weiß er, daß der alte Wicca-Kult, der hier praktiziert wird, gut und ehrenwert ist — er ist einfach nur eine andere Religion, vom Gesetz geschützt wie der Katholizismus, Buddhismus und Judaismus.«

Entschlossen straffte Clark die Schultern. »Ich sage nur, ein Einheimischer würde eine böse Gefahr schneller erkennen als ein Außenseiter. In den nächsten beiden Tagen werden meine Männer die Suche fortsetzen, doch wir hoffen, daß Sabrina Connor nur unser schönes Hochland erforscht und bald zurückkommt. Wenn nicht, finden wir sie vielleicht in einem benachbarten Dorf. Schon seit zwanzig Jahren übe ich meinen Beruf aus, und ich weiß, wie oft die jungen Mädchen ihren Familien solche Überraschungen bereiten. So hat der Allmächtige die Frauen nun einmal geschaffen.«

»Sir, meine Schwester ist kein leichtfertiges Mädchen, sondern eine verantwortungsbewußte junge Frau!« erwiderte Skylar energisch.

»Habe ich etwa das Gegenteil behauptet?« fragte er und hob die Brauen. »Andererseits — auch tugendhafte Frauen lassen sich hin und wieder verführen.«

»Sicher wird man sie nicht in einem Nachbardorf finden. Sie ist hier. Irgendwo.«

»Dann versteckt sie sich und wird zurückkehren, sobald sie dazu bereit ist. Wie gesagt, ich tue, was ich kann. Um wirksam vorzugehen, brauche ich möglichst viele Informationen. Ist in letzter Zeit etwas Seltsames geschehen? Hat Edwina McCloud erklärt, warum ein Grund zur Sorge besteht?«

Alle schauten sich an, und Shawna überlegte, ob David seinem Bruder von dem Taschentuch erzählt hatte. Wenn ja, warum erwähnte Hawk dieses Beweisstück nicht? Weil er an ihre Unschuld glaubte und sie nicht unnötig in Verdacht bringen wollte? Sie wandte sich wieder an den Constable. »Neulich träumte Edwina, David Douglas wäre am Leben.«

»Unsinn!« rief Gawain ärgerlich. »Wir alle sahen seine Leiche. Glücklicherweise konnte meine Großnichte vor dem Feuer fliehen, ehe sie das gleiche Schicksal erlitten hätte. O Gott, müssen wir denn ständig darüber reden? Wenn der Bruder des armen Mannes hier sitzt, ist es grausam, auch nur anzudeuten, David würde noch leben.«

»Vielen Dank für dein Feingefühl, Gawain«, warf Hawk ein, »aber wir müssen über alle Möglichkeiten sprechen, die uns helfen könnten, Sabrina zu finden.«

»Wie seltsam!« murmelte der Constable. »Falls keine Anhaltspunkte auftauchen, müssen wir Laird David Douglas womöglich exhumieren. Gibt es noch etwas, das ich wissen sollte?«

O ja, dachte Shawna. Daß David lebt, daß ein anderer in seinem Sarg liegt, daß ich heute morgen betäubt wurde — und daß in der Kapelle ein Taschentuch mit meinen Initialen lag . . .

»Nun, dann gehe ich jetzt ins Dorf zurück und kümmere mich um alles Weitere«, verkündete Clark. »Gute Nacht.«

Gawain begleitete ihn hinaus, und der würdevolle, sichtlich mitfühlende Myer servierte Brandy. Nachdenklich lehnte Hawk am alten Kaminsims, und Shawna reichte Skylar ein gefülltes Glas. Nach einer Weile ging er zu seiner Frau und ergriff ihre Hände. »Jetzt mußt du dich ausruhen, Liebste. Gewiß wird man Sabrina bald finden, und wenn es soweit ist, brauchen wir vielleicht alle unsere ganzen Kräfte, um ihr zu helfen.«

»O ja«, stimmte Skylar tonlos zu. »Ich liebe dich, Hawk, ich vertraue dir und weiß, du wirst meine Schwester aufspüren.«

Lächelnd küßte er ihre Stirn. »Bitte, geh jetzt nach oben.«

Sie nickte, rührte sich aber nicht von der Stelle. »Was immer dieser dumme Constable behauptet — sie ist nicht mit einem Mann durchgebrannt, und sie versteckt sich nirgendwo. Ich bin mir dessen ganz sicher, weil ich sie kenne. Ich habe solche Angst. Hätte ich sie doch niemals hierhergebracht!«

»Das war ihr eigener Wunsch. Ohne uns wollte sie nicht in Dakota bleiben. Sie wird vielleicht irgendwo aus irgendwelchen Gründen festgehalten, und die Suche könnte noch eine Weile dauern. Trotzdem dürfen wir die Hoffnung nicht aufgeben.«

»Und wir müssen an Sabrina glauben«, fügte Gawain hinzu, der in die Halle zurückkehrte. »Sie ist ein intelligentes Mädchen, eine geborene Kämpferin.«

»Ja, das ist sie«, bestätigte Skylar, und Shawna freute sich, da die Worte ihres Großonkels die junge Frau ein wenig zu trösten schienen.

Nun eilte Mary Jane die Treppe hinab und flüsterte Shawna zu: »Ich habe für Lady Douglas im Herrschaftsschlafzimmer ein heißes Bad vorbereitet. Und auf dem Nachttisch steht eine Flasche Brandy.«

»Danke, Mary Jane«, erwiderte Shawna leise und drückte die Hand ihrer Zofe.

So lautlos, wie Mary Jane erschienen war, zog sie sich wieder zurück.

»Meine Zofe hat ein Bad für dich hergerichtet, Skylar«, erklärte Shawna. »Bitte, geh jetzt nach oben, und ruh dich aus. Morgen haben wir viel zu tun.«

Ehe Hawk seine Frau die Stufen hinaufführte, teilte Shawna ihm mit, Myer würde Laudanum bereithalten, falls Skylar keinen Schlaf finden würde.

Er nickte und wünschte ihr eine erholsame Nachtruhe.

Als Gawain allein mit seiner Nichte in der Halle zurückblieb, schüttelte er traurig den Kopf. »Wir müssen Sabrina so schnell wie möglich finden. Jetzt gehe ich zu Edwina. Da ich dem Constable nicht viel zutraue, hoffe ich, sie wird in einem anderen ›Traum‹ die Wahrheit sehen.«

»Mag sein.«

Sie schenkte sich einen Brandy ein, während ihr Onkel

das Schloß verließ, nippte daran und starrte ins Kaminfeuer.

Nach einer Weile stieg Hawk die Treppe hinab, nahm sich ebenfalls einen Brandy und leerte das Glas in einem Zug.

»Wie geht's Skylar?« fragte Shawna.

»Endlich schläft sie, dank des Laudanums.«

»Hast du heute gar *nichts* gefunden?«

»Das behaupte ich keineswegs — aber nicht die geringste Spur von Sabrina.«

»Und Davids Suche ...«

»Pst!« warnte er sie und legte einen Finger an die Lippen. »Hier haben die Wände Ohren.«

»Aye«, flüsterte sie und schaute eindringlich in die grünen Douglas-Augen. »Die Ohren deines Bruders.«

»Wie auch immer, wir haben Sabrina nicht gefunden. Geh jetzt schlafen, Shawna. Vor morgen früh können wir nichts tun.«

»In letzter Zeit schlafe ich sehr unruhig.«

»Heute nacht wird dich nichts stören.«

»Woher weißt du das?« fragte sie mißtrauisch.

Trotz der ernsten Situation schenkte er ihr ein Lächeln. »Oder möchtest du vielleicht gestört werden?«

»Großer Gott!« stöhnte sie. »Fang du nicht auch noch an! Ich habe schon genug Ärger mit David.«

Wieder legte er einen Finger an seine Lippen.

Das Haupttor schwang auf, und Lowell kam mit Shawnas Vettern erschöpft von der Suche nach Sabrina ins Schloß zurück.

Müde strich Alistair über seine Stirn. »Das Mädchen ist spurlos verschwunden. Tut mir leid, Hawk, es gibt keine Neuigkeiten. Oh, vielen Dank, Myer! Eine Stärkung!« Er wandte sich zu dem Butler, der ein Tablett mit Whisky, Brandy, heißem Tee und Biskuits auf den Tisch stellte.

Während Aidan seine Hände vor dem Kaminfeuer

wärmte, warf er seiner Kusine einen prüfenden Blick zu. »Du hast dich doch mit Sabrina angefreundet, nicht wahr? War sie aufgeregt? Oder hatte sie irgendeinen Grund, davonzulaufen?«

»Nein, wohl kaum. Irgend jemand muß sie entführt haben.«

»Wenigstens haben wir ihre Leiche nicht entdeckt«, fügte er hinzu und schaute Hawk bedrückt an.

»Vor meiner Frau wollte ich nicht so offen sprechen«, seufzte Hawk. »Aber ich fürchte, ihrer Schwester ist etwas zugestoßen.«

»Womöglich wurde die — Leiche vergraben«, bemerkte Alaric, ebenso zögernd wie sein Vetter.

»Wo könnte sie bloß stecken?« fragte Lowell.

»Wir haben das Bergwerk durchsucht, das Dorf, die beiden Schlösser, die Felder — ohne Erfolg.«

»Da wäre ...«, begann Alistair und verstummte sofort wieder.

»Aye?« fragte Hawk.

»Der Grund des Sees.«

»O Gott!« rief Shawna. »An so etwas dürfen wir nicht einmal denken!«

»In diesem See wurden schon viele Mordopfer versenkt.« Unglücklich schüttelte Lowell den Kopf. »Angeblich haben sich einige Douglas und MacGinnis auf diese Weise ihrer untreuen Ehefrauen entledigt.«

»Vater, wir sollten uns lieber ausruhen und neue Kräfte sammeln, statt diese dunklen Punkte in unserer Vergangenheit zu erörtern«, meinte Aidan. »Jedenfalls gehe ich jetzt nach Hause. Ich bin todmüde.«

»So wie wir alle.« Lowell stellte seine Teetasse ab. »Die Nacht der Mondjungfrau wird bald hereinbrechen. Bis dahin haben wir Sabrina sicher gefunden.«

Aidan legte einen Arm um die Schultern seines Vaters und führte ihn aus der Halle.

»Was mir die größten Sorgen bereitet, sind die Minen«, gestand Alaric. »Diese unseligen, endlosen Tunnels ... Weißt du noch, wie der kleine Anderson dort unten festsaß? Er fiel ins Wasser. Vielleicht geriet Sabrina in Panik, nach all diesem Gerede von David Douglas' Rückkehr aus dem Totenreich, und sie rannte ins Bergwerk, um sich zu verstecken. Wenn sie in einen Stollen floh, den die Flut überschwemmte ...«

»Das wäre möglich«, stimmte Hawk zu.

Verzweifelt setzte sich Alistair an den Tisch und stützte den Kopf in die Hände. »Aber wir haben uns so gründlich in der Kohlenmine umgesehen.«

»Diese Tunnels könnte man bis in alle Ewigkeit durchkämmen«, entgegnete Alaric.

Shawna senkte den Kopf. »Und nichts finden ...«

»Jedenfalls müssen wir weitersuchen«, entschied Hawk, »und alle Geheimnisse enthüllen, die sich hier verbergen.«

Ein eisiger Schauer rann über Shawnas Rücken. Offensichtlich meinte er nicht nur das Verschwinden seiner Schwägerin.

»O Gott, wenn ich mir vorstelle, ihre Gebeine könnten in zehn Jahren irgendwo zum Vorschein kommen ...«, flüsterte Alistair.

»Das wird nicht geschehen«, behauptete Alaric.

»Hoffentlich hast du recht — aber warum bist du so sicher?« fragte Shawna.

Alaric holte tief Luft. »In der Nacht der Mondjungfrau wird sie auftauchen — tot oder lebendig.«

15

Um zwei Uhr morgens wanderte Shawna immer noch im Turmzimmer umher. Wie Hawk prophezeit hatte, kam sein Bruder nicht zu ihr. Wo mochte er sich herumtreiben?

Sie fühlte sich so hilflos in ihrer Sorge um Sabrina. Wahrscheinlich würde David die Suche auch nachts fortsetzen, unterstützt von Hawk. Und ihr blieb nichts anderes übrig, als den beiden zu vertrauen — und dem Allmächtigen. Schließlich ging sie zu Bett, fand aber keinen Schlaf. Und so stand sie wieder auf, zog einen Morgenmantel aus weißem Leinen über ihr hochgeschlossenes Nachthemd und verließ ihr Zimmer.

Langsam stieg sie die Stufen hinab. Auf dem ersten Treppenabsatz blieb sie stehen. Nun war sie nicht weit von Sabrinas Zimmer entfernt. Weiter unten des Flurs wohnten Gawain, Alaric und Alistair. Sie hörte nichts, nur den Wind, der heulend um die Türme strich. Im darüberliegenden Stockwerk, in der Nähe ihres neuen Quartiers, schliefen Myer, Mary Jane und einige andere Dienstboten. Um diese späte Stunde rührte sich natürlich nichts mehr in der Festung. Alle Türen waren geschlossen. Was dahinter geschah, wußte niemand — abgesehen von David, der die Fähigkeit besaß, durch Wände zu gehen.

Shawna eilte lautlos zur Halle hinab. Auf dem Tisch stand immer noch das Tablett, und sie schenkte sich einen Brandy ein. Gaslampen brannten, im Kamin loderte ein Feuer.

Während sie an ihrem Glas nippte, blickte sie nach allen Seiten. »Wenn du hier bist, komm hervor und sprich mit mir!« rief sie.

Schritte erklangen hinter ihr, und sie drehte sich rasch um. Aber es war nicht David, der auf sie zukam, sondern Alistair. Auch er hielt ein Glas in der Hand.

»Was machst du hier?« fragte sie.

»Ich trinke. Und du, liebe Kusine?«

»Weil ich nicht schlafen konnte, kam ich herunter, um mir einen kleinen Brandy zu genehmigen.«

Seufzend sank er in einen Lehnstuhl vor dem Kamin und beobachtete die tanzenden Flammen. »Ein seltsamer Ort, wo wir leben, nicht wahr?«

»Unsere Heimat. Wir sind, was wir sind.«

»Ja — Hochländer!« Alistair prostete ihr zu. »Und ein ganz besonderes Volk. Heutzutage, da England und Schottland eine Einheit bilden und die Technik und Industrie den Rest der Welt regieren, halten wir uns immer noch für grandiose Häuptlinge, allen anderen Menschen überlegen ...«

Shawna hob die Brauen und musterte ihn forschend. Offenbar hatte er zuviel getrunken. »Mir gefällt's, was wir sind. Obwohl wir uns abgrenzen mit unseren Kilts und Plaids und Dudelsäcken, so gehören wir doch zu dieser Welt.«

»Aber wir bewohnen eine sehr kleine Welt. Und wir rackern uns wie Hunde in dem Bergwerk ab ...«

»... das vielen Menschen einen Lebensunterhalt bietet. Für diese Leute tragen wir die Verantwortung.«

»Ach ja, die edle, pflichtbewußte Lady MacGinnis.«

»Beneidest du mich um meine Position, Alistair?«

Lächelnd schüttelte er den Kopf. »Ich würde mich nicht zum Oberhaupt des Clans eignen. Außerdem liebe ich dich von ganzem Herzen, und ich mißgönne dir gar nichts. Wärst du nicht Lady MacGinnis, wäre mein Vater der Laird, und Onkel Lowell — den alten Traditionen eng verbunden würde ich Aidan womöglich zwingen, mit mir um den Titel zu kämpfen. Aber um ehrlich zu sein, ich mag die Dudelsackmusik, unsere seltsamen Feiertage, den Wind zwischen den Klippen am See, unsere Legenden von all den Fabelwesen. Ich wünschte nur ...«

»Was?«

»Daß die Nacht der Mondjungfrau schon vorbei wäre – und daß wir Sabrina finden würden. Da ist irgendwas Böses am Werk.«

»Irgendwas Böses ...«, wiederholte sie, und ihre Nervosität wuchs.

Unvermittelt stand er auf. »Ich gehe jetzt ins Bett.«

»Warte, Alistair!«

»Auch du solltest endlich schlafen, Kusine«, riet er ihr gähnend. »Dieses Schloß hat Augen und Ohren, die beobachten und belauschen dich unentwegt.«

»Was meinst du?«

»Nichts Besonderes. Komm, ich bringe dich zu deinem Zimmer.«

»Danke, nicht nötig.«

»Wenn ich weiß, daß du in Sicherheit bist, kann ich besser schlafen.«

»Also gut«, seufzte sie. Während sie die Treppe hinaufstiegen, warf sie ihm einen kurzen Seitenblick zu. »Bist du wirklich nur wegen des Brandys in die Halle gegangen?«

»Aye . . .«, begann er. Dann zuckte er die Achseln. »Nicht nur deshalb. Ich glaubte was zu hören — ein anderes Geräusch als das übliche Knarren und Ächzen.«

»Was denn?«

»Vielleicht Geister. Oder ich habe geträumt. Jedenfalls dachte ich, irgendwelche Laute würden aus der Schloßkapelle dringen.«

»Warst du dort?«

»Ja.«

»Und?«

»Nichts. Vom alten Kruzifix über dem Altar starrte Jesus Christus herab und bat mich stumm, in Frieden zu verschwinden. Niemand hielt sich in der Kapelle auf, und die Tür zur Gruft war verschlossen.« Vor Shawnas Zimmer blieb er stehen und küßte sie auf die Stirn. »Gute Nacht, Kusine. Und bleib bis morgen früh dort drin.«

»Aye, Alistair. Gute Nacht.«

Hinter ihrer geschlossenen Tür wartete sie, bis seine Schritte auf den Stufen verklangen.

Plötzlich wollte sie wieder hinauslaufen. Aber sie wagte es nicht.

Die Kapelle von Castle Rock war ungewöhnlich schön. Von der Halle aus erreichte man sie durch einen Korridor, über abgerundete Steinstufen, die nach unten führten. Bunte Glasfenster, im fünfzehnten Jahrhundert eingebaut, filterten das Tageslicht. Ansonsten war das kleine Gotteshaus seit der Entstehung im elften Jahrhundert fast unverändert geblieben, im normannischen Stil errichtet, mit einem Marmoraltar aus Italien und einem hölzernen Kruzifix, 1256 in Deutschland geschnitzt.

Hier hielt man keine Gottesdienste ab, nur Taufen und gelegentliche Familienfeiern. Ihre geschichtliche Bedeutung hatte die Kapelle als Versteck des späteren König Charles II. erlangt, der nach der Enthauptung seines Vaters, Charles I., 1647 aus London nach Schottland geflohen war, um Cromwell zu entrinnen.

Die Douglas liebten ihre Kapelle. Während David das historische Kruzifix und die massiven Mauern betrachtete, empfand er tiefe Dankbarkeit, weil die MacGinnis das alte Gebäude so sorgsam instand gehalten hatten. Aber in dieser Nacht war er nicht hierhergekommen, um die Schönheit des kleinen Kirchenschiffs zu genießen.

Zur Linken des Altars führte eine Eisentür in die Gruft und ließ sich lautlos öffnen, infolge gut geölter Angeln. Eine Metallstange in der Hand, trat David ein. Das letzte Begräbnis, das hier stattgefunden hatte, war sein eigenes gewesen, da die Leiche seines Vaters in amerikanischer Erde ruhte.

Nachdem er die Stange abgelegt hatte, riß er ein Streichholz an, entzündete seine Laterne und hielt sie hoch. Dann ergriff er die Stange wieder und stieg sechsunddreißig Stufen hinunter. Von der Krypta zweigten mehrere Korridore ab. Eine zweite Treppe mit achtundzwanzig Stufen führte zur Friedhofstür hinauf. Aber alle Douglas waren in der Gruft bestattet worden, zusammen mit Priestern und treuergebenen Dienstboten. Die Gräber säumten die Wände. Dort lag ein Ahnherr, der mit Montrose gegen die Engländer gefochten hatte. Ein anderer war im Kampf für die schottische Königin Mary gestorben. Vor dem ersten Gang, der die ältesten Grabmäler barg, blieb David stehen. Wie viele Gebeine mochte die Kälte der Krypta vor dem Verfall bewahrt haben?

Langsam wanderte er weiter, zwischen steinernen Engeln, und fand das Grab mit seinem Namen. Ein Eisengitter versperrte ihm den Weg. Doch es war unverschlossen, mit ebenso gutgeölten Angeln wie die Tür zur Gruft, und er ging hindurch. Im Hintergrund des kleinen Gewölbes lag ein violettes Tuch über dem reichgeschnitzten Sarg des Laird Douglas.

Auch an den Seitenwänden standen Särge. Zur Rechten ruhte Mary Douglas mit fünf ihrer Kinder, die zu Beginn des vierzehnten Jahrhunderts gestorben waren, nicht älter als sechs. Links hielt Marys Ehemann Laird Fergus mit seiner zweiten Gemahlin Eugenia den ewigen Schlaf, ebenso sein Sohn Fergus mit seiner Frau Helena of York. Wie die Inschriften verrieten, hatte der erste Fergus für William Wallace gekämpft und der zweite für Robert den Teufel.

David hatte angenommen, man würde ihn neben seiner Mutter bestatten. Aber ihr Grab befand sich in einem anderen Gang, nahe der Treppe. Und wen würde er in seinem Sarg finden? Er entfernte das violette Tuch, schob die Metallstange unter den Deckel und bot seine ganze

Kraft auf, um ihn zu öffnen. Auf seiner Stirn perlte kalter Schweiß. Endlich gab das knarrende Holz nach, laut durchbrach das Geräusch, das wie ein menschliches Stöhnen klang, die Stille der Nacht. Der Lärm würde vermutlich einige Schloßbewohner wecken.

Nun mußte er sich beeilen. Er legte die Stange beiseite, hob den Deckel hoch und ließ ihn vorsichtig zu Boden gleiten.

Entsetzt starrte er die Gestalt im Sarg an. Seine eigene Leiche. Dann hörte er die Schritte. Jemand näherte sich von der Treppe her. Schnell löschte David die Laterne.

Shawna nahm eine Kerze aus ihrem Zimmer mit und schützte das Flämmchen mit ihrer hohlen Hand vor dem Luftzug im Schloß.

Auf leisen Sohlen schlich sie die Treppe hinab und hielt im ersten Stock inne, um sich zu vergewissern, nichts Verdächtiges zu hören.

Dann eilte sie weiter. In der Halle traf sie niemanden an. Es war unerträglich, in ihrem Zimmer auszuharren. Und Alistair hatte etwas in der Kapelle gehört. Jetzt schien ein Geräusch aus der Krypta zu dringen, ein Stöhnen, als würden die verstorbenen Douglas-Mitglieder gegen die Ereignisse der Gegenwart protestieren.

Sie lief durch den Korridor zur Kapelle und trat ein. Im schwachen Kerzenschein schimmerten die alten Fenster und erfüllten den Raum mit ätherischen Farben. Unbehaglich schaute sie sich um — niemand saß im Kirchengestühl, niemand lauerte hinter den Säulen. Die Eisentür zur Krypta war geschlossen, ließ sich aber leicht öffnen. Daneben lehnte eine schwere Lichtputzschere für die Altarkerzen, aus Messing, etwa zwei Meter lang. Shawna zögerte nur kurz, ehe sie mit der linken Hand danach griff. In der rechten Hand die Kerze, stieg sie die Stufen hinab. Sie war schon oft in der Douglas-Gruft gewesen, um Blumen auf Davids Sarg zu legen. Aber immer nur tagsüber.

Noch nie hatte sie eine so unheimliche Finsternis gesehen wie jetzt, da sie sich immer tiefer in die Schatten des Todes hineinwagte. Sie sollte umkehren, die Treppe hinauflaufen ... Aber der Tod wird mir nichts zuleide tun, sagte sie sich und ging weiter. Da sie weiche Pantoffel trug, waren ihre Schritte kaum zu hören.

In den einzelnen Gängen lagen die Toten hinter Eisengittern und schliefen seit Jahrhunderten mit gefalteten Händen. In ihrer regen Fantasie sah sie Leichen, die sich plötzlich aufsetzten und sie anstarrten und des versuchten Mordes bezichtigten. Sie versuchte, nicht in die stockdunklen Korridore zu spähen.

Plötzlich hörte sie ein grausiges Stöhnen. Als würde ein Toter geschlagen und müßte die Qual seiner letzten Atemzüge noch einmal spüren. Beinahe hätte Shawna geschrien. Sie schluckte krampfhaft und holte tief Luft. Die Lichtputzschere hoch erhoben, setzte langsam einen Fuß vor den anderen. Die Kerze spendete nur wenig Licht. In den Korridoren schienen schwarze Schemen umherzuhuschen.

Sie wußte, wo Davids Grab lag. Vielleicht noch zehn Schritte ... Als sie das Eisengitter erreichte, blieb sie eine Zeitlang stehen und lauschte. Dann betrat sie das Gewölbe. Im schwachen flackernden Kerzenschein sah sie den Deckel neben dem Sarg liegen. Nur mühsam unterdrückte sie einen Schrei, wandte sich zum Ausgang, um die Flucht zu ergreifen, und ließ die Lichtputzschere fallen.

Aber da preßte sich schon eine kraftvolle Hand auf ihren Mund und ein starker Arm zog sie zu den Toten zurück.

»Was zum Teufel machst du hier?« fragte eine vertraute Stimme, und Shawna seufzte erleichtert. »Wie oft habe ich dich vor der Gefahr gewarnt, die dir droht? Sabrina wurde entführt! Und du schleichst hier herunter, mitten in der Nacht!«

David, dachte sie leicht benommen. Gott sei Dank – David. Er ließ sie los. Die Kerze immer noch in der Hand, wandte sie sich zu ihm. »Vorhin war ich in der Halle. Alistair hatte etwas gehört ...«

»Schon wieder dieser verdammte Alistair! Hat er dich in die Gruft geschickt?«

»Nein, er ist unschuldig.«

»So wie immer«, spottete David.

»Glaub mir, er weiß nicht, wo ich bin. Ich konnte nicht schlafen und ...«

»Weil du mich vermißt hast.«

»Sei nicht albern. Du treibst mich allmählich in den Wahnsinn, gehst durch Wände, tauchst auf oder auch nicht, verbringst die Nächte bei mir, verschwindest im Morgennebel ...«

»So benehmen sich alle Geister«, unterbrach David sie und schaute wieder in den Sarg. Ärgerlich fügte er hinzu: »Du dürftest nicht hier sein.«

»Aber ich habe auch etwas gehört.«

»Und deshalb wolltest du feststellen, was los ist? Offensichtlich kann man dich keine Sekunde lang allein lassen. Ein Geräusch beunruhigt dich, und schon mußt du in die Krypta laufen, ohne Waffen ...«

»Oh, ich bin nicht unbewaffnet. Ich habe eine Lichtputzschere mitgebracht. Die ließ ich fallen, weil du mich fast zu Tode erschreckt hast.«

»Was für eine wirkungsvolle Waffe!« spottete er.

»Immerhin ist sie aus Messing und schwer. Wenn ich damit auf deinen Kopf schlage, wirst du's sicher spüren.«

»Warum bist du nicht in deinem Zimmer geblieben, wo du hingehörst? Gerade jetzt, da so viel passiert ...«

»Vor deiner Rückkehr aus dem Totenreich ist gar nichts geschehen.«

»Nun, ich bin zurückgekehrt, und bedauerlicherweise habe ich hier zu tun.« Er benutzte ihre Kerze, um seine Laterne anzuzünden. Dann blies er die Kerze aus, ging um den Sarg herum und beleuchtete den Toten. Ihr Magen drehte sich um.

»O Gott, David, was machst du da?« wisperte sie.

»Ich versuche herauszufinden, wer dieser Mann war«, erklärte er und warf ihr einen kurzen Blick zu. »Wahrscheinlich der Sträfling, unter dessen Namen ich harte Arbeit leisten mußte.«

»Du warst ein Sträfling?«

»Ja. Falls das tatsächlich Collum MacDonalds Leiche ist, will ich die erforderlichen Nachforschungen anstellen, um zu erfahren, warum ich mit ihm vertauscht wurde.«

»Aber er ist bis zur Unkenntlichkeit verbrannt.«

»Vielleicht trägt er einen Ring oder ein Amulett.«

Shawna erschauerte. Obwohl fünf Jahre verstrichen waren, schienen die sterblichen Überreste im Sarg immer noch den Geruch verbrannten Fleisches zu verströmen. »Bitte, David, dieser Tote kann dir nichts mehr verraten.«

»Wie nett! Er trägt meinen besten Kilt.«

»Natürlich, weil wir dachten, das wärst du«, erwiderte sie mit bebender Stimme.

»Seltsam, daß dieses verkohlte Etwas so sorgfältig angezogen wurde ...«

Plötzlich ging er zu ihr und packte ihre Handgelenke. »Das alles ergibt keinen Sinn. Was geschah, als wir beide die Besinnung verloren und das Feuer ausbrach? Irgend jemand wünschte meinen Tod. Und jemand anderer wollte den Eindruck erwecken, ich wäre gestorben. Du wurdest gerettet, mich schickte man auf ein Sträflingsschiff.«

Verwirrt und ärgerlich schüttelte er den Kopf, während er das Rätsel zu ergründen suchte.

Sie riß sich los und wich zum Eisengitter zurück.

»Mehr kann ich dir wirklich nicht erzählen. Nach der Feuersbrunst fand mich Gawain und . . .«

»Gawain! Und er erkannte mich sofort — in der verkohlten Leiche, die an deiner Seite lag?«

»Weil ich unentwegt schrie und deinen Namen rief. Deshalb nahm er vermutlich an, du müßtest es sein.«

Ein schwaches Lächeln umspielte Davids Lippen. »Und dann?«

»Was glaubst du wohl? Ich hatte einen Schock erlitten und bekam ein Beruhigungsmittel. Aber ich wußte, daß du tot warst. Wir schrieben deinem Vater und deinem Bruder, verständigten den Leichenbestatter und den Constable.«

»Aye, eine Untersuchung fand statt.«

»Selbstverständlich. Dein Vater war zu verzweifelt, um sich damit zu befassen, doch dein Bruder sprach mit uns allen, und er stellte unzählige Fragen. Schließlich wurdest du in diesen Sarg gelegt. Ich kam fast jeden Tag hierher, bis . . .«

»Nun?«

»Bis ich davonrannte. Ich hielt es nicht mehr in Castle Rock aus. Und so ging ich nach Glasgow. Aber Alistair erklärte mir, ich müsse trotz der Vergangenheit nach Hause kommen und meine Pflicht als Oberhaupt des Clans erfüllen. Also kehrte ich zurück, trotz meiner Krankheit.«

»Woran hast du gelitten?«

Sie zuckte die Achseln und senkte den Blick.

»An den Folgen des Schocks, an Melancholie und Verzweiflung.«

»Verzweiflung?«

»Nein, David, ich werde nicht ständig wiederholen, daß ich dir nichts antun wollte. Wenn du mir jetzt noch immer nicht glaubst, bist du ein verbitterter Wahnsinniger.«

»Oh, ich bin nach wie vor bei klarem Verstand, so erstaunlich das auch klingen mag. Was meinst du, wie mir zumute ist? In all den Jahren führte ich das Leben eines anderen, während ich scheinbar hier lag, bis zur Unkenntlichkeit verkohlt.«

»Leider kenne ich die Zusammenhänge nicht.«

Er starrte sie an, dann wandte er sich ab, legte den Deckel auf den Sarg zurück und schob alle Nägel in die dafür bestimmten Löcher.

»Immer wieder stellst du mir Fragen«, seufzte Shawna, »und weigerst dich, Erklärungen abzugeben. Verrat mir doch endlich, was geschehen ist!«

Zögernd begann er zu sprechen. »Einige Tage nach dem Feuer erwachte ich an Bord eines Sträflingsschiffs, das Mörder und andere Verbrecher nach Australien brachte. Die Neuigkeit vom Tod des Lairds hatte sich inzwischen herumgesprochen. Deshalb glaubte mir der Kapitän nicht, als ich versicherte, ich sei nicht Collum MacDonald, sondern David Douglas. Zwei Jahre lang rackerte ich mich auf seinem Schiff ab, dann arbeitete ich in einem australischen Steinbruch. Nach zwei weiteren Jahren gelang mir die Flucht, gemeinsam mit einem Freund, und ich schlug mich bis hierher durch. Diesem Freund, einem Arzt, verdanke ich mein Leben. An Bord des Schiffs beschwor er mich, die falsche Identität anzunehmen, sonst würde mich der Kapitän zu Tode peitschen lassen, und ich könnte mich niemals an meinem Feinden rächen.«

»Nun, du hast dich bereits gerächt. Für jene Nacht werde ich bis zu meinem letzten Atemzug büßen.«

»Tatsächlich? Dann muß ich dich vor dem schnellen Tod bewahren, den du offensichtlich anstrebst, indem du trotz aller Gefahren allein herumläufst . . .« Sein Atem stockte. »Still! Hörst du das?«

Im Korridor, der von der Halle zur Kapelle führte, näherten sich die Schritte zweier Personen. Schwerter klirrten leise in ihren Scheiden, Flüsterstimmen erklangen.

Instinktiv ahnte Shawna, daß diese Leute nichts Gutes im Schilde führten.

David blies die Laterne aus und stellte sie auf den Boden. »Rühr dich nicht!« wisperte er in Shawnas Ohr.

Als die Neuankömmlinge zur Krypta herabstiegen, waren die Stimmen deutlicher zu hören. Offensichtlich stritten sie miteinander.

»Nur Leichen.«

»Aber du sagtest ...«

»Daß ich was gehört habe.«

»Du Narr! Sicher hast du dich getäuscht.«

»Jedenfalls müssen wir feststellen, ob hier wirklich nur Tote liegen.«

Särge wurden geöffnet, Schwerter gezogen, Leichentücher zerfetzt. Bei diesen Geräuschen zuckte Shawna entsetzt zusammen.

»Hätte ich ihr doch nur die Kehle durchschnitten!«

»Du verstehst überhaupt nichts!«

Plötzlich trat David vor, und sie hörte, wie er sein Messer aus dem Stiefelschaft zog. Sie klammerte sich an sein Hemd und wollte ihm folgen. Aber er schob sie zurück. »Bleib hier!« flüsterte er.

»Geh nicht!«

»Doch, ich muß ...«

»Diese Männer sind mit Schwertern bewaffnet, vielleicht sogar mit Pistolen.«

»Und ich habe mein Messer, Lady. Außerdem kann ich das Überraschungsmoment nutzen.«

»Nein, David!«

»Bitte, Shawna, sei still!« Er schlich davon.

Inzwischen waren die Eindringlinge verstummt. Nichts war zu hören, endlose Minuten verstrichen. Dann krachte ein Schuß, gefolgt von keuchenden Atemzügen. Fand ein Kampf statt? Schmerzhaft hämmerte Shawnas Herz gegen die Rippen.

Trotz des Befehls, den David ihr erteilt hatte, verließ sie das Grabgewölbe und eilte durch den Korridor zum Zentrum der Gruft. Dort brannte ein schwaches Licht. Die beiden Männer hatten eine Laterne mitgebracht, und sie sah David hinter einer vermummten Gestalt zur Treppe laufen, die zum Friedhof führte.

Erschrocken schrie sie auf, als eine Hand ihre Schulter umfaßte, und drehte sich um. Ein Messer spiegelte den trüben Lampenschein wider. Mit aller Kraft bekämpfte sie den Angreifer. Da er verletzt war, konnte sie ihn beinahe abwehren. Blut tropfte von der Hand, die sie mit dem scharfen Stahl bedrohte. Offenbar hatte ihn das Gefecht mit David geschwächt, denn die Klinge verfehlte ihre Schulter und stieß gegen die Steinmauer.

Doch dann schwang das Messer erneut hoch.

Schreiend versuchte Shawna, die eisenharten Finger von ihrem Arm zu lösen. Das Gesicht ihres Gegners sah sie nicht, da er einen Umhang mit Kapuze trug, und sie konnte es nicht enthüllen.

Diesmal zielte das Messer auf ihr Herz. In letzter Sekunde wurde die Hand weggerissen, die es festhielt, und David schleuderte den Mann zu Boden. Während Shawna nach Atem rang, sah sie die andere Gestalt von der Treppe zurückkehren und stieß einen Warnschrei aus.

Aber der Vermummte wollte nicht kämpfen, sondern fliehen. Er stürmte an ihr vorbei, löschte die Laterne und eilte im Dunkeln die Stufen hinauf, die zur Kapelle führten. Wieder knallten Schüsse.

In wilder Panik sank Shawna zu Boden und versuchte, in einen Korridor zu kriechen. Neben ihr flammte ein Streichholz auf, und sie schnappte erschrocken nach Luft.

»Schon gut, ich bin's.«

David!

»Oh, ich dachte, sie hätten dich erschossen!« schluchzte sie und schlang die Arme um seinen Hals.

»Und ich hatte Angst, der Schurke würde dich erstechen.«

»Nun hast du mir wieder einmal das Leben gerettet.«

»Aye, und du stehst zweifach in meiner Schuld. Aber darüber wollen wir jetzt nicht reden. Hol unsere Laterne.«

Er reichte ihr ein weiteres brennendes Streichholz, und sie rannte in das Gewölbe, wo er die Lampe abgestellt hatte. Als sie den Docht entzündete, verbrannte sie sich beinahe die Finger. Dann kehrte sie ins Zentrum der Krypta zurück. David streifte gerade die Kapuze vom Kopf des Mannes, den er zu Boden geworfen hatte, und musterte sein Gesicht. »Wer ist das?«

»Keine Ahnung.«

Obwohl der Mann offensichtlich schwer verletzt war, brachte er ein freudloses Lächeln zustande. »Nein, Shawna MacGinnis, eine große Lady wie Sie kennt unsereins nicht. Aber bald werden Sie uns kennenlernen ...« Ein heftiger Hustenanfall unterbrach ihn, und Blut quoll aus seinem Mund.

»Wo ist Sabrina Connor?« würgte Shawna mühsam hervor.

»Wollen Sie sich zu ihr gesellen, Mylady? Vielleicht wird das demnächst geschehen.«

David packte den Mann am Kragen des Umhangs und schüttelte ihn. »Ist sie am Leben?«

»Gnade!« stöhnte er. »Ja, sie lebt.«

»Nun hat Ihre letzte Stunde geschlagen.« David lockerte seinen Griff. »Bevor Sie sterben, sollten Sie uns verraten, wo Sabrina festgehalten wird. Dann wird der Allmächtige Ihrer schwarzen Seele vielleicht etwas milder begegnen.«

»Der Allmächtige!« rief der Mann und warf Shawna einen Blick zu, der sie frösteln ließ. »Vom Himmel erwarte ich nichts, und meine ›schwarze Seele‹ wird in der Hölle landen. Wie nahe Leben und Tod beisammenliegen, nicht wahr, Lady? Manchmal weilen die Lebenden sogar zwischen den Toten.« Höhnisch lachte er und hustete wieder.

»Wo ist Sabrina?« beschwor sie ihn.

Aber er antwortete nicht. Mit glasigen Augen starrte er sie an.

»Wo ...«, begann sie noch einmal.

»Er ist tot«, erklärte David leise. Er stand auf, schwang die Leiche über seine Schulter und trug sie in einen Korridor.

»Was hast du vor?« fragte Shawna, als er zu ihr zurückkehrte.

»Ich werde ihn möglichst bald begraben. Vorerst darf er nicht gefunden werden.«

»Aber wir sollten den Constable verständigen ...«

»Der wird uns nicht helfen. Dieses Problem müssen wir selber lösen. Jetzt verschwinden wir erst einmal. Ich weiß nicht, wie viele Leute in diese Verschwörung verstrickt sind. O Shawna, du bist wirklich eine Närrin, wenn du das Ausmaß der Gefahr noch nicht erkannt hast, in der du schwebst. Hättest du dich bloß nicht in die Gruft gewagt! Wenn du dich vernünftig benehmen würdest ...«

Eben noch war sie überglücklich gewesen, weil er am Leben geblieben war. Und nun machte er ihr schon wieder Vorwürfe. Erbost wandte sie sich ab und rannte zur Friedhofstreppe.

»Halt!« rief er ihr nach. »Bedenk doch, wer uns da oben auflauern könnte!«

Aber sie beachtete seine Warnung nicht und floh in die Nacht hinaus. Im Mondlicht schaute sie auf ihren Morgenmantel hinab. Spinnweben hingen am weißen Leinen und glichen den Fetzen eines Leichentuchs. Und Staub. Die Reste zerbröckelnden Gebeine? »O Gott!« flüsterte sie und lief weiter.

»Shawna?« Er folgte ihr, aber sie blieb nicht stehen. Kalte Panik schien ihren Füßen Flügel zu verleihen. Vom Hauch des Todes umgeben, glaubte sie darin zu ersticken. Sie verließ den Friedhof, und David holte sie erst ein, als sie die Druidensteine erreichte. »Shawna!« rief er und umklammerte ihren Arm.

»Laß mich los!«

»Hör doch zu, Shawna ...«

»Nein! Ich muß mich waschen!«

»Aye, Mädchen, natürlich, wir werden ...«

»Jetzt!« Sie befreite sich von seinen Fingern und stürmte zum See.

»Bist du verrückt geworden, Shawna?«

Ohne zu antworten, watete sie ins Wasser und tauchte unter.

16

Von starken Händen an die Oberfläche des Sees gezerrt, rang sie nach Luft und starrte David wütend an. Bis zu den Schultern standen sie im Wasser.

»Versuchst du dich zu ertränken, Shawna?«

»Unsinn!« stöhnte sie, einem hysterischen Anfall nahe. »Ich wollte nur die Spinnweben und den Staub wegwaschen – und den Todesgeruch. Laß mich los!«

»Ja, schon gut.«

Sie riß sich den Morgenmantel mit dem Nachthemd vom Leib und schrubbte sich ab. Danach sank sie erschöpft an Davids Brust.

»Wenn wir noch lange im Wasser bleiben, werden wir erfrieren«, meinte er.

»Aye ...« Sie richtete sich auf und watete ans Ufer.

Atemlos fiel sie ins feuchte Gras. Die eisige Nachtluft

jagte einen heftigen Schauer durch ihren triefnassen, nackten Körper. Erst jetzt wurde ihr bewußt, daß sie in diesem Zustand nicht nach Hause zurückkehren konnte.

David stieg aus dem See, ebenfalls nackt, seine gewaschenen Kleider über dem Arm. »Falls du mir noch einmal davonläufst, nehme ich dich an die Leine, Lady. Oder ich werfe dich in ein Verlies. Komm jetzt!«

»Wohin?«

»Ins Wasser.«

»Niemals ...«

»Beeil dich! Allmählich fange ich auch zu frösteln an.«

»Nein, ich gehe nicht mehr ins Wasser.«

»Aber dir bleibt nichts anderes übrig.«

»Warum?«

»Weil wir nur auf diesem Weg die Geisterhöhle erreichen.«

Vergeblich protestierte sie, als er sie auf die Beine zog und die Uferböschung hinabführte. »Das ertrage ich nicht! Diese schreckliche Kälte ...«

»Daran hättest du früher denken sollen. Bei Flut gibt es keinen anderen Zugang zu meinem Schlupfwinkel.«

»O Gott, ich kann nicht ...«

»Wenn wir noch lange hier herumstehen, wird man uns womöglich sehen.« Er hob sie hoch und trug sie trotz ihrer heftigen Gegenwehr in den See. Erst im tiefen Wasser ließ er sie los, und sie strampelte verzweifelt, um sich gegen die Eiseskälte zu wappnen. Wohl oder übel schwamm sie hinter ihm her zu einer Felswand. »Halt die Luft an!« befahl er. »Nun tauchen wir unter. Alles in Ordnung?«

Welch eine Frage! »Aye!« stieß sie zwischen klappernden Zähnen hervor.

Glücklicherweise mußten sie nur eine kurze Strecke unter Wasser zurücklegen. Durch einen breiten, überfluteten Felsentunnel gelangten sie zum Eingang einer Höhle. Jetzt wußte Shawna, wo sich David seit seiner Rückkehr aus dem Totenreich versteckte. Hier verwahrte er seine Kleider, hier hielt er sich auf, wenn er sie nicht in ihrem Zimmer besuchte oder in den Geheimgängen umherwanderte.

Sie stiegen aus dem Wasser, und er warf seine nassen Kleider zu Boden. Dann wickelte er Shawna in eine Decke, öffnete eine Reisetruhe und schlang ein Plaid um seine Hüften. Während sie zitternd am Wasserrand stand, machte er Feuer in einer Grube, die er offenbar schon oft benutzt hatte, und setzte sich davor.

Ungeduldig schaute er zu Shawna auf. »Komm her und wärm dich!«

Sie kauerte sich zu ihm und hielt ihre bebenden Hände über die Flammen. »O Gott, das war gräßlich!«

»Und das Grauen ist noch nicht beendet. Diese Männer hatten's auf dich abgesehen. Zweifellos planen sie einen weiteren Anschlag, und ich hoffe, du wirst in Zukunft etwas besser auf dich aufpassen.«

»Ich verstehe das alles nicht. Warum wollten sie mich ausgerechnet in der Gruft töten? Wäre es nicht einfacher gewesen, in mein Zimmer zu schleichen?«

»Nein, weil deine Tür verriegelt war. Außerdem schlafen mehrere Leute in deiner Nähe, auch mein Bruder.«

»Und warum wurde ich nicht ermordet, als ich betäubt im Schacht lag?«

Er runzelte die Stirn. »Vielleicht sollte Hawk glauben, du hättest ihn zu beseitigen versucht. Und etwas später, nach deinem gewaltsamen Tod, hätte der Laird wohl kaum um die Frau getrauert, die vor nichts zurückschreckte, um sich sein Erbe anzueignen.«

»Aber ich dachte, sie trachten auch ihm nach dem Leben.«

»Ja, das ist anzunehmen.«

»Wenn es um die Douglas-Ländereien geht — der Mac-

Ginnis-Clan würde sie deinem Bruder sehr gerne abkaufen.«

»Wahrscheinlich steckt viel mehr hinter diesem Komplott, als wir uns vorstellen können. Wie der sterbende Mann in der Gruft angedeutet hat, gibt's da einige Komplizen. Wer sind sie? Und was den Angriff im Schacht betrifft – vielleicht wollten sie dich töten oder nur entführen, so wie Sabrina.«

»Wenigstens sagte er, sie sei noch am Leben.«

»Wir müssen sie möglichst bald finden, denn ich fürchte, das alles hängt mit einem Kult zusammen.«

»Zu Edwina McClouds Hexenzirkel gehören nur anständige, gute Frauen, und ich glaube nicht ...«

»Versteh mich nicht falsch, ich habe Edwina nicht beschuldigt. Ich erwähnte nur, irgendein Kult könnte damit zu tun haben.« David nahm eine Flasche aus seiner Truhe und drückte sie in Shawnas Hand.

»Whisky pur?«

»Was anderes habe ich nicht zu bieten, obwohl ich ein Schloßherr bin. Bedauerlicherweise befindet sich Castle Rock in den Händen anderer Leute.«

Ihre Augen verengten sich. »Oh, ich trinke sehr gern Whisky«, entgegnete sie, nahm einen großen Schluck und hustete, aber sie fühlte sich etwas wohler. Trotzdem erschauerte sie wieder. »O Gott, was geht hier vor?«

»Weißt du's wirklich nicht?«

»Nein, das schwöre ich dir«, seufzte sie.

David griff nach der Flasche, trank daraus und stellte sie beiseite. Als er sah, daß Shawna immer noch zitterte, zog er sie zu sich herüber, so daß sie zwischen seinen Beinen saß.

Kraftvoll rieb er ihre Schultern, dann flüsterte er in ihr Ohr. »Besser?«

Weil sie ihrer Stimme nicht traute, nickte sie nur. In seiner Nähe war ihr viel wärmer.

Nach einer Weile erklärte er: »Ich werde meine Anwesenheit jetzt nicht mehr lange verheimlichen.«

Verwundert drehte sie sich zu ihm um. »Oh?«

»In der Nacht der Mondjungfrau ist der Laird verpflichtet, die Festlichkeiten zu leiten. Also werde ich zu diesem Zeitpunkt in Erscheinung treten.«

Ein seltsames Unbehagen erfaßte sie. Zu Ehren der Mondjungfrau verkleideten sich die Leute, Adelige ebenso wie Bürgerliche. Ale und Brandy flossen in Strömen, Jahr für Jahr geriet die fröhliche Schar außer Rand und Band. Und das mochte so manches Unheil heraufbeschwören. »David, ich weiß nicht recht ...«

»Hast du mich nicht immer wieder aufgefordert, meine Heimkehr bekanntzugeben? Könnte ich einen dramatischeren Auftritt wählen?«

»Aber ...«

»Ich dachte, wenn ich meine Gegenwart geheimhalte, würde ich irgendwelche Hinweise auf die Ereignisse in jener verhängnisvollen Nacht finden. Tagelang durchsuchte ich Papiere und Dokumente in beiden Festungen, beobachtete alle Vorgänge und belauschte die Männer im Bergwerk. Leider habe ich bis jetzt nichts herausgefunden — nur daß hier immer noch böse Elemente am Werk sind. Ich glaube, es wird mir nicht helfen, meine Nachforschungen weiterhin im Verborgenen zu betreiben. Deshalb möchte ich in aller Öffentlichkeit erscheinen und meine Ansprüche auf das Douglas-Erbe erheben. Dann wird sich vielleicht herausstellen, wer mit allen Mitteln nach meinem Besitz strebt — und nicht einmal einen Mord scheut.«

»Sollten wir nicht den Constable verständigen?«

»Wegen seiner erfolgreichen Ermittlungen — nachdem meine Leiche im ausgebrannten Stall gefunden wurde? Nein, Shawna. Wie ich bereits sagte, dieses Problem müssen wir selber lösen.«

Sie seufzte. Sicher, der tüchtige Beamte konnte Betrunkene festnehmen, entlaufene Kinder heimbringen und junge Diebe auf den rechten Weg zurückführen. Aber den raffinierten Plänen bösartiger, skrupelloser Verbrecher war er wohl kaum gewachsen. »Morgen müßtest du in der Gruft die Patronenhülsen finden, David. Das beweist immerhin, daß dort unten geschossen wurde.«

»Aber sonst nichts. Du kennst den Mann nicht, der heute nacht gestorben ist. Aber eins steht fest — er gehörte zu irgendeiner Organisation. Erinnerst du dich an den Kerl, der dich am Ufer des Sees töten wollte?«

»Er war genauso gekleidet wie die beiden in der Gruft.«

»Also trug er einen dunklen Umhang mit Kapuze?«

»Aye«, bestätigte Shawna. »Alle drei sahen völlig gleich aus.«

»Natürlich, eine passende Kleidung, wenn man im Dunkeln unerkannt bleiben will ... Die zwei, die ich tötete, waren Männer. Aber dieser Bursche, der dich in der Krypta angriff, wurde vermutlich von einer Frau begleitet.«

»Wieso glaubst du das?«

»Diese Person lief so schnell und leichtfüßig davon. Und sie wollte offensichtlich nicht kämpfen.«

»Leider konnte ich sie nicht beobachten, weil ich zu sehr damit beschäftigt war, am Leben zu bleiben.«

»Hm ...« Davids Hand umfaßte ihre Schulter. »Bleib morgen — das heißt heute — stets in der Nähe meines Bruders, während ich einige Nachforschungen anstelle.«

»Aber ...«

»Tu einfach nur, was ich sage, und ärgere mich nicht«, unterbrach er sie, drehte sie zu sich herum und schaute in ihre Augen. »Es war ohnehin schwer genug, dir zu verzeihen.«

»Wie oft muß ich's dir noch sagen? Damals wollte ich nicht ...«

»Ich glaube dir.«
»Was?«
»Du wolltest nur ein bißchen mit mir flirten und mich lange genug betören, damit die MacGinnis die Beweise gegen deinen leichtsinnigen Vetter Alistair beseitigen konnten. Was dann geschah, lag nicht in deiner Absicht. Genausowenig ahnte ich, wozu diese Nacht führen würde.«

»David ...« Verwirrt verstummte sie, als er die Decke von ihrem Körper zog, auf dem Boden ausbreitete und mit ihr daraufsank. Während sie splitternackt neben ihm lag, fühlte sie sich plötzlich verwundbar.

»Aye, es ist schwer, einer Frau zu verzeihen, die einen Mann zum Narren gemacht hat. Noch dazu, wenn er sich so verzweifelt nach ihr sehnte, als er von einem grausamen Schicksal heimgesucht wurde.«

»O David ...«

Ein Kuß verschloß ihr den Mund. Erst sanft, dann fordernd und drängend spielte seine Zunge mit ihrer, subtil und gebieterisch zugleich. Ihre Hände strichen wie aus eigenem Antrieb über seinen Rücken und streiften das Plaid in den Douglas-Farben von seinen Hüften nach unten. Aufreizend langsam glitten Davids Finger über Shawnas Wange, ihren Hals, hinab zu den Brüsten. Sein Daumen umkreiste eine harte Knospe und ließ wohlige Schauer durch ihren Körper rieseln.

Stöhnend erwiderte sie seinen Kuß, schmiegte sich instinktiv an ihn, und er entfernte ungeduldig das Plaid, das sich um seine Schenkel gewickelt hatte. Dann führte er Shawnas Hand zum pulsierenden Zentrum seiner Erregung. Mittlerweile fror sie nicht mehr. Die Wärme des Feuers erfüllte die ganze Höhle, verbreitete einen goldenen Glanz, und Davids Atem glich einer Flamme, die eine heiße Leidenschaft in ihr schürte. Lockend wanderten ihre Lippen über seine Brust. Seine Haut schien unter der Liebkosung zu brennen, und Shawna zitterte unter der Kraft seiner Glut.

»Jetzt ertrage ich's nicht länger, Lady MacGinnis.« Er umfaßte Shawnas Handgelenke, zog die Arme hinter ihren Kopf und legte sich auf ihren ausgestreckten Körper. »Diesmal muß ich die Macht deiner Reize doch nicht fürchten, oder?«

»Laird Douglas, du bist es doch, der die Schwäche einer Frau ausnutzt ...«

»Willst du mir das verübeln?« flüsterte er an ihrem Mund. »Schon immer habe ich dich begehrt, das weißt du.«

»Nein, das wußte ich nicht.«

Er streichelte ihre vollen Brüste, den weichen Bauch, das schwarze Dreieck ihres Schamhaars. Langsam schob er seine Hüften zwischen ihre Schenkel. »Schon immer ...«

»Aye?« wisperte sie atemlos, hob ihm die Hüften entgegen und konnte es kaum erwarten, die süße Qual zu beenden.

»Du warst jung, so ungestüm und arrogant. Und ich beschloß zu warten, bis du zur Vernunft kommen würdest. Von Anfang an liebte und begehrte ich dich.«

»Wirklich?«

»Und ich hätte dich auf jeden Fall erobert, so oder so ...«

Ein wildes Glücksgefühl erfaßte sie, als er in sie eindrang. Den harten Felsboden unter ihrem Rücken fühlte sie längst nicht mehr. Davids Lippen preßten sich auf ihren Hals. Mit dem kraftvollen Rhythmus seiner Hüften schien die Erde zu beben, und in Shawnas Adern wuchs ein Fieber, bis sie nur noch diese drängende Sehnsucht nach der Erfüllung spürte.

Gemeinsam schwebten sie zum Gipfel der Lust empor, wo ein Feuerball explodierte und Shawna mit einem warmen Funkenregen übergoß. Sie klammerte sich zitternd an David. Von seinen Armen umfangen, kehrte sie sicher und geborgen in die Realität zurück, auf den harten Steinboden, in die kühle Nacht.

Nur das kleine Lagerfeuer milderte die Kälte. Aber Shawna fror nicht, denn er lag neben ihr, breitete sein Plaid über ihren Körper und hielt sie fest.

»Kennst du diese alte Legende?« fragte sie leise. »Wenn ich dein Douglas-Plaid stehlen und irgendwo verstecken würde, wärst du meiner Macht hilflos ausgeliefert.«

»Bist du immer noch nicht mächtig genug?«

»Mußt du ständig damit anfangen?« seufzte sie. »Ich verwalte nur, was deine Familie mir anvertraut hat.«

Lachend drückte er sie an sich. Aber dann klang seine Stimme sehr ernst. »Einmal habe ich alles verloren, sogar meine Identität. Jetzt fürchte ich mein Hab und Gut wieder zu verlieren, diesmal auch mein Leben — wenn ich mich nicht in acht nehme. Und du gehörst zu den Schätzen, die ich besonders leicht verlieren könnte.«

»Also möchtest du mich behalten?«

David wickelte eine ihrer Haarsträhne um seinen Zeigefinger. »Um zurückzugewinnen, was mir gehört, bin ich heimgekehrt. Wie du bald erkennen wirst, bin ich bereit, dafür zu kämpfen. Ich lasse mich nicht mehr betrügen. Wenn ich auch an deine Unschuld glaube — ich würde nicht zögern, jeden Mann zu töten, der mir ein Unrecht zugefügt hat. Und wäre eine Frau schuldig, müßte sie ebenfalls einen hohen Preis bezahlen.«

»Aber ...«

»Shawna«, fiel er ihr ins Wort, hob ihr Kinn hoch und zwang sie, seinen eindringlichen Blick zu erwidern. »Sei versichert, ich glaube dir. Wenn du sagst, du hättest mir die ganze Wahrheit erzählt und mehr wüßtest du nicht — dann glaube ich dir.«

In diesem Augenblick wünschte sie, diese Nacht möge

ewig dauern, sie würde für immer seine Kraft, seine Wärme und Zärtlichkeit spüren. Diese Wärme schenkte er ihr immer noch, nachdem die Leidenschaft erloschen war. »O David, ich schwöre ...«

Lächelnd berührte er ihre Lippen. »Schon gut, ich zweifle nicht mehr an dir.«

»O David, ich liebe dich ...«

»Großer Gott!« rief er. »Wie lange mußte ich auf dieses Geständnis warten!«

Erbost stemmte sie ihre Fäuste gegen seine Brust. »Hättest du's mir früher gesagt, wüßtest du längst, was ich empfinde.«

»Habe ich nicht oft genug erwähnt, ich würde dich begehren?«

»Liebe und Begierde sind zweierlei.«

»Nun, dann habe ich dich eben aus Liebe begehrt.«

Lächelnd senkte sie die Wimpern. Noch nie war sie so glücklich gewesen — und trotzdem verspürte sie ein leichtes Unbehagen. Sie hatte ihm nichts Wichtiges vorenthalten. Und vielleicht würde sie eines Tages die Vergangenheit mit ihm teilen, jene verlorenen Jahre — so wie sie hoffte, auch er würde rückhaltlos schildern, was er erlitten hatte.

Aber nicht jetzt.

»Du meinst, du hättest mich *damals* begehrt, David?«

»Aye.«

»Und heute?« fragte sie beiläufig.

»Du lieber Himmel, bist du denn nie zufrieden?« stöhnte er.

»Doch — nur ...«

Ihr Atem stockte, als er sie in die Arme riß, von neuer Leidenschaft erfüllt. »O Shawna, du warst ein bezauberndes Kind — eigensinnig und ungestüm und ein einziges Ärgernis. Manchmal hätte ich dich am liebsten übers Knie gelegt.«

»Falls das eine Liebeserklärung sein soll ...«, protestierte sie.

»Laß mich ausreden. Wo war ich stehengeblieben? Ach ja. Und dann bist du zu einer Frau herangewachsen — zauberhaft und eigensinnig, ungestüm und hochmütig.«

»Moment mal ...«

»Und ich begehrte dich. Ich bewunderte deine Entschlossenheit, deinen Mut, sogar die unerschütterliche Loyalität, die du gegenüber deiner Familie zeigst. In meinem Herzen wußte ich, daß der Tag kommen würde, an dem du mich lange genug herausgefordert hättest, und dann wäre unser Bund geschlossen worden — natürlich in allen Ehren. Ich wollte Gawain und Lowell um deine Hand bitten. Mit deinem Wesen, mit deinem Stolz, deinem Pflichtgefühl und deiner inneren Kraft hast du meine Liebe gewonnen. Daran konnten die letzten fünf Jahre nichts ändern. Schon damals liebte ich dich. Und ich liebe dich immer noch heiß und innig. Genügt das, Lady?«

Ihre Augen strahlten im Feuerschein. »Ja, ich denke schon.«

»Gut. Denn diese leidenschaftliche Rede hat noch andere Gefühle geweckt. Würdest du mir noch einmal zuflüstern, daß du mich liebst, und deine Glut beweisen?«

»Aye, David! Wie sehr ich dich liebe, vermag ich nicht in Worte zu fassen ...«

»Dann sind Worte überflüssig.«

Er küßte sie, und sie vereinten sich wieder im rotgoldenen Feuerschein, der über die Felswände tanzte. Schließlich brannten die Flammen zu schwelender Asche herab, und das rosige Licht der Morgendämmerung erfüllte die Höhle.

Mit der Ebbe war der Wasserspiegel des Sees gesunken. Shawna blickte sich um, und es widerstrebte ihr, den Ort ihrer beglückenden Liebesnacht zu verlassen.

Aber David wollte sie so bald wie möglich ins Castle Rock zurückbringen.

»Warum gibst du deine Anwesenheit nicht schon heute bekannt?« fragte sie.

»Vorher muß ich noch einige Fragen klären.«

»Und wie soll ich ins Schloß gelangen? Ich kann doch nicht splitternackt zur Tür hineingehen ...«

»Das würde ich dir auch gar nicht erlauben, Shawna. In meiner Truhe findest du genug Hemden und Kilts. Ich begleite dich bis zu deinem Turmzimmer.«

Während sie sich anzog, schlüpfte er in seine schwarze Hose, das passende Hemd und die hohen Stiefel. Dann trug er sie durch das seichte Wasser am Höhleneingang zum trockenen Ufer. Sie folgten verschlungenen Waldwegen und mehreren Geheimgängen. Unbemerkt erreichten sie die Tür des Turmzimmers.

»Du wirst doch nicht ohne meinen Bruder ausgehen?« ermahnte er Shawna und nahm sie in die Arme.

»Weiß er Bescheid?«

»Ich werde ihn informieren. Und du mußt mir gehorchen, hörst du?«

»Aye. Aber ich verstehe nicht ...«

»Bitte, Liebste, vertraue mir!«

»Ja«, stimmte sie leise zu.

Weil sie ihn liebte, vertraute sie ihm rückhaltlos. Ihr Leben lang hatte sie ihn geliebt. Und in dieser Nacht war ein Traum in Erfüllung gegangen. Nie wieder würde sie sich fragen müssen, ob er ihre Gefühle erwiderte — oder ob er sie nur begehrte.

Trotzdem fürchtete sie sich aus unerklärlichen Gründen. »David ...«

»Jetzt habe ich keine Zeit mehr.« Lächelnd hauchte er einen letzten Kuß auf ihre Lippen, dann verschwand er durch eine Geheimtür in der Mauer des Turms.

Von quälender Sorge erfüllt, betrat sie ihr Zimmer. Irgend etwas würde geschehen. Schon bald. Und sie konnte es nicht verhindern.

17

Bruder Damian stand in der Taverne an der Theke und schlürfte langsam sein Ale. Aufmerksam belauschte er die Bauern, Schäfer und Rinderhirten, die an verschiedenen Brettertischen saßen. Einige aßen Hammeleintopf, andere hatten sich eingefunden, um Bier zu trinken und die Gesellschaft ihrer Freunde zu genießen.

»Wenn ihr mich fragt ...«, begann der alte Ioin Menzies, Marks Vater, und senkte den Kopf, so daß ihm nur seine Tischgefährten zuhören konnten. Trotz seiner fünfundsiebzig Jahre besaß er immer noch lebhafte blaue Augen und strotzte vor Kraft. »Im Schloß dort oben geschehen seltsame Dinge.«

»Allerdings — schon seit der alte Laird Douglas gestorben ist«, bemerkte der hübsche zwanzigjährige Hamell, einer von Fergus Andersons Söhnen, und schaute sich vorsichtig um.

Wahrscheinlich sucht er seinen Vater, dachte der Mönch.

Hamell beugte sich vor und flüsterte: »In der Nacht des großen Feuers hat's angefangen.«

»Glaubst du, die Hexen haben ihre Hand im Spiel?« fragte Ioin.

»Meinst du das ernst?«

»Diese Amerikanerin ist doch verschwunden, oder?«

»Aye.«

»Und morgen bricht die Nacht der Mondjungfrau herein. Vielleicht soll das Mädchen auf dem Opferaltar sterben.«

»Hast du den Verstand verloren, alter Junge?«

»Jedenfalls gehen da die seltsamsten Dinge vor.«

»Aye«, bestätigte Hamell, »zum Beispiel die Rettung unseres kleinen Dannys, den ein sonderbares Tierchen aus dem verschütteten Schacht geführt hat.«

Ioin nickte grimmig. »Klar, im Bergwerk spukt's. Davon hat mir mein Sohn oft genug erzählt.«

»Wie auch immer, niemand wird ein Mädchen auf dem Druidenstein schlachten. Das werden wir verhindern. Und wir lassen uns das Fest nicht von deinen Unkenrufen verderben. Mein Kostüm mit der Maske ist schon fertig. Seit heute morgen bereiten die Dienstboten die Feier vor. Angeblich stellen sie so viele Wein- und Alefässer auf wie noch nie. Ich habe fleißig für den Speerwurf geübt. Und ich will mit meinem Mädchen tanzen. Also versalz uns nicht das Vergnügen, hörst du, Ioin?«

»An mir soll's nicht liegen. Aber nehmt euch vor Edwina und ihren Hexen in acht.«

»Red doch keinen Unsinn, Ioin!« rief eine scharfe Frauenstimme von der Tür herüber.

Bruder Damian drehte sich erstaunt um und sah Edwina McCloud eintreten. Zum Schutz vor dem kalten Novemberwind trug sie einen langen dunklen Umhang. Der Mönch beobachtete mit schmalen Augen, wie sie erbost zu Ioins Tisch stürmte.

»Moment mal, Edwina!« protestierte der alte Mann und wurde rot.

»Habe ich dir nicht immer wieder geholfen, Ioin Menzies? Ohne meine Kräuter wären die Furunkel auf deinem Hintern nie verheilt. Und meine Salben, die du abends auf deine wunden Füße gestrichen hast ...«

»Ist ja schon gut, Edwina ...«

Doch sie hörte ihm nicht mehr zu. Ärgerlich legte sie ihren Umhang ab, eilte hinter die Theke und füllte für einen Gast, der nach ihr gerufen hatte, ein Glas mit Ale.

Bruder Damian setzte sich kurz entschlossen neben Ioin Menzies und lächelte beruhigend, als er den Argwohn des alten Mannes spürte. Seit einigen Tagen kam er regelmäßig in die Taverne und suchte das Vertrauen der Leute zu gewinnen. »Edwina macht sich eben Sorgen um Laird Douglas' Schwägerin, und deshalb ist sie ein bißchen nervös. Leider wird das Mädchen immer noch vermißt.«

»Aye«, murmelte Ioin und wich seinem Blick aus.

»Übrigens — ich möchte Sie auf einen wichtigen Punkt hinweisen, Menzies. Meine Pilgerfahrt führte mich hierher, weil ich das Sagengut dieser Gegend studieren will. Die Menschenopfer gehörten zu den alten Druidenpraktiken. Damit hat der Wicca-Kult nichts zu tun.«

»Jetzt ist sie mir böse«, seufzte Ioin und schaute verstohlen zu Edwina hinüber, die an der Bar arbeitete. »Um mich zu bestrafen, wird sie meine alten Knochen verrotten lassen und mir keine Arzneien mehr geben.«

Bruder Damian nahm einen großen Schluck von seinem Ale und musterte Hamell Anderson, der ihm gegenübersaß. »Hier im Dorf weiß man wohl nichts über den Verbleib der Amerikanerin, mein junger Freund?«

»Nein«, erwiderte Hamell. »Aber womöglich hat Ioin recht. Wenn die Hexen ein Opfer suchen, schwebt ihnen sicher ein ganz besonderes Mädchen vor — oder eine bedeutsame Persönlichkeit wie Lady MacGinnis selbst. Es sei denn ...«

»Ja?« drängte der Mönch.

Unbehaglich zuckte Hamell die Achseln. »Lady MacGinnis ist vielleicht nicht das, was sie scheint.«

»Sag bloß nichts gegen unsere Lady!« mahnte Ioin. »Bedenk doch, wie gut sie für uns alle sorgt! Hat sie deinen Großvater nicht ins Krankenhaus gebracht, auf eigene Kosten? Und dein kleiner Bruder wohnt jetzt bei ihr im Schloß.«

»Aye, mein Bruder!« stieß Hamell verbittert hervor.
»Oder dein Neffe, falls er der Sohn deiner Schwester ist.«
»Das ist er nicht.«
»Jedenfalls hat sich Lady MacGinnis stets um dich und die Deinen gekümmert.«
»Ja«, stimmte Hamell zögernd zu.
»Was wollten Sie mir mitteilen, mein Junge?« beharrte der Mönch.
Hamell schüttelte den Kopf. »Nur daß wir nicht immer sind, was wir scheinen. Mehr sage ich nicht ...«
»Soviel ich weiß, hast du gar nichts gesagt!« fauchte Ioin.
»Dann werde ich mich deutlicher ausdrücken. Man sollte doch glauben, *Miss* Sabrina Connor wäre ein unberührtes junges Mädchen. Und in jener Nacht, in der David Douglas starb, war Lady MacGinnis mit ihm zusammen — verstehen Sie, was ich meine, Bruder Damian? Wenn ein *unschuldiges* Opfer gesucht wird, wäre Sabrina Connor sicher die bessere Wahl.«
Der Mönch hob die Brauen und fragte sich, ob man das Leben der Amerikanerin retten könnte, wenn die Wahrheit über ihren Zustand ans Licht käme. »Und wenn Miss Connor *nicht* unschuldig ist? Kurz nachdem sie hier ankam, verschwand sie. Was wissen wir schon über ihre Vergangenheit?«
»Also wirklich!« rief Ioin, stand entrüstet auf und ging zur Theke. »Wie ich solche Klatschgeschichten hasse!«
Vermutlich will er sich mit Edwina versöhnen, dachte Bruder Damian. Vor allem seinen Furunkeln zuliebe — mag er auch den Hexenzauber verdammen ...
»Hätte ich bloß den Mund gehalten!« stöhnte Hamell. »Nun ist der alte Knabe tief beleidigt. Er liebt Shawna MacGinnis von ganzem Herzen. Aber ich nicht, verdammt noch mal — verzeihen Sie, Bruder Damian ... So-

bald David Douglas unserer Lady über den Weg lief, flogen die Funken. Kein einziges freundliches Wort fiel zwischen den beiden. Und doch waren sie ganz verrückt nacheinander. Für Sie ist so ein Gefühl natürlich eine schwere Sünde, Bruder. Nun, vielleicht verstehen Sie trotzdem, was einen Mann zu einer Frau hinzieht.«

»Ich tue mein Bestes«, entgegnete der Mönch trocken, »so wie Sie, mein Junge.«

»Wollen Sie etwa andeuten, der kleine Danny sei mein Sohn?«

»O nein, ich meinte nur ...«

»Niemals würde ich ein unschuldiges Mädchen in Schwierigkeiten bringen«, erklärte Hamell entschieden, dann senkte er seine Stimme und blickte sich wieder um.

Offenbar hat er Angst vor seinem Vater, überlegte Bruder Damian.

»Schauen Sie sich den Jungen doch an — und die MacGinnis.« Bevor Hamell aufstand, fügte er zögernd hinzu: »Vor allem die Lady.«

Alistair stand in der Kapelle und starrte das Kruzifix an. So sehr es ihm auch widerstrebte — er mußte in die Krypta hinuntergehen. Weil seltsame Dinge geschahen, weil die Vergangenheit die Lebenden quälte und die Zukunft zu zerstören drohte ...

Sogar im hellen Tageslicht graute ihm vor der Gruft.

Als die Tür der Kapelle aufschwang, drehte er sich erschrocken um. Hawk Douglas trat ein. »Ah, Alistair! Du besuchst die Kapelle? Für so fromm hätte ich dich gar nicht gehalten.«

»Oh, ich ...« Alistair lächelte. »Und warum bist du hier? Die Sioux gehören doch einer anderen Religion an.«

»Aye, sie verehren Götter und Göttinnen, die Mächte des Windes, des Regens und der Erde.«

Nachdenklich musterte Alistair den Halbindianer. Er

fand es seltsam, daß der Laird wie David aussah und trotzdem seiner Sioux-Mutter glich. Aber er kleidete sich wie ein weißer Amerikaner. An diesem Tag trug er ein blaues Leinenhemd, Breeches und hohe Stiefel.

»Übrigens glaube ich, daß es nur einen einzigen Gott gibt«, fügte er hinzu, »und er ist in allen Religionen derselbe.«

»Willst du hier zu ihm beten, Hawk? Dann werde ich dich nicht stören ...«

»Nein, ich möchte die Kapelle nur durchqueren.«

»Wohin gehst du?«

»In die Gruft. Soviel ich weiß, hast du letzte Nacht irgendwas dort unten gehört, aber nichts gefunden.«

»Nun, du weißt ja, wie diese alten Gebäude ächzen und stöhnen ...«

»Das weißt du viel besser als ich. Und trotzdem bist du hinuntergegangen — also mußt du ein besonderes Geräusch gehört haben.«

»Aber ich fand nichts.«

»Nun, ich werde mich mal dort unten umsehen. Begleitest du mich?« Hawk ging zur Eisentür, nahm eine Laterne von einem Wandhaken und riß ein Streichholz an, um sie zu entzünden.

Mühsam bezwang Alistair seine Angst und folgte ihm. Schweiß rann über seinen Rücken.

Obwohl der Tag anbrach, wollte sich Shawna nach der ereignisreichen Nacht noch ein wenig Schlaf vergönnen. Sie zog Davids Kilt und das Hemd aus, wusch sich mit Seife und dem Wasserrest, den sie im Krug fand, und schlüpfte in ein Nachthemd. Kaum hatte sie sich ins Bett gelegt und die Augen geschlossen, klopfte es an der Tür. Erschrocken richtete sie sich auf. »Wer ist da?«

»Mary Jane.«

»Einen Augenblick!« Shawna sprang aus dem Bett, versteckte Davids Sachen hinter dem Wandschirm und öffnete die Tür.

Lächelnd trat die Zofe ein, aber sie wirkte ziemlich erschöpft. »Guten Morgen, Shawna. Laird Hawk läßt dich bitten, mit der Familie zu frühstücken, bevor sie alle wieder aufbrechen und nach Miss Sabrina suchen.«

»Aye, ich komme sofort.«

»Gut. Übrigens, du siehst müde aus.«

»Du auch.«

»Nun, wir alle blieben lange wach vor lauter Sorge um die arme Miss Sabrina. Aber vielleicht hat der Constable recht. Wir wissen doch, was passieren kann, wenn der richtige Mann auftaucht.«

»Auf Sabrina trifft das nicht zu.«

»Warum sollte sie sich von anderen Mädchen unterscheiden?« Shawna schwieg, um das Geheimnis der Amerikanerin zu bewahren, und Mary Jane fuhr fort: »Schau dich doch selber an! Was wolltest du nicht alles für den verstorbenen Laird David riskieren?«

»Das ist doch schon so lange her.«

»Nun, dann werde ich jetzt Kleider für dich herauslegen.«

»Nein, das mache ich schon selber.« Shawna fürchtete, die Zofe könnte Davids Kilt finden. Den mußte sie möglichst schnell verschwinden lassen. »Bitte, sag Laird Douglas, ich komme gleich hinunter. Übrigens, wie geht es Lady Douglas?«

»Sie ist natürlich müde, aber fest entschlossen, ihre Schwester zu finden. Glücklicherweise glaubt sie, Miss Connor sei noch am Leben.«

»Gut.« Vermutlich hatte David seinem Bruder und seiner Schwägerin die nächtlichen Ereignisse in der Krypta geschildert. »Ich werde mich beeilen.«

Nachdem die Zofe das Zimmer endlich verlassen hatte, zog sich Shawna hastig an. Sorgsam faltete sie Davids

Kleidungsstücke zusammen und schob die Sachen in die Schublade einer Kommode aus dem achtzehnten Jahrhundert. Dann trat sie in den Flur hinaus, wo Gawain wartete. »Onkel!« rief sie überrascht.

»Ich begleite dich hinunter, Mädchen«, erbot er sich und nahm ihren Arm. An diesem Morgen wirkte er bedrückt und viel älter.

»Gibt es inzwischen irgendwelche Anhaltspunkte, die auf Sabrinas Verbleib hinweisen?« fragte Shawna hoffnungsvoll.

»Keine. Und die Feier steht vor der Tür. Sie bedeutet den Leuten sehr viel. Natürlich sorgen sich alle um Sabrina. Aber Lady Douglas und ihre Schwester sind eben erst angekommen, und sie sind Ausländerinnen. Die Dorfbewohner wollen sich das Fest und den freien Tag nicht verderben lassen. Wenn die Suche nach Sabrina auch fortgesetzt wird — der Großteil des Schloßpersonals muß die Nacht der Mondjungfrau vorbereiten.«

Nun betraten sie die Halle, wo Hawk bereits am Kopfende des Tisches neben seiner Frau saß, die erschöpft, aber gefaßt aussah. Neben ihr hatten Alistair und Aidan Platz genommen, Lowell und Alaric gegenüber. Der Stuhl am anderen Ende der Tafel erwartete Shawna, und Gawain rückte ihn für sie zurecht, ehe er sich neben Lowell setzte.

»Guten Morgen, Shawna«, grüßte Hawk und musterte sie mit seinen scharfen grünen Augen. Jetzt wußte sie endgültig, daß David mit ihm gesprochen hatte, ehe er aufgebrochen war, um seine Pläne durchzuführen. »Du siehst genauso müde aus wie Skylar.«

»Und heute liegt ein anstrengender Tag vor uns«, bemerkte Lowell. »Deshalb sollten wir uns alle stärken.«

»Aye, es gibt viel zu tun«, bestätigte Alaric. »Wir müssen Sabrina suchen und Vorbereitungen für die Nacht der Mondjungfrau treffen. Diesmal wirst du die Festlichkeiten zum erstenmal als Laird leiten, Hawk. Werdet ihr euch kostümieren, du und deine Lady?«

Shawna räusperte sich. »Wahrscheinlich ist Skylar nicht in der richtigen Stimmung, um an einer fröhlichen Feier teilzunehmen ...«

Aber Skylar fiel ihr ins Wort. »Vielen Dank für deine Fürsorge, Shawna. Aber ich lasse mich sehr gern ein bißchen ablenken. Erzähl mir doch von den traditionellen Kostümen.«

»In einem Turmzimmer stehen Truhen voller alter Kleider. Mary Jane wird dir gern helfen, etwas Passendes herauszusuchen. Nun, Hawk, wirst du mit deiner Frau den Vorsitz führen?«

»Ich dachte, in der Nacht der Mondjungfrau wäre ein Mädchen aus dem Dorf die Hauptperson«, bemerkte Skylar, »eine ...«

»Eine Jungfrau?« ergänzte Alistair. »Vergiß nicht — das Jungfrauenopfer wurde schon vor Jahrhunderten abgeschafft.«

Nach diesen Worten entstand ein unbehagliches Schweigen. Shawna spürte Hawks prüfenden Blick. Vermutlich fürchtete er, irgend jemand könnte seine Schwägerin zum Opfer bestimmt haben. »Der Laird und seine Lady sitzen auf einem Podest und eröffnen die Festlichkeiten«, erklärte sie hastig. »Wenn die Dorfbewohner ein Mädchen zur Mondjungfrau gewählt haben, übergeben ihr die Herrschaften eine Blumenkrone und ein Pferd aus dem Douglas-Stall.«

»Ein Pferd?« fragte Skylar verwundert.

»Aye, ein schönes Pferd«, betonte Aidan, »damit sie das ganze Jahr über umherreiten und ihre Domäne im Auge behalten kann.«

»Letztens krönte ich Gena Anderson«, erzählte Shawna.

»Gewiß war sie kein Opfer«, fügte Gawain hinzu, »da

sie immer noch gesund und munter ist. Nicht wahr, Alistair?«

Sein Sohn hob die Brauen. »In der Tat, Vater. Falls du irgend etwas andeuten wolltest — Danny ist nicht mein Kind.«

Wieder trat ein unangenehmes Schweigen ein, und alle befaßten sich angelegentlich mit ihrem Frühstück. Nach einer Weile legte Hawk seine Serviette auf den Tisch. »Wenn ihr mich entschuldigen würdet — ich habe zu tun. Shawna, könnte ich kurz mit dir reden?«

Sie standen auf und gingen zur Treppe. »Was gibt's?« fragte sie.

»Komm mit mir.«

Verwirrt runzelte sie die Stirn, als er sie die Treppe hinaufführte und dann in den Turm, wo ihr Zimmer lag. »Hawk ...«

Vor ihrer Tür blieb er stehen und öffnete sie. »Geh hinein.«

»Was soll das?«

»Wie ich höre, hast du eine ereignisreiche Nacht erlebt«, begann er lächelnd, und das Blut stieg ihr in die Wangen. Wieviel mochte David ihm erzählt haben?

»Aye, in der Gruft ...«

»Heute morgen war ich da unten. Aber ich muß die einzelnen Korridore noch etwas genauer durchsuchen.«

»Dabei würde ich dir gern helfen ...«

»Nein, Shawna, tut mir leid. Ich habe dich hierhergebracht, damit du dich in deinem Zimmer einschließt. Vorerst kann ich nicht bei dir bleiben.«

»Aber ich hätte so viel zu erledigen ...«

»Natürlich mußt du nicht den ganzen Tag hier herumsitzen. Aber ich versprach meinem Bruder, dich zu beschützen. Er meint, du hättest das besondere Talent, immer wieder in Schwierigkeiten zu geraten. Bitte, tu mir den Gefallen. Wenn wir wissen, daß du in Sicherheit bist, haben wir eine Sorge weniger. Außerdem brauchst du deinen Schlaf.«

»Aber ich bin nicht ...«

»Doch, du bist todmüde, und du siehst elend aus.«

»Besten Dank, Laird Douglas.«

»Ich bin nicht Laird Douglas, und das weißt du sehr gut. Trotzdem solltest du meinen Wunsch erfüllen, Lady MacGinnis — wenn dir mein Bruder auch nur ein bißchen was bedeutet. Heute nachmittag, wenn du ausgeschlafen bist, schicke ich jemanden zu dir. Einverstanden?«

Offensichtlich hatte sie keine Wahl. »Also gut.« Sie betrat ihr Zimmer, und er schloß die Tür.

»Schieb den Riegel vor, Lady!«

Sie gehorchte, und seine Schritte entfernten sich.

Sicher würde sie kein Auge zutun. Aber sie irrte sich. Wenige Minuten, nachdem sie ihr Kleid mit einem Nachthemd vertauscht und sich dann ins Bett gelegt hatte, fielen ihr die Augen zu.

In ihrem Traum rannte sie zu den Druidensteinen. Schriller Lärm drang ihr entgegen — die klagenden Klänge eines Dudelsacks, Geschrei und Gelächter. Auf dem runden Altarstein lag Sabrina, nackt und zitternd. Eine Gestalt, die einen langen dunklen Umhang mit einer Kapuze trug, neigte sich zu ihr hinab und zückte ein Messer, um ihr die Kehle zu durchschneiden.

»Nein, nicht Sabrina!« schrie Shawna.

Da wandte sich das unheimliche Wesen zu ihr. Obwohl sie sein Gesicht nicht sah, wußte sie, daß es bösartig grinste. »Sie müßten hier liegen, Mylady. Aber Sie haben sich schon vor langer Zeit beschmutzt. Und trotzdem — Ihr Blut sollte die Erde tränken!« Plötzlich eilte die Gestalt zu ihr. Sie hörte immer noch die Dudelsackmusik, gellendes Geschrei und Gelächter. Ringsum tanzten Männer und Frauen, tranken und vergnügten sich.

Niemand hörte Shawnas Hilferuf. In wilder Panik lief sie davon. Aber der Vermummte kam immer näher. Verzweifelt beschleunigte sie ihre Schritte.

Und dann tauchten andere Gestalten in langen Umhängen auf, die Gesichter von Kapuzen verhüllt, und umzingelten sie. In seltsamem Singsang ertönte ihr Name, immer wieder.

Wohin sie auch zu fliehen versuchte, überall standen die geisterhaften Geschöpfe. Und jedes schwang ein Messer. Hell funkelten die Klingen im Mondlicht.

»Shawna, Shawna, Shawna ...«

Schreiend wich sie zurück, als ihr ein Vermummter in den Weg sprang. Unter der Kapuze sah sie sein Gesicht — die grausigen, verzerrten Züge jener verbrannten Leiche, neben der sie vor all den Jahren erwacht war.

»Nein!« kreischte sie, und das Ungeheuer lachte.

Auch die anderen brachen in schallendes Gelächter aus, rückten immer näher, sangen ihren Namen, hoben die Messer, gierten nach dem Blut ihres Opfers.

»Shawna, Shawna ...«

18

Abrupt fuhr sie aus dem Schlaf hoch, unterdrückte einen Schrei und versuchte das Grauen des Alptraums abzuschütteln. Sie stand auf, ging zur Balkontür und betrachtete die Landschaft.

Hatte der Constable recht? Suchte jemand ein Opfer? Gewiß, jener Mann, der in der Krypta über sie hergefallen war, hatte kurz vor seinem Tod eine gräßliche Drohung ausgestoßen. Aber Shawna kannte die Hexen von Craig Rock ihr Leben lang. Diese guten Frauen konnten keine Mörderinnen sein.

Und wer steckte hinter all den schrecklichen Ereignissen? Fröstelnd verschränkte sie die Arme vor der Brust. Wenn die Anhänger irgendeines unheimlichen Kults ein Jungfrauenopfer brauchten und Sabrina entführt hatten, war ihre Wahl auf das falsche Mädchen gefallen. Inständig hoffte Shawna, die Amerikanerin würde ihren Zustand verschweigen. Sonst würde man sie womöglich töten, nur um sie loszuwerden.

Der Mann hatte angekündigt, sie würde sich bald zu Sabrina gesellen. Aber auch sie wäre kein geeignetes Opfer — kein unschuldiges Mädchen. Sie hatte ein Baby geboren und verloren.

Meistens verdrängte sie die Erinnerung an die Konsequenzen jener Tragödie, die nun fünf Jahre zurücklag. Es war zu schmerzlich, daran zu denken. Unglücklich biß sie sich in die Lippen. Letzte Nacht hätte sie David von seinem Kind erzählen sollen.

Als sie ihre Schwangerschaft entdeckt hatte, war sie aus Craig Rock geflohen. Dieses Baby wollte sie mit aller Macht behalten. Da sie sich die Schuld an Davids Tod gab, dachte sie, er würde in seinem Kind weiterleben.

Niemand sollte sie zwingen, das kleine Wesen fremden Leuten anzuvertrauen. Das hätte man sicher von ihr erwartet. Sie trug den Titel der Lady MacGinnis. Nur Bäuerinnen und Mägde bekamen uneheliche Kinder.

Doch die Flucht war vergeblich. Nach der Totgeburt glaubte sie, sogar von dem Allmächtigen verhöhnt zu werden. Alistair hatte sie nach Hause geholt und ihr seine brüderliche Liebe und Fürsorge angeboten, die sie so dringend brauchte.

Wie konnte sie David gestehen, sie habe sein totes Kind geboren? Nachdem er selbst erst von den Toten zurückgekehrt war.

Die Lebenden weilen zwischen den Toten ...

Plötzlich stockte ihr Atem, als sie erkannte, daß ihr der

Sterbende einen Hinweis auf Sabrinas Verbleib gegeben hatte. Sie schlüpfte aus ihrem Nachthemd, zog ihr violettes Reitkostüm an und rannte die Stufen des Turms hinab.

Zu ihrer Verblüffung stand Skylar am Fuß der Treppe. Shawna hatte vermutet, die junge Lady würde sich an der Fahndung nach ihrer Schwester beteiligen.

»Skylar!«

»Solltest du dich nicht in deinem Zimmer einsperren?«

»Und du? Suchst du nicht nach Sabrina?«

»Man hat mir verboten, das Schloß zu verlassen«, klagte Skylar.

»Gibt's irgendwelche Neuigkeiten?«

»Leider nicht. Gawain und Alaric sind nach Süden geritten, um die Wälder zu durchkämmen und die Leute zu befragen. Inzwischen suchen Lowell und Aidan mit den Bergarbeitern die Schächte ab, von denen es so viele gibt.«

»Aye — und zahlreiche Höhlen in den Klippen, die den See umgeben. Damit sind die Stollen teilweise verbunden. Weißt du, wo David steckt?«

»Keine Ahnung. Frag doch Hawk.«

»Ja, das werde ich tun. Ich muß sofort zu ihm ...«

»Später. Jetzt ist er in der Gruft. Und ich soll dich dran hindern, hinunterzugehen. Bald wird es dunkel, und ich glaube, in dieser Gegend sind die Nächte besonders gefährlich.«

»Wir könnten in der Kapelle warten, wenn du dich nicht in die Krypta wagst«, schlug Shawna vor.

»Eigentlich habe ich keine Angst — nicht einmal vor diesen alten Gräbern.«

»Das freut mich. Ich habe nämlich eine Idee, was Sabrina betrifft, und ich möchte niemanden außer David oder Hawk um Hilfe bitten.«

»O Gott, sie wird doch nicht in der Gruft festgehalten?« flüsterte Skylar erschrocken.

»Nein, aber in der Nähe. Und wir müßten sie möglichst schnell finden.«

»Meinst du, sie ist noch am Leben?«

»Ja. Allerdings fürchte ich, jemand könnte sie für ein ideales Jungfrauenopfer halten. Deshalb sollten wir uns beeilen.«

Als sie die Treppe zur Halle hinabrannten, erschien der Butler Myer, der seit fünfzig Jahren in Castle Rock arbeitete. »Lady Douglas, Lady MacGinnis — die Haushälterin bittet Sie, für einen Augenblick in die Küche zu kommen, da sie einige Fragen bezüglich der morgigen Feier hat.«

Da ihnen nichts anderes übrigblieb, nickten sie und suchten die Küche auf, wo Anne-Marie, die Haushälterin, geschäftig umherlief. Im Gegensatz zu dem dünnen, einsilbigen Butler war sie dick und geschwätzig. Unterstützt von mehreren Dorfbewohnerinnen, bereitete sie das traditionelle Festmahl für die Nacht der Mondjungfrau vor. Danny Anderson und drei andere kleine Jungen spülten das Geschirr und drehten einen großen Rehbraten am Spieß über dem Feuer.

»Ah, Lady Douglas!« rief Anne-Marie entzückt, da Skylar zuerst eintrat. »Wirklich, ich verstehe nicht, warum Shawna immer noch schläft. Nun, irgendwann wird sie sicher auftauchen. Aber sie erklärte mir, Sie seien die Schloßherrin und würden mir Anweisungen geben.« Mit ihren kräftigen roten Händen knetete sie eine Teigkugel und klatschte darauf, so daß Mehlwolken nach allen Seiten flogen.

»Hier bin ich, Anne-Marie«, sagte Shawna.

»Sehr gut, dann können Sie mich beide beraten«, erwiderte die Haushälterin lächelnd. »Also, morgen wird das Rindfleisch am Spieß gebraten, draußen bei den Druidensteinen. Dafür brauchen wir drei oder vier Tiere.«

Skylar hob die Brauen und schaute ihre Begleiterin an.

»Vier«, entschied Shawna. »Wenn was übrigbleibt, können's die Leute mit nach Hause nehmen.«

»Wunderbar, ich gebe den Hirten Bescheid. Heute bakken wir die Fleischpasteten, Lady Douglas, die Brötchen aus Rührteig und verschiedene Süßigkeiten. Natürlich gibt's auch unser traditionelles Haggis, eine Spezialität aus Hammelherzen, Leber, Gerste, Zwiebeln und Gewürzen. Das alles wird in einem Hammelmagen gegart. Aber wenn's dem amerikanischen Geschmack nicht entspricht, halten Sie sich eben ans Wild und ans Rindfleisch, Mylady. Und mein Butterkuchen mit den gehackten Nüssen ist der beste im ganzen Hochland.«

»Sicher wird ihr alles schmecken«, beteuerte Shawna, die es kaum erwarten konnte, die Küche zu verlassen und in die Kapelle zu gehen. Sie legte eine Hand auf Skylars Schulter. Dann hielt sie inne, weil sie den alten Mönch auf der Schwelle stehen sah. Um die Hitze zu mildern, die der Herd verströmte, hatte man die Tür geöffnet. Bruder Damian, dachte sie irritiert. Noch eine Verzögerung...

»Oh, Bruder Damian!« rief Anne-Marie erfreut und bekreuzigte sich. »Er unternimmt gerade eine Pilgerfahrt, die ihn durch diese Gegend führt, Ladies, und ich habe ihn zum Tee eingeladen. Gewiß ist sein Besuch ein gutes Zeichen.«

Skylar lächelte ihm freundlich zu. »Nun, dann wollen wir ihn willkommen heißen.«

»Kümmerst du dich um ihn?« flüsterte Shawna. In diesem Augenblick hätte sie ein Gespräch mit dem Mönch nicht ertragen. »Bitte, tu mir den Gefallen! Ich muß gehen!« Ehe Skylar sie aufhalten oder der Mönch ihre Anwesenheit bemerken konnte, verschwand sie durch die Hintertür.

Und so blieb Skylar nichts anderes übrig, als mit ausgestreckter Hand auf Bruder Damian zuzugehen. »Ich bin Lady Douglas aus Amerika, Hawk Douglas' Frau.«

Ehrerbietig verneigte er sich und ergriff ihre Hand. »Lady Douglas ... Verzeihen Sie die Störung. Soviel ich weiß, wird Ihre Schwester vermißt, und ich möchte mich an der Suche beteiligen, nachdem ich mich gestärkt habe. Anne-Marie ist so gütig, einen Reisenden zu verköstigen.«

»Natürlich, treten Sie doch näher!« forderte Skylar ihn höflich auf.

Die Haushälterin eilte ihm erfreut entgegen. »Setzen Sie sich doch, lieber Bruder Damian! Vielleicht gelingt es Ihnen, unsere arme Lady Douglas ein wenig von ihrem Kummer abzulenken. Die Brötchen sind ganz frisch. Soeben habe ich sie aus dem Ofen geholt. Da Sie sich für unsere Traditionen interessieren, kommen Sie gerade zur rechten Zeit. Denn jetzt können Sie beobachten, wie wir das Festmahl vorbereiten.« Beflissen führte sie Skylar und den Mönch zu dem langen Tisch, wo normalerweise die Dienstboten aßen.

Sobald Skylar Platz genommen hatte, wäre sie am liebsten wieder aufgesprungen, um Shawna zu folgen. Zwei Minuten, entschied sie. Noch mehr Zeit wollte sie Bruder Damian nicht opfern. Dann würde sie eine Ausrede erfinden und die Küche verlassen.

Anne-Marie nahm den Kessel vom Herd und goß dampfenden Tee in die Tassen. »Bei unserer Feier finden mehrere Wettbewerbe statt, Speerwerfen, alte Tänze, Bogenschießen ... Ah, und stellen Sie sich vor, Bruder Damian — Lord Douglas ist ein halber Indianer! Gewiß wird er alle anderen Bogenschützen übertrumpfen. Ja, in diesem Jahr müßte er den Preis gewinnen.«

»Zweifellos«, stimmte der Mönch zu, hob seine Tasse an die Lippen und schaute Skylar an.

Unbehaglich erwiderte sie sein Lächeln. Irgend etwas an diesem Mann beunruhigte sie. Aber sie wußte nicht, was es war. Er wirkte völlig harmlos, wenn sie auch nicht viel von seinem Gesicht sah, das der Bart und die dichten Haare fast verdeckten. Und doch ...

»Also wird man nach Herzenslust feiern — und sicher auch sündigen, wie ich höre«, sagte er. Diese Worte klangen keineswegs entrüstet, wie es einem Gottesmann geziemt hätte, sondern eher belustigt.

»Da hat man Ihnen was Falsches erzählt, Bruder Damian«, protestierte die Haushälterin. »Die Nacht der Mondjungfrau ist ein harmloses Freudenfest. Dabei danken wir dem Himmel für die Ernte, und alles ist so wundervoll und üppig und ...«

»Und fruchtbar?« ergänzte er.

»Nun, um eine reiche Ernte einzufahren, brauchen wir fruchtbaren Boden«, gab Anne-Marie zu.

»Und eine Nacht voll ausschweifender Wonnen läßt auch die Bevölkerung wachsen«, meinte er lächelnd.

»Sie fördert auch Heiratswünsche. Und die meisten Kinder, die neun Monate später das Licht der Welt erblicken, werden ehelich geboren.«

»Was halten Sie von dieser Feier, Lady Douglas?« fragte Bruder Damian.

»Das kann ich nicht sagen, da ich sie noch nie miterlebt habe. Aber die Nacht der Mondjungfrau ist sicher sehr interessant.« Skylar stellte fest, daß er Danny Anderson und seine kleinen Gefährten beobachtete.

»Was für blutjunge Arbeitskräfte ...«

»Da haben Sie recht«, stimmte sie zu. »Doch Sie brauchen sich keine Gedanken zu machen. Anne-Marie sorgt sehr gut für die kleinen Küchengehilfen. Früher wurden sie von ihren Eltern ins Bergwerk geschickt. Dort dürfen die Kinder nicht mehr arbeiten. Lady MacGinnis, die hier die Interessen meines Mannes vertritt, hat's verboten. In der Küche werden sie nur eine Stunde pro Tag beschäftigt. Und danach verderben sie sich die Zähne mit Süßigkeiten, die Anne-Marie für sie bäckt.« Lächelnd schaute sie zu der Haushälterin hinüber, die wieder ihren Teig knetete.

»Ja, die kleinen Burschen können froh sein, daß sie sich nicht mehr in der Mine abrackern müssen«, bemerkte Bruder Damian. »Ich glaube, ich erkenne den Jungen wieder, der vor einigen Tagen im verschütteten Schacht festsaß.«

»Danny? Ja, das ist er.«

»Darf ich kurz mit ihm reden? Ich würde den Kindern gern einen guten Rat geben.« Ohne Skylars Erlaubnis abzuwarten, stand er auf und schlenderte zum Herdfeuer, wo Danny und einer seiner Kameraden, der etwa vier Jahre älter war, mit dem Bratspieß kämpften. »Ihr strengt euch viel zu sehr an«, erklärte der Mönch und zeigte ihnen, daß man den Spieß auch drehen konnte, ohne ihn krampfhaft hochzuhalten.

»Danke, Bruder.« Der ältere Junge verbeugte sich grinsend.

»Gern geschehen«, entgegnete der alte Mann, zauste Dannys Haar und musterte ihn dann aufmerksam. »Nun, hast du dich seit dem Unfall in der Mine auch gut erholt?«

»Aye. Das Tierchen hat mich gerettet.«

»Nun, jedenfalls bist du noch am Leben«, entgegnete Bruder Damian lächelnd. »Nur das zählt.«

Der kleine Junge flüsterte ihm etwas zu. Offenbar freute er sich über den Besuch des Mönchs. Er schien von seinem ›Tierchen‹ zu berichten. Aber was er sagte, verstand Skylar ebenso wenig wie Bruder Damians Antwort.

Ein paarmal fuhr der Mönch durch Dannys Haar, strich es dann nach oben und betrachtete den Nacken.

Skylar fragte sich unbehaglich, was der Gottesmann im Schilde führte. »Stimmt etwas nicht, Bruder Damian?«

Als er sich zu ihr wandte, schienen die Augen unter den buschigen Brauen Funken zu sprühen, und sie sah, wie er die Hände ballte. Wieder einmal fragte sie sich, was sie an ihm störte.

Konnten es die Hände sein? Kräftige Hände, lange Finger mit kurzgeschnittenen, sorgsam gepflegten Nägeln ... Plötzlich kam er ihr irgendwie bekannt vor. »Bruder Damian?« Um Himmels willen, wo blieb Hawk, wenn sie ihn brauchte?

Aber er beachtete sie nicht, schien nichts und niemanden zu sehen — außer einer Vision, die ihn in helle Wut brachte. »Ich bringe sie um!« stieß er hervor. »So wahr mir Gott helfe!« Ehe Skylar zu Wort kam, packte er ihre Schultern. »Behalten Sie den Jungen hier! Lassen Sie ihn nicht aus den Augen! Er darf nirgendwohin gehen, weder mit den Andersons noch mit den MacGinnis — verstanden? Geben Sie gut auf ihn acht! Schwören Sie's mir!«

War er verrückt geworden? Aber sein eindringlicher Blick wirkte glasklar ...

»Schwören Sie's, beim Allmächtigen!« drängte er.

»Ja, ich — ich schwör's«, stammelte sie verwirrt. Sein leidenschaftlicher Zorn erschreckte und beeindruckte sie gleichermaßen.

Da ließ er sie los und eilte aus der Küche, erstaunlich schnell und behende für einen so alten Mann.

Immer noch verstört, beschloß Skylar ihren Mann in der Familiengruft aufzusuchen und den Jungen mitzunehmen.

19

Alistair schaute sich beklommen in der Krypta um. »Keine Ahnung, was du hier suchst, Hawk ...«

»Das weiß ich selbst nicht. Aber letzte Nacht ist hier irgendetwas passiert, und ich glaube, es hängt mit Sabrinas Entführung zusammen. Übrigens, der Constable meinte, vielleicht müßte die Leiche meines Bruders exhumiert werden, und das wäre auch in meinem Sinne.«

»Was versprichst du dir davon?«

»Glaubst du nicht, das könnte Licht in die merkwürdigen Ereignisse bringen?«

Ohne zu antworten, stieß Alistair das Gitter auf, hinter dem das Grabgewölbe des Lairds lag, trat ein und hängte die Laterne an einen Wandhaken. Dann ging er zu dem Sarg, der Davids Namen trug. Nervös umfaßte er den Rand des Deckels. Die Nägel knirschten protestierend, aber sie lösten sich aus dem Holz.

Mit Hawks Hilfe hob er die schwere Eichenplatte hoch. »Oh ...«

»Verschwunden«, konstatierte Hawk tonlos und schloß den Sarg. »Jemand hat die Leiche gestohlen.«

»Hawk!« Ein schriller Schrei erklang, und die beiden Männer starrten sich an. Wenige Sekunden später rannte Shawna ins Gewölbe. Bei Alistairs Anblick stutzte sie erstaunt. »Was macht ihr denn hier?«

»Solltest du nicht in deinem Zimmer bleiben?« tadelte Hawk. »Ich habe Skylar doch beauftragt, dich zu bewachen.«

»Aber ich muß mit dir reden. Ich glaube, nun weiß ich, wo Sabrina steckt ...« Zögernd fügte sie hinzu: »Schauen wir mal auf dem Friedhof nach.«

»Wie?«

»Dort stehen die Grabmäler der Familien, die im Dorf wohnen. Zuerst sollten wir das Gewölbe der McClouds genau durchsuchen, da Edwinas Hexenzirkel beschuldigt wird ...«

»Shawna!« fiel er ihr ins Wort und runzelte die Stirn.

»Wo könnte man jemanden besser verstecken als in einem Grabgewölbe?«

»Tot oder lebendig«, murmelte Alistair.

»Gehen wir«, entschied Hawk. »Hast du die Schlüssel, Shawna?«

»Die liegen in der Kapelle.«

»Dann holen wir sie.«

Im Kirchenschiff kamen ihnen Skylar und Danny entgegen.

Das Kind sah gesund und wohlgenährt aus, das tintenschwarze Haar ordentlich gekämmt. Aber der tiefe Ernst in den blauen Augen paßte nicht zu seinem zarten Alter.

»Ich muß mit dir sprechen, Hawk«, erklärte Skylar.

Lächelnd beugte sich Shawna zu dem kleinen Jungen hinab. »Daniel! Nun, wie gefällt's dir im Schloß? Sind die Leute nett zu dir?«

»O ja. Und Anne-Marie gibt mir immer was Gutes zu essen.«

»Sie ist eine großartige Köchin, nicht wahr?«

Nach diesem kleinen Zwischenspiel wandte sich Skylar ungeduldig zu ihrem Mann. »Hawk, gerade traf ich diesen seltsamen Bruder Damian in der Küche. Er regte sich ganz furchtbar über Danny auf und beschwor mich, den Jungen nicht aus den Augen zu lassen. Dann lief er davon. Wie ich gestehen muß, hat mich diese Begegnung ziemlich erschreckt.«

»Der Mönch hat dich gebeten, auf Danny zu achten?« fragte Hawk und hob die Brauen.

»Ja.«

»Kurz bevor deine Schwägerin verschwand, saß er in der Taverne«, erzählte Shawna beunruhigt. »Ich glaube, er ist nicht, was er scheint. Jedesmal, wenn es Schwierigkeiten gibt, taucht er auf ... Aber nun wollen wir uns um Sabrina kümmern. Gehen wir ins McCloud-Gewölbe.«

»Und Danny?« fragte Skylar.

Shawna neigte sich wieder zu dem Jungen hinab. »Willst du uns begleiten?«

»Shawna, wir werden ein Mausoleum durchsuchen«, betonte Alistair.

»Natürlich, du hast recht. Dorthin darf er nicht mitkommen.«

»Aber ich muß dabeisein, wenn meine Schwester gefunden wird«, flüsterte Skylar.

»Ich bringe ihn zu Anne-Marie«, erbot sich Hawk und ergriff Dannys Hand. »Vorerst muß sie ihre Kochkünste vergessen und sich mit ihm in ihrem Zimmer einsperren.«

Ungeduldig warteten die anderen auf seine Rückkehr. Als er die Kapelle betrat, nahm Alistair einen rostigen Schlüsselbund von einem Haken neben dem Altar und eilte zum Ausgang.

»Bleib hier!« rief Shawna. »Wir sollten durch die Krypta gehen. Dort sieht uns niemand.«

»Shawna, es ist schon dunkel«, warf Skylar ein. »Was glaubst du, wie viele Leute sich abends in der Nähe des Friedhofs herumtreiben?«

»Das weiß ich nicht. Aber ich finde, wir sollten geheimhalten, was wir vorhaben.«

»Ja, das wäre besser«, stimmte Hawk zu. Eine Laterne in der Hand, öffnete er die Eisentür und führte seine Frau die Stufen hinunter. Die anderen folgten ihm. Am Ende der Gruft stiegen sie die Friedhofstreppe hinauf.

Der Mond warf ein gespenstisches Silberlicht auf die Engelsstatuen. Im griechischen oder römischen Stil erbaut, mit Säulen geschmückt, warfen die Grabmäler bedrohliche Schatten. An der Nordwestseite des Friedhofs lag ein dichter Wald. Die Luft hatte merklich abgekühlt, Nebelschwaden stiegen empor und verstärkten die geisterhafte Atmosphäre.

»Da vorn ist das McCloud-Grab.« Shawna zeigte auf ein großes Mausoleum. In der Finsternis klang ihre Stimme unnatürlich laut.

Hawk stieg drei Stufen hinauf. »Welcher Schlüssel ist der richtige?«

»Keine Ahnung«, erwiderte Shawna. »Nur Rainor, der Leichenbestatter, kennt sie alle. Also mußt du sie alle wohl oder übel ausprobieren.«

Hawk nickte und steckte einen Schlüssel ins Schloß. Schon beim vierten Versuch schwang die schwere Tür ächzend auf.

Plötzlich fuhr er herum. »Runter mit euch!« schrie er, rannte zu seiner Frau und warf sich mit ihr zu Boden.

Shawna hörte Alistair fluchen, dann packte er sie, und sie landeten beide im Gras. Im selben Augenblick krachten Schüsse, ein Kugelhagel prallte von den Grabmälern und steinernen Engeln ab.

»Großer Gott!« flüsterte Hawk und hob vorsichtig den Kopf.

»Warum schießt man auf uns?« fragte Alistair verwirrt.

»Seht ihr jemanden?« rief Hawk.

Immer dichter ballte sich der Nebel zusammen, der sie vor den Kugeln schützte, aber auch die Sicht erschwerte.

»Alistair, Shawna, kriecht ins Gewölbe!« befahl Hawk.

Shawna gehorchte sofort und hörte, wie Alistair ihr folgte. Immer wieder zerrte scharfkantiger Kies an ihrem Rock.

Als eine Kugel von einem Stein an ihrer Seite abprallte, hielt sie erschrocken inne. Ein Schatten fiel über ihren Kopf, und Hawk erwiderte das Feuer. Offenbar hatte er eine Pistole eingesteckt. »Ins Gewölbe! Alle!« stieß er hervor und warf sich wieder zu Boden hinter einem hohen Grabmal.

Shawna beobachtete, wie Skylar an ihr vorbeikroch, die drei Stufen hinaufrannte und durch die Tür schlüpfte. Im selben Augenblick schlugen weitere Kugeln gegen das Mauerwerk und in die Büsche ringsum. Zu ihrer Linken huschte eine vermummte Gestalt um die Ecke des Mausoleums. »Vorsicht!« warnte sie Hawk. »Dort drüben!«

»Geht endlich hinein!« rief er und lud seine Waffe nach. »Sofort!« Dann schoß er in die Richtung, in die Shawna gezeigt hatte.

»Komm, schnell!« drängte Alistair, zog sie auf die Beine und schob sie die Stufen hinauf. Skylar öffnete die Tür, und während sie hineinsprangen, krachten schon die nächsten Schüsse.

Auch Hawk feuerte wieder. Er ging rückwärts und näherte sich dem Grabgewölbe, trat ein und lehnte sich keuchend an die kalte Wand. »Es sind mindestens drei Leute in langen dunklen Umhängen mit Kapuzen. Gibt es einen Hinterausgang?«

Shawna schüttelte den Kopf. »Nur einen zweiten Raum an der linken Seite.«

Eine Kugel nach der anderen traf das Gebäude.

»Offenbar wollen sie mich veranlassen, zurückzufeuern, bis mir die Munition ausgeht«, meinte Hawk.

»Wie viele Kugeln hast du noch?« fragte Shawna.

»Ein paar.«

»Falls sie hereinkommen, werde ich meinen Dolch ziehen«, versprach Alistair.

»Wahrscheinlich wissen sie nicht, daß wir alle hier drin sind«, sagte Shawna. »In diesem dicken Nebel sehen sie genauso schlecht wie wir.«

Hawk öffnete die Tür einen Spaltbreit. Zur Linken ragten drei Familiengräber auf, zwischen Schierlingstannen standen mit Engelsfiguren geschmückte Sarkophage. Eine vermummte Gestalt tauchte im Mondlicht auf, die Kapuze tief ins Gesicht gezogen. Genauso hatten auch die gespenstischen Wesen in Shawnas Alptraum ausgesehen.

»Dort!« flüsterte sie Hawk zu. Er zielte, und in diesem Moment schob sich eine Wolke vor den Mond. Trotzdem schoß er. Die Kugel raste wirkungslos in die Nacht.

Plötzlich erklangen neue Geräusche, die sich wie Trommelschläge im Kies anhörten, und Shawna griff nach Hawks Arm. »Da kommt jemand!«

Freund oder Feind? Drei Pferde sprengten in den Friedhof, Mündungsblitze leuchteten. Direkt vor dem McCloud-Mausoleum bäumte sich ein Tier auf, und der Reiter feuerte in die Richtung, in der die mysteriösen Angreifer verschwunden waren.

Verblüfft kniete Shawna neben Skylar nieder, die zu Füßen ihres Mannes kauerte. »Das ist Bruder Damian.«

»Mein Gott!« flüsterte Skylar. »Hilft er uns, oder will er uns töten?«

»Ich glaube, er versucht uns zu helfen. Die beiden anderen Reiter kenne ich nicht.«

Nach weiteren Schüssen herrschte tiefe Stille, dann galoppierten die Reiter über die Sarkophage hinweg, um die vermummten Gestalten zu verfolgen.

»Wir sind gerettet«, erklärte Hawk.

»Gerade noch rechtzeitig«, murmelte Alistair.

»Und was geschieht jetzt, Hawk?« fragte Shawna.

»Unsere Beschützer reiten den Angreifern nach.«

Wenig später kehrten die Reiter zurück. Die Vermummten waren offensichtlich in der Finsternis verschwunden, da sich der launische Mond wieder einmal hinter einer Wolke verbarg.

»Verdammt, alle sind entkommen!« rief eine ärgerliche Stimme, während die Pferde vor dem McCloud-Mausoleum gezügelt wurden.

Bruder Damian schwang sich erstaunlich geschmeidig aus dem Sattel und eilte zum Eingang, gefolgt von einem schlanken kleinen Mann mit häßlichem Gesicht und einem großen, kräftig gebauten Burschen, der ein Eisenbahnerjackett über einem weißen Baumwollhemd, eine blaue Leinenhose und einen Schlapphut mit einer Feder trug.

Beklommen fragte sich Shawna, was dieses seltsame

Trio plante. Und dann hörte sie Hawks Ruf. »Sloan! Der Teufel soll mich holen! Sloan!«

Lachend stürmte er aus dem Gewölbe und umarmte den großen, schlanken Neuankömmling mit dem ebenholzschwarzen Haar und den scharf geschnittenen Gesichtszügen.

»Großer Gott!« flüsterte Shawna. »Noch ein Indianer!« Lebhaft erinnerte sie sich an ihren Traum von den Rothäuten, die in ihr Schlafzimmer eingedrungen waren.

»Nur ein Halbindianer«, erklärte Skylar. »Und ein lieber Freund.« Freudestrahlend folgte sie ihrem Mann und küßte Sloan auf die Wange.

»Sollen wir herausfinden, was da los ist?« schlug Alistair vor.

»Allerdings«, stimmte Shawna zu, und sie wagten sich hinaus. Der kleine dünne Mann, der einem Kobold glich, schenkte ihr ein freundliches Lächeln, das sie ohne Zögern erwiderte.

»Wann bist du angekommen, Sloan?« fragte Hawk.

»Vor einer knappen halben Stunde. Dieser gute Mann ist Mr. James McGregor, der deinem Anwalt Davids Siegelring übergab. Als wir uns in Gold Town kennenlernten, machte er sich große Sorgen um dich. Ich erzählte ihm, du seist nach Craig Rock gereist, und seine Geschichte klang so faszinierend, daß ich beschloß, ihn hierherzubegleiten.«

»Sloan, was für ein treuer Freund du bist!« rief Skylar. »Und es ist so wunderbar, dich wiederzusehen.«

»Jedenfalls bist du im richtigen Augenblick aufgetaucht«, bemerkte Hawk und wandte sich zu Bruder Damian. »Woher wußtet ihr, daß wir Hilfe brauchten?«

»Weil wir die Schüsse hörten.«

Die Stimme des Mönchs hatte den irischen Akzent verloren. Unverkennbar — Davids Stimme ...

Verblüfft rang Shawna nach Luft. Die ganze Zeit hatte

er sie getäuscht und überall herumspioniert, nicht nur in den Geheimgängen, sondern auch auf den Straßen des Dorfs, in der Schloßküche, in der Taverne.

»Mein Gott — David!« rief Skylar. »Warum hast du mir nicht gesagt, wer ...?«

»Diese Verkleidung war sehr wichtig, Skylar«, unterbrach er sie, »denn ich wußte nicht, wem ich trauen durfte. Als Mönch getarnt, konnte ich mich tagsüber frei bewegen. Wo ist der Junge?«

»Bei Anne-Marie.«

»Ich habe ihn zu ihr gebracht«, fügte Hawk hinzu.

Aufmerksam musterte Skylar ihren Schwager. »Seit ich ihn zum erstenmal sah, überlegte ich, warum er mir so vertraut erscheint. Jetzt weiß ich's — die Douglas-Augen!«

Ja, natürlich, dachte Shawna, immer noch wütend über das Täuschungsmanöver. Am liebsten hätte sie den falschen Bart von Davids Gesicht gerissen. Die Douglas-Augen ... Warum war ihr das nicht schon längst aufgefallen?

»Sollten wir uns nicht alle miteinander bekannt machen?« schlug Alistair vor, und David nickte ihm lächelnd zu.

»Aye. Der gute Mr. McGregor hat mich auf meinen Reisen begleitet. Und Sloan Trelawny kenne ich schon lange. Er wuchs im selben Indianerlager auf wie mein Bruder. Sloan, James — das ist Alistair MacGinnis. Und hier seht ihr Lady Shawna MacGinnis.« Als er ihren Namen aussprach, klang seine Stimme kalt und hitzig zugleich.

Er schien ihr nicht nur zu zürnen. In seinem Blick glühte abgrundtiefer Haß. Was warf er ihr vor? *Sie* war es doch, die allen Grund hatte, ihm wegen seines schändlichen Betrugs zu grollen.

Aber sie lächelte James McGregor höflich zu. Das mußte der Doktor sein, der David geholfen hatte, die Gefangenschaft zu überleben. Ebenso freundlich wandte sie sich zu Sloan Trelawny. »Ich freue mich, Sie beide kennenzulernen. Wie Hawk bereits sagte — Sie sind gerade zur rechten Zeit gekommen, und wir sind Ihnen sehr dankbar.«

»Das Vergnügen ist ganz auf meiner Seite, Lady MacGinnis«, erwiderte Sloan, verneigte sich und nickte Alistair zu. Mit seinem fast schulterlangen blauschwarzen Haar sah er faszinierend aus. Sein Lächeln wirkte sehr charmant, aber die scharfen Augen konnten einem Angst einjagen. Sicher ist es gefährlich, mit diesem Mann verfeindet zu sein, dachte Shawna.

Nun ergriff McGregor das Wort. »Glücklicherweise haben wir diese vermummten Gestalten in die Flucht geschlagen. Um Himmels willen, was geht hier vor?« Er starrte Shawna an, und auch David warf er einen durchdringenden Blick zu.

»Was hier vorgeht? Das erscheint mir mit jedem Tag rätselhafter. Nur eins weiß ich — diese Leute in den dunklen Umhängen wollen einen Mord begehen. Findest du die Ereignisse ebenso seltsam wie ich, Shawna?«

»Allerdings ...« Als ihr ein neuer Gedanke kam, musterte sie ihren Vetter. »Offensichtlich hat's dich nicht überrascht, David unter den Lebenden zu sehen.«

»Wir haben uns im Bergwerk getroffen«, entgegnete Alistair.

»Und warum hast du mir das verschwiegen?« fragte sie vorwurfsvoll.

»Kannst du mir das verübeln? Du wußtest viel früher Bescheid. Und du hast nicht einmal deine engsten Verwandten eingeweiht.«

»Warum treibt ihr euch eigentlich auf dem Friedhof herum?« erkundigte sich David.

Erschrocken hielt Shawna den Atem an. Über der ganzen Aufregung hatte sie Sabrina vergessen. Sie rannte an mehreren Särgen vorbei, zum Hintergrund des Gewölbes. Durch schmale Fenster fiel Mondlicht herein und wies ihr den Weg durch den Torbogen, der in den zweiten Raum führte. Eine dicke Staubschicht bedeckte den Boden, Spinnweben hingen in düsteren Schatten.

Mühsam bekämpfte Shawna ihr Grauen und eilte zwischen den Sarkophagen zum Ende der Grabkammer, wo sie plötzlich stehenblieb und aufschrie. Sie hatte Sabrina gefunden.

20

Gefesselt und geknebelt lag die verkrümmte Gestalt am Boden. Shawnas Schrei hatte die anderen herbeigerufen, und David erreichte Sabrina als erster. Hastig entfernte er den Knebel und trug sie ins Mondlicht hinaus. Vor den Stufen kniete er nieder, die junge Frau in den Armen.

Seine Freunde, Hawk, Alistair und Shawna umringten ihn aufgeregt. »Lebt sie?« fragte Sloan mit gepreßter Stimme.

»Meine arme Schwester!« stöhnte Skylar unter Tränen. »Lebt sie? Ist sie verletzt?«

»Atmet sie?« wisperte Shawna.

»Aye, sie atmet, sie lebt«, antwortete David. Sloan zog sein Messer hervor, durchschnitt die Stricke, mit denen Sabrinas Handgelenke und Fußknöchel gefesselt waren.

Angstvoll betrachtete Skylar das bleiche Gesicht und die geschlossenen Augen. »Hörst du mich, Sabrina? Ich bin's, Skylar. Jetzt ist alles wieder gut. Wir haben dich endlich gefunden, und man wird dir nichts mehr zuleide tun.«

Langsam hob Sabrina die Lider. »Dem Himmel sei Dank! Ich dachte schon, ich müßte in dieser Grabkammer sterben. Rastlos rutschte ich über den Boden, trat mit meinen gefesselten Füßen gegen die Wände und schrie durch den gräßlichen Knebel hindurch. Aber niemand hörte mich. Am liebsten würde ich diesen niederträchtigen Leuten die Augen auskratzen. O Shawna, du bist in Gefahr — sie haben's auf dich abgesehen.«

»Wer?« fragte Shawna.

Erst jetzt bemerkte Sabrina, daß sie in den Armen eines Mönches lag. »Großer Gott, Bruder Damian ...«

»Ich bin's — David.«

»David?« wiederholte sie entgeistert.

»Sag doch, wer dich entführt hat!«

»Wasser ...«, hauchte sie, dann fielen ihr die Augen zu.

Erschrocken hielt Skylar den Atem an, und Sloan fühlte der ohnmächtigen jungen Frau den Puls. »Alles in Ordnung. Jetzt muß sie erst mal was essen und trinken.«

»Reit mit ihr zum Schloß, Hawk.« David stand auf.

»Würdest du Edwina aus dem Dorf holen, Alistair?« bat Shawna.

»Die brauchen wir nicht«, protestierte David. »James McGregor ...«

»Bitte! Edwina soll nach ihr sehen.« Da er ihr aus unerfindlichen Gründen zürnte, fürchtete sie, er würde ihr den Wunsch nicht erfüllen.

Aber er nickte. »Meinetwegen. Edwina McCloud besitzt heilsame Kräfte«, erklärte er den Neuankömmlingen. »Vielleicht gibt sie Sabrina eine Arznei, die ihr guttut.«

»Aye, ich hole sie«, versprach Alistair.

Nachdem Hawk auf sein Pferd gestiegen war, nahm er Sabrina aus Davids Armen entgegen. Auch James McGregor schwang sich in seinen Sattel, und die beiden galoppierten aus dem Friedhof.

»Nehmen Sie meinen Rappen, MacGinnis«, schlug Sloan vor.

»Danke.«

»Und stecken Sie das ein.«

»Ja, für alle Fälle.« Alistair ergriff die Pistole, die Sloan ihm reichte, stieg aufs Pferd und ritt davon.

»Da McGregor mich informiert hat, weiß ich, was du in diesen letzten fünf Jahren durchmachen mußtest, David«, bemerkte Sloan und starrte zum Schloß hinüber. »Übrigens, er betet den Boden unter deinen Füßen an, und er erzählte mir, du hättest ihm das Leben gerettet, als ein sadistischer Wärter ihn erschlagen wollte.«

»Ein solches Unrecht kann man nicht mit ansehen, ohne einzugreifen.«

»Welch ein Glück, daß du das alles überstanden hast Und nun erklär mir, was hier vorgeht. Wieso ist Sabrina in eine so schreckliche Gefahr geraten?«

»Diese Frage sollte Lady MacGinnis beantworten.«

Shawna erwiderte Davids vernichtenden Blick und überlegte erneut, was er ihr anlastete. Dann wandte sie sich zu Sloan. »Irgend jemand hat ein Komplott gegen uns geschmiedet, und Sabrina muß einem Verschwörer über den Weg gelaufen sein. Mehr kann ich Ihnen nicht sagen — nur daß diese Leute lange Umhänge mit Kapuzen tragen. Vielleicht weiß David besser Bescheid als ich — da er doch so erfahren in dunklen Machenschaften und Täuschungsmanövern ist . . .«

Aber David ließ sich nicht herausfordern. »Kehren wir ins Schloß zurück und befragen wir Sabrina. Vorerst werde ich Bruder Damian bleiben. Shawna, du gehst voraus, weil wir dich im Auge behalten wollen.«

Wortlos eilte sie zum Ausgang des Friedhofs. Obwohl immer noch dichter Nebel über dem Boden lag, wies ihr ein heller Mond den Weg.

»Vielen Dank, daß du hierhergekommen bist, Sloan«, sagte David, der ihr in einigem Abstand folgte, »trotz der schwierigen Situation in Dakota. Ist es sehr schlimm?«

»Ja, und die Lage wird immer ernster. Die meisten Weißen glauben, nur ein toter Indianer wäre ein guter Indianer. Und viele Kommandanten, die während des Kriegs Vernichtungsstrategien bevorzugten, treffen die Entscheidungen, die das Schicksal des Westens bestimmen.«

»Was macht Sherman?«

»Oh, der erfreut sich bester Gesundheit — und er ist skrupellos wie eh und je.«

»Bleibst du trotz allem bei der Kavallerie?«

»Ich habe bis zum Januar Urlaub. Danach werde ich zurückkehren und wieder versuchen, die hitzköpfigen Politiker zur Vernunft zu bringen.«

»Nun, dann wünsche ich dir viel Glück.« David holte Shawna ein und legte einen Arm um ihre Taille. »Gehen wir etwas schneller. Außerhalb des Friedhofs können wir uns nicht hinter Grabmälern verschanzen, wenn wir angegriffen werden. Und diese Vermummten scheinen plötzlich aus der Erde zu wachsen.«

»Wer sind diese Leute?« fragte Sloan, der mit ihm Schritt hielt.

»Die Dorfbewohner glauben, die Hexen würden diese mysteriösen Ereignisse verursachen.«

»Sie irren sich«, protestierte Shawna. »Edwina würde Sabrina nichts antun.«

Bedrückt erwiderte sie Davids kalten Blick, und sein Arm, der ihre Taille umschlang, erschien ihr wie ein Stahlband. Sie fühlte sich verloren und verraten. Was sollte sie von seinem Liebesgeständnis halten, hatte er ihr doch niemals vertraut.

Und jetzt ... Irgend etwas war geschehen, das seinen Zorn von neuem geweckt hatte.

Am Eingang des Schlosses kam Hawk ihnen entgegen. »Vor einigen Minuten habe ich Sabrina in ihr Zimmer gebracht. Skylar paßt auf sie auf.«

»Gut«, erwiderte David. »Gehen wir nach oben.«

Sabrina saß im Bett, und Skylar flößte ihr eine warme Brühe ein.

»Nun, wie ist dir zumute, Sabrina?« fragte Shawna und setzte sich an die andere Seite des Betts.

»Oh, ich bin schrecklich wütend — auf diese widerwärtigen Leute und mich selbst! Wie konnte ich nur so dumm sein und mich gefangennehmen lassen? Jetzt fühle ich mich etwas besser, und Skylar braucht mich nicht wie eine Glucke zu bemuttern. Aber ich habe furchtbare Kopfschmerzen und ...« Bestürzt verstummte Sabrina, als sie Sloan neben Hawk und David stehen sah, und ihre bleichen Wangen röteten sich. »Sloan!«

»Ja, ich bin's.«

Mühsam rang sie nach Fassung. »Um Himmels willen, wie kommen Sie hierher, Major Trelawny?«

»Mit dem Schiff«, entgegnete er trocken. »Doch das spielt keine Rolle. Erzählen Sie uns, was geschehen ist.«

Sie schien seine Worte nicht zu hören.

Unverwandt starrte sie ihn an, und Skylar beugte sich besorgt zu ihr. »Sabrina?«

Da riß sie ihren Blick von Sloan los. »Sie überfielen mich . . . Das verstehe ich nicht, Major. Wieso sind Sie hier?«

Geduldig erklärte er, warum er die Reise nach Schottland angetreten hatte. Dann fügte er hinzu: »Wir müssen wissen, was Ihnen zugestoßen ist.«

Shawna schaute sie beschwörend an. »Bitte, Sabrina, wir brauchen deine Hilfe. Nun wurden wir schon mehrmals von diesen Leuten in den dunklen Umhängen attackiert. Während wir auf dem Friedhof nach dir suchten, schossen sie auf uns. Wer sind sie?«

»Keine Ahnung. Wahrscheinlich sollten sie mich töten. Als sie mich überfielen, sah ich nicht viel — nur ein weißes Taschentuch und zwei oder drei vermummte Gestalten. Oh, ich hatte solche Angst, als ich in der unheimlichen Grabkammer zu mir kam — gefesselt und geknebelt.«

»Wo wurdest du angegriffen?« fragte David.

»Ich hörte ein Kind weinen, folgte dem Klang dieser Stimme in die Kapelle – und auf den Friedhof. Dort betäubten sie mich.«

»Woran erinnerst du dich sonst noch?«

»Hin und wieder hörte ich ein paar Gesprächsfetzen, und einmal sagte jemand: ›Der Tod wird die Unschuldigen holen, denn sie nähren die Erde.‹ Und ein anderer bemerkte, ich sei nicht die Richtige, aber vielleicht würden sie sich mit mir begnügen müssen. Eigentlich wollten sie *dich* entführen, Shawna. Es klingt lächerlich, aber einer behauptete, du hättest in das Schicksal eingegriffen, das der Tod verlangt, und deshalb würden dich die Götter der Unterwelt holen.«

»Was für ein haarsträubender Unsinn!« rief Sloan. »Aber gefährlich ...«

Es klopfte an der Tür, und Hawk öffnete sie einen Spaltbreit, um hinauszuspähen. Dann ließ er Edwina herein. Aufgeregt rannte sie zum Bett, einen bestickten Beutel mit Salben und Kräutern in der Hand. »Gott sei Dank, Sie sind am Leben, Mädchen!« Sie nahm Shawnas Platz ein und befühlte Sabrinas Stirn.

»Ja, und es geht mir gut. Dieses Aufhebens, das hier um mich gemacht wird, ist wirklich überflüssig.«

»Ihre Handgelenke und Fußknöchel sind wund gescheuert, weil sie gefesselt war«, erklärte David mit irischem Akzent, und Edwina lächelte ihm zu.

»Sicher wird ihr meine Heilsalbe helfen, Bruder Damian.«

Nun trat Gawain ein, gefolgt von Alistair, und legte eine Hand auf ihre Schulter.

»Könntest du mir ein Glas Wasser bringen?« bat sie.

»Natürlich.« Er erfüllte ihren Wunsch, und sie holte ein Fläschchen aus ihrem Beutel, dessen Inhalt sie in das Wasser träufelte.

»Trinken Sie das, Sabrina, es wird Ihnen Kraft geben und die Schmerzen lindern. Dieser Extrakt enthält Zitronenschale, Kamille und andere Zutaten.« Dann hielt sie einen kleinen Tiegel hoch. »Und damit müssen Sie Ihre Handgelenke und Fußknöchel einreiben. Glücklicherweise sind Sie eine starke junge Frau.« Sie beugte sich vor und fügte im Flüsterton hinzu: »Keine Angst, Ihrem Kindchen geht es gut. In seinen Adern fließt fremdes Blut, nicht wahr?«

Obwohl diese Frage nur für Sabrinas Ohren bestimmt war, verstand Shawna jedes Wort.

Sabrina starrte die Hohepriesterin des Hexenzirkels an, ohne mit der Wimper zu zucken.

Lächelnd wandte sich Edwina zu den anderen. »Die Patientin wird sich bald erholen. Würdest du mir ein Glas Sherry anbieten, Gawain?«

»Mit dem größten Vergnügen. Bruder Damian, begleiten Sie uns?«

David zuckte zusammen, aber er faßte sich sofort wieder. »Danke für die Einladung, ich komme gleich nach.«

»Auch ich brauche eine Stärkung«, verkündete Alistair und räusperte sich. »Hawk, unten wartet dein Freund McGregor. Mal sehen, ob er ein Glas mit mir trinkt.«

Nachdem Gawain, sein Sohn und Edwina das Zimmer verlassen hatten, schloß David die Tür. »Vorerst können wir nichts gegen die Entführer unternehmen. Aber ich möchte etwas anderes klären, das Shawna betrifft.«

Der eisige Klang seiner Stimme weckte Hawks Unbehagen. »Vielleicht solltet ihr unter vier Augen reden.«

»Nein, es geht um eine Familienangelegenheit, und ich brauche deine Hilfe — und deinen scharfen Blick, Hawk, um mich zu vergewissern, daß ich bei klarem Verstand bin.«

»Soll ich Alistair und James Gesellschaft leisten?« erbot sich Sloan.

»Da du Hawks Blutsbruder bist, gehörst du sozusagen zur Familie«, erwiderte David.

»Skylar, Sabrina — ihr müßt natürlich auch hierbleiben.«

»Was um Himmels willen . . .«, begann Shawna.

»Wenn du dich einen Augenblick gedulden würdest...« unterbrach er sie und eilte aus dem Zimmer. Verständnislos starrten sich die anderen an, bis er mit dem schlafenden Danny auf den Armen zurückkehrte. »Nun, Shawna?« Seine Augen schimmerten wie grünes Eis. »Behauptest du immer noch, du hättest mir über die Nacht des Feuers alles erzählt, was du weißt?«

»Großer Gott, was bedeutet diese neue Anklage?« fauchte sie. »Ich habe dir alles gesagt . . .«

Überrascht verstummte sie, als er Daniel neben Sabrina aufs Bett legte und sein gelocktes schwarzes Nackenhaar hochhob. »Hawk, Sloan — würdet ihr euch den Jungen mal anschauen?«

Die beiden Männer gingen zu ihm, neigten sich hinab und wechselten einen Blick.

»Zum Teufel mit euch allen!« rief Shawna. »Was ist los?«

»Da, sehen Sie.« Sloan zeigte auf Daniels Haaransatz im Nacken, der einen winzigen Halbmond bildete.

»Falls das ein Douglas-Merkmal ist — David hat's nicht.«

Wortlos hob Hawk sein dichtes schwarzes Haar und zeigte ihr das halbmondförmige Mal in seinem Nacken. Skylar rang nach Luft. »Und ich dachte, du hättest nicht mit Shawna geschlafen, Hawk!«

»O Gott!« wisperte Shawna.

»Vielen Dank für dein Vertrauen, teure Ehefrau!« entgegnete Hawk erbost.

»Zweifellos ist Daniel *mein* Sohn«, erklärte David. »Ich selbst habe diesen merkwürdigen Haaransatz nicht. Aber ich sah ihn bei meinem Vater, und er kam in der Douglas-

Familie oft vor.« Nun richtete sich sein kalter Blick wieder auf Shawna. »Lady MacGinnis weiß nicht, was in jener Nacht geschah. Und doch gebar sie mein Kind, dann übergab sie es dem armseligsten Paar von Craig Rock, das es zusammen mit seiner eigenen Brut aufziehen sollte.«

Das Maß war voll. Mehr konnte Shawna nicht ertragen. Davids wütendes Gesicht verschwamm vor ihren Augen. Langsam sank sie zu Boden.

Durch ihren Schlaf wirbelten seltsame Bilder. Sie rannte durch dichten Nebel, von vermummten Gestalten verfolgt. Nach einer Weile verschwanden sie, und Shawna lag auf einem Bett, in dem kleinen, mit Tudor-Möbeln ausgestatteten Hotelzimmer in Glasgow. Sie hatte Craig Rock verlassen, um ungestört nachzudenken — um zu entscheiden, wie sie ihr Leben gestalten würde, wenn das Baby zur Welt kam.

Im Morgengrauen strömte die erste Schmerzwelle durch ihren Körper. Sie achtete nicht darauf, denn es war noch einen Monat zu früh. Doch die Wehen setzten ein. Stundenlang plagte sie sich allein mit ihren Qualen, bis wunderbarerweise eine Hebamme erschien.

Weitere Stunden verstrichen, die Schmerzen verschlimmerten sich. Inbrünstig betete Shawna für ihr Kind. Um sich von der Höllenpein abzulenken, überlegte sie, was sie tun sollte. Sie wollte nicht nach Hause zurückkehren, denn dort war David in der brennenden Stallkammer gestorben.

Bald würde sie den Douglas-Erben zur Welt bringen. Aber sie konnte David nicht heiraten. In all den Monaten, die seit seinem Tod verstrichen waren, hatte sie sich nicht dazu durchringen können, seinem Vater von dem Baby zu erzählen. Er sollte nicht glauben, sie würde irgend etwas von den Douglas-Clan verlangen. Andererseits widerstrebte es ihr, ihm seinen Enkel vorzuenthalten.

Der Tag ging in die Nacht über. Letzten Endes waren alle Überlegungen müßig. Die Wehen hatten zu früh begonnen und bereiteten ihr unerträgliche Schmerzen. Schließlich drängte ihr die Hebamme eine Medizin auf, die das Leid mildern würde. Das war alles, woran sie sich erinnerte, als sie am nächsten Morgen erwachte. Und dann teilte ihr die Hebamme mit, das Baby sei tot geboren worden. »Mein liebes Mädchen, gegen das Schicksal ist man machtlos«, meinte die sanftmütige alte Frau. »Unglücklicherweise hatte das arme kleine Ding zuwenig Zeit, um im Mutterleib heranzuwachsen.« Ein formloses, verschnürtes Bündel wurde in Shawnas Arme gelegt, und sie brach in Tränen aus. Nicht einmal sehen durfte sie ihr Kind. Die Hebamme nahm es ihr wieder weg und erklärte, es sei nur ein mißgestalteter Klumpen aus Fleisch und Blut.

Nun hatte sie alles verloren, was ihr von David geblieben war. Zum zweitenmal hatte sie ihn hintergangen und sein Kind sterben lassen. Wie gern wäre sie dem Baby in den Tod gefolgt ... Aber sie lebte weiter. Und Alistair hatte sie nach Hause zurückgeholt.

Ihr Kind war nicht gestorben. Danny ... Gewiß, er sah wie ein McGinnis aus. Weil er ein McGinnis war. Ihr Sohn. Offensichtlich hatte ihr jemand einen schrecklichen, grausamen Streich gespielt. Dieselbe Person, der jener Mordversuch an David mißlungen war, die Shawna zu ermorden versuchte ...

Und jetzt? David würde sie töten.

Verzweifelt öffnete sie die Augen. Ein Feuer knisterte, frische, saubere Bettücher umhüllten ihren Körper, und ihr Mund fühlte sich trocken an.

Nachdem sie in Ohnmacht gefallen war, mußte man sie auf ein Bett gelegt und die Jacke ihres violetten Reitkostüms aufgeknöpft haben. Sabrina Connors Bett ... Und Sabrina saß neben ihr, angstvoll und besorgt.

In Shawnas Kopf drehte sich alles. Schatten erfüllten

den Raum. Zum Glück war sie mit Sabrina allein. »Oh, es kann nicht sein ...«

»Pst, alles ist gut. Ich bleibe bei dir, und du bist in Sicherheit.«

»Nein, unmöglich ...« Krampfhaft umklammerte Shawna den Arm der jungen Frau und versuchte ihre Gefühle zu bezwingen. »Um Himmels willen, gib acht, daß dir nichts Schreckliches passiert! Erzähl deiner Familie von dem Baby! Der Vater ist ein Indianer, nicht wahr? Das meinte Edwina, als sie vom fremden Blut in seinen Adern sprach. Großer Gott, Sabrina, ist Hawk der Vater?«

»Was?« rief eine atemlose Stimme am anderen Ende des Raums.

Skylar ...

Bestürzt erkannte Shawna, daß sie nicht mit Sabrina allein war. Skylar, Hawk und Sloan traten ans Fußende des Betts.

»Heiliger Jesus!« wisperte Skylar. »Hawk!«

»Was ist bloß in dich gefahren?« herrschte Hawk seine Frau an. »Ich schwöre dir — es ist nicht mein Kind!«

»Natürlich nicht«, bestätigte Sabrina tonlos.

»Aber — Sabrina ...«, stammelte Skylar. »Du hast mir nichts gesagt. Erwartest du ein Baby?«

Sabrina zögerte und schaute Shawna an, die ihr bedrückt zuflüsterte: »Tut mir leid. Ich dachte, wir wären allein.«

»Ja, ich weiß. Aber es spielt ohnehin keine Rolle. David war in der Taverne — an jenem Tag, an dem Edwina mein Baby erwähnte. Irgendwann hätte er's seinem Bruder so oder so erzählt.«

»Warum hast du's mir verschwiegen?« fragte Skylar leise. »Wenn es nicht Hawks Kind ist ...«

Sabrina schaute immer noch Shawna an.

»Offensichtlich ist es mein Kind«, sagte Sloan.

»Großer Gott!« Mühsam rang Skylar um Fassung. »Sloan, du mußt nicht die Verantwortung übernehmen — für etwas ...«

»Es ist mein Kind«, wiederholte er.

Und in diesen Augenblick las Shawna die Wahrheit in Sabrinas Augen. »Oh, es tut mir so leid ...«

Erschrocken verstummte sie, als David auf das Bett zukam. Er trug nicht mehr die Mönchskutte, sondern eine schwarze Leinenhose und ein Hemd aus schwarzer Baumwolle mit weiten Ärmeln. Trotz ihrer Gegenwehr zog er sie aus dem Bett. »Jetzt wäre es doch an der Zeit, ein privates Gespräch zu führen. Leider etwas zu spät — nachdem wir die Geheimnisse anderer verrieten und beinahe die Ehe meines Bruders zerstörten.«

»Ich habe nicht um ein Publikum gebeten«, erwiderte sie.

»Aber Hawk und Sloan mußten hören, was ich zu sagen hatte. Abgesehen von dem seltsamen Haaransatz im Nacken ist der Junge unverkennbar ein MacGinnis. Und du solltest keine Gelegenheit finden, meine Vaterschaft zu bestreiten. Alles Weitere werden wir unter vier Augen erörtern.« Er wandte sich zu den anderen. »Würdet ihr uns bitte entschuldigen?«

Obwohl sie sich heftig sträubte, zerrte er sie durch die Tür zu ihrem Zimmer hinauf. »O David, ich wollte die Ehe deines Bruders nicht gefährden oder Sabrina vorsätzlich verletzen.«

»Nein, du hast nur das Leben deines Kindes zerstört, um den Namen MacGinnis zu schützen.«

»Von alldem wußte ich nichts. Das schwöre ich dir!«

»Leugnest du, daß Danny unser Kind ist?«

»O nein ... Ach, ich weiß nicht ... Es erscheint mir unglaublich! Oh, ich muß ihn sehen! Wo ist er?«

»In Sicherheit — an einem Ort, wo ihm der MacGinnis-Clan nichts anhaben kann.«

21

Tränen brannten in ihren Augen. Als sie das Turmzimmer erreichten, verriegelte er die Tür und drückte Shawna aufs Bett. *Ihr Sohn lebte. In all den Jahren war er ihr vorenthalten worden. Man hatte ihr den grausamsten Streich aller Zeiten gespielt. Und jetzt sollte sie dafür büßen ...*

»O David, wie konntest du mir den Jungen wegnehmen?«

»In diesen vier Jahren hast du wahrlich keine Mutterliebe bewiesen.«

Empört sprang sie auf. »Weil ich nichts wußte! Und ich kann's noch immer kaum glauben ...«

»Du wußtest nicht, daß du ein Kind geboren hast? Und deine Schwangerschaft? Ist sie dir nicht aufgefallen?«

»Doch, natürlich. Ich floh nach Glasgow, und dort wartete ich die Geburt meines Babys ab. Aber es kam zu früh zur Welt. Oh, ich hatte gräßliche Schmerzen. Die Hebamme gab mir etwas zu trinken, das diese Qualen lindern sollte. Und als ich zu mir kam, erklärte sie mir, mein Kind sei tot. Sie reichte mir ein blutgetränktes, verschnürtes Bündel und meinte, ich sollte lieber nicht hineinschauen.«

Mit schmalen Augen starrte er sie an. »Und warum hast du mir das alles verschwiegen?«

»Ich fand es sinnlos, dir von deinem Kind zu erzählen, das keinen einzigen Atemzug tat.«

»Hast du nie bemerkt, wie ähnlich Danny dir sieht?«

»Damals hielt ich ein Bündel im Arm, das ich für mein totes Baby hielt. Und dann wurde das arme kleine Ding auf einem Friedhof in Glasgow begraben. Sicher, ich dachte, Danny müßte ein MacGinnis sein. Aber ich habe drei kräftige, gesunde Vettern, die den Dorfmädchen nur zu gut gefallen.«

»Wer wußte von deiner Schwangerschaft?«

»Alle meine Verwandten.«

»Besuchten sie dich in Glasgow?«

»Ja. Am häufigsten kam Alistair zu mir. Und er war es schließlich, der mich zur Rückkehr nach Craig Rock bewegte.«

Wütend umklammerte er ihre Schultern. »Einer deiner Verwandten versuchte mich zu ermorden. Und wenn es stimmt, was du behauptest, stahl er unser Kind, um es einem Leben in bitterer Armut auszuliefern — der harten, grausamen Arbeit im Bergwerk.«

»O David, ich wußte nichts! Glaubst du wirklich, sonst hätte ich Danny den Andersons überlassen? Großer Gott, du ahnst nicht, was in mir vorging! Ich mußte doch annehmen, mein Kind — *unser* Kind wäre tot.

Plötzlich riß er sie in die Arme und streckte sich mit ihr auf dem Bett aus.

»Nein, bitte ...«, flehte sie.

Statt zu antworten, küßte er sie hungrig und fordernd, und seine wachsende Begierde erhitzte auch ihr Blut. Stöhnend schlang sie die Finger in sein Haar, merkte es kaum, wie er ihr ungeduldig das Reitkostüm auszog, die Bänder ihres Hemds und ihres Korsetts zerriß. Seine Lippen glitten über ihre Brüste, und sie bäumte sich voller Sehnsucht auf. Mit zitternden Fingern öffnete er seine Hose. Die Vereinigung erschien ihr wie ein wilder Feuersturm, der schnell verebbte, und die süße Erfüllung währte nur kurz.

Danach lagen sie erschöpft nebeneinander. Es dauerte eine Weile, bis Shawna wieder klar denken konnte. Warum begehrte sie ihn so verzweifelt, obwohl er ihr den Sohn weggenommen hatte?

»Shawna?«

»Laß mich in Ruhe!«

»Aye, ich gehe.« Seufzend stand er auf und schloß seine Hose. »Denk jetzt in aller Ruhe nach — und versuch endlich die ganze Wahrheit zu sehen, mit all ihrem Grauen.«

»Danny ...«, flüsterte sie.

»Mach dir keine Sorgen, es geht ihm gut«, versicherte er und berührte ihre Schulter. »Nur darauf kommt es an. Vorerst wirst du in deinem Zimmer bleiben. Sogar du mußt mittlerweile erkennen, daß einer deiner Verwandten dich ermorden will.«

»Aber du kannst mich nicht einsperren. Die Tür läßt sich nur von innen verriegeln. O David, ich will herausfinden, was da vorgeht ...«

»Das werde ich feststellen.«

Als er zur Tür ging, sprang sie aus dem Bett und lief ihm nach. »David ...«

Aber er beobachtete sie nicht, verließ das Zimmer, und sie hörte nur noch die Tür krachend ins Schloß fallen.

Hastig schlang sie die Bettdecke um ihren halbnackten Körper und eilte in den Flur hinaus. David war verschwunden, und vor dem Treppenabsatz stand ein Stuhl, auf dem James McGregor saß. »Ah, Lady MacGinnis!« rief er lächelnd. »Laird Douglas hat mich beauftragt, Sie zu beschützen — falls nötig, mit meinem Leben.«

»Ist er weggegangen?«

»Ja, und Sie können ihn nicht zurückhalten, Mylady.«

»Sie sollen mich beschützen — und dafür sorgen, daß ich in meinem Zimmer bleibe?«

»Sicher wollen Sie sich nicht den Gefahren ausliefern, die hier überall lauern.«

Also war sie eine Gefangene. Sie nickte dem kleinen Mann zu, kehrte in ihr Zimmer zurück, und die Decke glitt von ihrer Schulter.

Bedrückt streifte sie die zerrissene Unterwäsche von ihrem zitternden Körper. Tränen rollten über ihre Wangen, und sie gestattete sich den Luxus, wie ein Kind zu schluchzen.

Nach einer Weile beruhigte sie sich ein wenig, zog ein Nachthemd und ihren spitzenbesetzten Morgenmantel an, dann ging sie wieder in den Flur. »Kommen Sie herein, Mr. McGregor, und erzählen Sie mir, wie gut Sie David kennen. Und bitte, um Gottes Barmherzigkeit willen — wenn Sie's wissen, verraten Sie mir, wohin er Danny gebracht hat!«

Wie ungerecht das Leben ist, dachte Sabrina. Kaum war sie der Grabkammer entronnen, hatte ihr Sloan gegenübergestanden. Und nun kannten sie alle ihr Geheimnis — nicht nur Shawna, sondern auch Skylar und Hawk und David. Und Sloan.

Die anderen hatten sie im Stich gelassen. Nur er war bei ihr geblieben. Sie stand mitten in ihrem Zimmer und starrte die geschlossene Tür an.

»Geh wieder ins Bett, bevor du zusammenbrichst, Sabrina«, bat er.

»Das mußt du nicht befürchten. Ich fühle mich sehr gut.«

»Tatsächlich? Und warum schaust du unentwegt zur Tür? Willst du die Flucht ergreifen? Das wäre sträflicher Leichtsinn. Sicher bist du immer noch geschwächt, nach allem, was du durchgemacht hast. Du könntest stürzen und unserem Kind schaden.«

»Aber ...« Verwirrt unterbrach sie sich und blickte in seine unergründlichen mahagonibraunen Augen.

Er schlang einen Arm um ihre Schultern uns führte sie zum Bett. Er setzte sich zu ihr. »Bist du so unglücklich über deinen Zustand?« Seine bronzebraune Hand lag auf dem weißen Laken — rauhe, schwielige Finger, die von zahllosen Stunden im Sattel in der Prärie des Wilden Westens kündeten. Doch sie wußte, wie zärtlich diese Hände sein konnten.

»Unglücklich?« wiederholte sie flüsternd. Unglücklich?

Während der langen Stunden in der Grabkammer hatte sie den Allmächtigen angefleht, er möge sie am Leben lassen — um ihres Kindes willen.

»Sabrina, wir müssen über diese Situation reden.«

»Reden?« Sehnsüchtig schaute sie zur Tür hinüber.

»Glaub mir, du kannst nicht davonlaufen. Ich würde dir überallhin folgen.«

Sein Lächeln wirkte so betörend. Obwohl er manchmal wie ein typischer Indianer aussah, wie einer dieser Wilden, die ihr solche Angst einjagten ... »O Sloan, warum bist du hier?«

»Nun, da ich erst bei meiner Ankunft von deiner Entführung hörte, kann ich wohl kaum behaupten, ich wäre mit vollen Segeln übers Meer geeilt, um dich zu retten. Ich kam nach Schottland, um meinem Freund Hawk beizustehen — und weil McGregor mir von Davids Problemen erzählt hatte.«

»Wirst du wieder abreisen?«

»Wenn du hierbleibst? Natürlich nicht.«

»Du mußt dich nicht verantwortlich fühlen ...«

»Nicht verantwortlich? Für mein eigenes Fleisch und Blut?«

»Ich brauche deine Hilfe nicht. Aber ich könnte einen Drink vertragen ...«

Als sie nach der Brandyflasche griff, die auf dem Nachttisch stand, hielt er ihre Hand fest. »So zauberhaft du auch warst, nachdem du damals dem Whisky zugesprochen hattest — dies ist nicht der richtige Augenblick. Während deiner Schwangerschaft solltest du auf Alkohol verzichten. Das weiß ich, weil es mir kluge Frauen erzählt haben.«

»Sioux-Squaws?«

»Ja.«

Unbehaglich schaute sie auf ihre zitternden Hände hinab. Wie absurd das alles ist, dachte sie und erinnerte sich an die schreckliche Nacht, in der sie Sloan begegnet war, auf der Flucht vor ihrem Stiefvater. Es stimmte, damals hatte sie zuviel Whisky getrunken und sich verführen lassen.

Gequält strich sie über die Stirn. »Ich kann jetzt nicht darüber reden ... Und ich versichere dir noch einmal, du bist zu nichts verpflichtet ...«

»Aber du bist *mir* verpflichtet. Jetzt mußt du dich ausruhen. Dafür werde ich sorgen, nachdem du mir zugehört hast. Du wirst dieses Kind nicht ohne mich bekommen — wenn du auch hierhergefahren bist, um aus meinem Leben zu verschwinden.«

»Das ist nicht wahr ...«

»Und ich werde dir nicht erlauben, dich unseres Kindes zu entledigen — nur weil Indianerblut in seinen Adern fließt.

In ungläubigem Zorn fauchte sie ihn an. »Keine Sekunde lang hatte ich die Absicht ... Oh, du Bastard!«

»Genau das bin ich in den Augen vieler weißer Männer, trotz des hohen Ansehens, das mein Großvater in den Vereinigten Staaten genoß. Wie auch immer, du wirst zwar einen Bastard heiraten, aber keinen zur Welt bringen.«

»Wie?« Nun bebte sie am ganzen Körper. Vielleicht hatte sie sich gewünscht, das Baby zu verlieren — bis zu jenem Augenblick, als sie in der Grabkammer erwacht war. Seit diesen grausigen Stunden bedeutete ihr das Leben, das unter ihrem Herzen wuchs, mehr als alles auf der Welt. Obwohl sie seinen Vater fürchtete, den Halbindianer, den Mann, der eine so überwältigende, verführerische Macht ausstrahlte ... »O nein, Sloan, ich will dich nicht heiraten.«

»Möchtest du mir das Kind überlassen?«

Ein Blick in seine dunklen Augen genügte ihr, und sie wußte, daß er es ernst meinte. »Niemals! Außerdem — wie kannst du wissen, daß es *dein* Baby ist?«

»Das weiß ich.« Ohne eine nähere Erklärung abzugeben, stand er auf, setzte sich vor die Tür und zog den Schlapphut über seine Augen.

»Sloan, was treibst du denn?« rief sie. »Bitte, geh weg! Ich werde dich nicht heiraten!«

Er hob die breite Krempe seines Huts hoch und schaute sie an. »Weil du nicht mit einem Wilden zusammenleben willst?«

»O Sloan, ich . . .«, begann sie und verstummte. Ihre Schwester war mit einem halben Sioux verheiratet, einem ungewöhnlichen, faszinierenden Mann, den Sabrina schätzte und bewunderte. Trotzdem hatte sie ihre Angst vor den Indianern im Westen noch immer nicht besiegt. Und Sloan gehörte zu ihnen. Hinter seinem Charme und seiner kultivierten Fassade brannte das Feuer eines wilden Temperaments, und es fiel ihm leicht, die Frauen zu betören. Auch mich begehrt er, dachte sie. Aber er wird mich niemals lieben. »O Sloan — ich kann dich nicht heiraten.«

»Mit diesem Problem werden wir uns später befassen. Jetzt muß ich dich erst einmal vor dunklen, vermummten Gestalten beschützen.« Er zog den Hut wieder tiefer in sein Gesicht, und das Gespräch war beendet.

Zu ihrer eigenen Verblüffung fühlte sie sich sicher und geborgen. Wenn Sloan Wache hielt, würde ihr nichts zustoßen. Trotzdem dauerte es sehr lange, bis sie einschlief.

Fergus Anderson, der wie immer zuviel Whisky getrunken hatte, schnarchte neben seiner Frau, bis er unsanft aus dem Schlaf gerissen wurde. Irgend jemand brach die Haustür auf.

Seufzend überlegte er, ob einer seiner Söhne aus der Taverne zurückgekehrt war und vergessen hatte, daß hier niemals der Riegel vorgeschoben wurde. Er setzte sich in seinem verschwitzten Nachthemd auf und schrie: »Dem

Kerl, der hier alles kurz und klein schlägt, werde ich das Fell über die Ohren ziehen. Jeden einzelnen Knochen breche ich dir im Leib, du Schurke ...« Dann verstummte er erschrocken. Ein hochgewachsener Mann betrat das Schlafzimmer, von kaltem Novemberwind begleitet. »Nein!« stöhnte Fergus. »Ist das ein Alptraum?«

»Dad?« Im Wohnzimmer erwachten die Kinder. Mary und Hamell krochen von ihren Matten, ebenso die Söhne Daryl und Cedric. Bestürzt spähten sie an dem großen Mann vorbei, der gewaltsam in ihr Heim eingedrungen war.

Ganz in Schwarz gekleidet, glich er dem Teufel. An seiner linken Hüfte steckte ein Schwert in der Scheide, in seinen Gürtel hatte er zwei Pistolen geschoben. Tatsächlich — der Teufel, geradewegs aus der Hölle emporgestiegen ...

»Stehen Sie auf, Anderson!« befahl er.

»Nein ...«, japste Fergus. »David Douglas — das gibt's einfach nicht ...«

»Doch, Sie elender Schurke.«

Schreiend sprang Charity Anderson aus dem Bett, als der Laird näher kam, ihren Mann am Hemdkragen packte und auf die Beine zerrte.

»So helft mir doch, Jungs!« würgte Fergus heiser hervor.

Doch seine Söhne dachten gar nicht daran, ihre Köpfe zu riskieren.

»Bei allen Heiligen!« flüsterte Hamell. »Laird David!«

»Aye«, bestätigte David. »Wenn Sie mir sagen, was ich wissen will, dürfen Sie Ihr armseliges Leben noch eine Zeitlang genießen, Fergus.«

»Oh, sicher — fragen Sie nur ...«

»Woher haben Sie den kleinen Danny?«

»Was soll das heißen? Er ist der Sohn meiner Tochter Gena ...«

Blitzschnell berührte die Schwertspitze Fergus' Hals. »Sie lügen!«

Jetzt stürmte Gena ins Schlafzimmer. »Das Mädchen aus dem Schloß brachte Danny hierher. Und sie sagte, wir müßten so tun, als gehörte er zu uns. Wenn wir das Geheimnis bewahrten, würde man's zu schätzen wissen.«

»Welches Mädchen?« fragte David.

»Lady MacGinnis' Zofe«, erklärte Fergus. »Während die Lady verreist war, kam Mary Jane mit dem Baby zu uns. Und dann gab uns jemand ein paar Goldmünzen und befahl uns, nichts zu verraten. Selbstverständlich wußten wir, für wen das Geheimnis so wichtig war.«

»Wen meinen Sie?«

Verwirrt starrte Fergus den Laird an. »Natürlich Lady Shawna.«

Hawk lag im Bett des Herrschaftsschlafzimmers, die Hände hinter dem Kopf verschränkt und beobachtete, wie seine Frau umherwanderte. Auf dem Tisch stand immer noch ein Tablett mit den Resten des Rehbratens, den Anne-Marie heraufgeschickt und der ihm ausgezeichnet geschmeckt hatte. Aber Skylar war zu nervös gewesen, um auch nur einen Bissen hinunterzubringen.

»Komm doch endlich ins Bett!« bat er ungeduldig.

»Hawk, dein Bruder ist in Schwierigkeiten ...«

»... und durchaus imstande, seine Probleme selber zu lösen. Außerdem solltest du dieses Thema nicht anschneiden. Ich ärgere mich jedesmal, wenn ich mich entsinne, was du mir zugetraut hast. Nicht nur Shawna, sondern auch Sabrina ...«

Verlegen senkte sie den Kopf. »Tut mir leid. Aber ich habe es niemals ernsthaft geglaubt.«

»Dann hättest du besser den Mund gehalten.«

»Ja, natürlich ... O Hawk, ich kann's immer noch nicht

fassen, daß meine Schwester ein Baby erwartet. Und ich verstehe nicht, wie das passiert ist.«

Er klopfte einladend aufs Bett. »Komm her, dann zeige ich's dir.«

»Laß den Unsinn! Du weißt, was ich meine.«

»Falls du dich nach den Einzelheiten erkundigen möchtest — die kenne ich ebenso wenig wie du. Sloan wird noch heute abend mit deiner Schwester reden.«

»Wir sollten ihn fragen, wieso ...«

»Seien wir erst einmal froh, daß Sabrina ihre schreckliche Gefangenschaft gut überstanden hat. Mach dir keine Sorgen, Sloan hat mir bereits versichert, er würde sie heiraten.«

»Aber ...«

»Natürlich willst du wissen, wie sich die beiden begegnet sind, und die Neugier bringt dich fast um.«

»Interessiert's dich denn nicht?«

»Nein. Und wenn du's herausfindest, wirst du mir's zweifellos erzählen.«

Skylar warf ihm einen vernichtenden Blick zu und wanderte wieder umher. »Und dieser süße kleine Junge, Hawk? Die beiden haben einen Sohn, und sie wußten's gar nicht. Jetzt hat dein Bruder das Kind weggebracht.«

»Skylar, irgendwelche Leute in Craig Rock versuchen, den Douglas-Clan zu vernichten — und Shawna. Wäre David tatsächlich gestorben, würde Danny den Titel des Clans erben. Nach dem Tod seiner Mutter wäre er auch das Oberhaupt des MacGinnis-Clans, deshalb mußte er in Sicherheit gebracht werden.«

»Und wo ist er?«

»Bei McGregors Familie.«

»Oh ...«

»Würdest du endlich ins Bett kommen? Morgen findet das große Fest statt, und da wollen wir frisch und munter sein — wenn ich auch nicht den Laird spielen muß.«

Skylar kroch unter die Decke, sank seufzend ins Kissen und schloß die Augen.

Auf einen Ellbogen gestützt, musterte Hawk seine Frau. »In dieser Nacht schläfst du zum letztenmal mit einem Laird. Morgen wird mein Bruder seinen verflixten Titel wieder beanspruchen. Außerdem wolltest du wissen, wie Sabrina schwanger geworden ist.«

Lächelnd öffnete sie ihre silberblauen Augen. »Ich glaube, daran kann ich mich vage erinnern. Aber vielleicht würdest du mein Gedächtnis auffrischen ...«

Diesen Wunsch erfüllte er nur zu gern.

Später lagen sie eng umschlungen nebeneinander.

»Hawk?« flüsterte Skylar.

»Ja, mein Liebes?«

»Ich glaube, *unser* Douglas-Erbe wird noch vor Ende Juni eintreffen.«

»O Gott, Skylar ...« Er richtete sich auf und schaute ihr in die Augen. »Unser ...«

»Ja, Hawk, ich erwarte ein Kind.«

»Bist du sicher?« fragte er atemlos.

»Völlig sicher. Eigentlich wollte ich's für mich behalten, solange wir in Craig Rock bleiben. Ich dachte, es wäre zu gefährlich, wenn gewisse Leute erführen, daß ein weiterer Douglas zur Welt kommen wird.«

»Das war sehr vernünftig von dir. Aber mit mir kannst du dein Geheimnis teilen.«

»Das habe ich soeben getan, Hawk. Bist du auch glücklich?«

»Nun, abgesehen von den Schwierigkeiten meines Bruders und der bedenklichen Situation in Amerika bin ich glücklich.«

»O Hawk ...«

»Sogar überglücklich. Denn du bist der Mittelpunkt meiner Welt. Du und das Baby ...«

Als David ins Schloß zurückkehrte, betrat er die große Halle, ohne zu bedenken, wer ihm begegnen mochte. Laird Douglas war zurückgekehrt. Was er in der Gestalt eines Geistes oder eines Mönchs erfahren konnte, wußte er inzwischen. Jetzt war es an der Zeit, seinen rechtmäßigen Platz einzunehmen und die Leute zur Rechenschaft zu ziehen, die ihn hintergangen hatten. Shawna ...

Auf dem langen Tisch stand ein Tablett mit Karaffen und Gläsern. David schenkte sich einen großen Whisky ein, dann wanderte er zum Kamin. Shawna ... Wütend schlug er mit der Faust auf das steinerne Sims, versuchte die Visionen zu verscheuchen, die ihn bedrängten — ihre blauen Augen, das seidige blauschwarze Haar.

Jedesmal, wenn er sie verließ, sehnte er sich nach ihr. Er hatte ihr immer wieder geglaubt, sogar der leidenschaftlichen Beteuerung, sie hätte nichts von Danny gewußt. Auch ihre Ohnmacht war überzeugend gewesen. Ein neues Täuschungsmanöver?

Die Schwertspitze vor Augen, hatte Fergus Anderson versichert, das Baby sei ihm von Lady MacGinnis' Zofe übergeben worden. Und Shawna habe ihm mitteilen lassen, er müsse das Geheimnis hüten.

David holte tief Atem. Natürlich hielt er Fergus nicht für glaubwürdiger als Shawna. Am nächsten Morgen würde er mit Mary Jane sprechen.

Als er leise Schritte hinter sich hörte, fuhr er herum, die Hand am Schwertgriff.

Alistair betrat die Halle, ein hochgewachsener, attraktiver junger Mann im MacGinnis-Kilt, ein Plaid um die Schultern. »Ah, guten Abend, David! Würdest du ein Glas mit mir trinken?«

»Aye«, antwortete David zögernd.

Alistair füllte ein Glas mit Whisky und nahm einen großen Schluck. »David, ich muß mit dir reden.«

»Und offenbar willst du dir vorher Mut antrinken.«

»Ja, das stimmt.«

»Sprich doch, Alistair.«

»An jenem Tag, an dem ich deinen Bruder und dich im Tunnel traf, hätte ich die Wahrheit sagen sollen.«

»Dazu ist es nicht zu spät.«

Alistair zögerte nur ein paar Sekunden lang. »Die Begegnung im Schacht hat mich nicht überrascht.«

»Warum nicht?«

Tapfer hielt Alistair dem Blick des Lairds stand. »Weil ich von Anfang an wußte, daß du nicht jene verkohlte Leiche warst.«

»Und woher wußtest du das?«

»Ich vertauschte dich mit dem toten Sträfling. Vorher hatte ich Shawna und dich aus der Feuerhölle getragen. Und ich sorgte dafür, daß Collum MacDonald bis zur Unkenntlichkeit verbrannte. Dann wurde er in der Krypta in einem Sarg bestattet, auf dem dein Name steht.«

22

James McGregor nippte an einem Glas Brandy und genoß den Komfort des Queen Anne-Sessels vor dem Kamin, die Füße auf einen Schemel gelegt. Prüfend musterte er Shawna, die ihm gegenübersaß.

Als er ihr ein Lächeln schenkte, schien sich sein häßliches Gesicht auf seltsame Weise zu verschönern. »Leider darf ich Ihnen nichts erzählen, Lady MacGinnis.«

»Nicht einmal, wohin dieser Tyrann meinen Sohn gebracht hat?«

»Beruhigen Sie sich, Danny ist in Sicherheit, wohlauf und gesund.«

»Woher wissen Sie das?«

»In einem anderen Leben war ich Arzt — bevor ich

mich mit Laird Douglas auf einem Sträflingsschiff abrackern mußte. Nur ihm verdanke ich meine Rettung. Und deshalb erfülle ich alle seine Wünsche — wenn Sie ihn auch für einen Tyrannen halten. Gemeinsam kämpften wir in der Takelage gegen die wildesten Stürme. Nachdem wir Australien erreicht hatten, schufteten wir in einem Steinbruch. Immer wieder nahm David anderen Gefangenen die Arbeit ab, um sie vor den Peitschenhieben der sadistischen Wärter zu bewahren. Einer dieser Schurken hätte mich beinahe erschlagen. Deshalb konnten wir entkommen. David stürzte sich auf ihn und brach ihm das Genick — wenn auch nicht mit Absicht. Als unser Aufseher tot am Boden lag, nutzten wir die Gelegenheit zur Flucht. Das alles erzähle ich Ihnen nur, Mylady, damit Sie die Rachsucht eines Mannes, der so etwas durchgemacht hat, besser verstehen.«

»Aber ich trage nicht an allem, was er mir vorwirft, die Schuld. Das müßte er inzwischen erkennen. Wieviel er Ihnen erzählt hat, weiß ich nicht. Jedenfalls versuchte ich damals nur, meinem Vetter zu helfen . . .«

»Wir beschwören manchmal ein Unrecht herauf, obwohl wir in bester Absicht handeln.«

Nachdenklich runzelte Shawna die Stirn. Sicher, was David erlitten hatte, konnte sie sich kaum vorstellen. Aber auch sie mußte schmerzliche Erinnerungen verkraften. Das Feuer, die verkohlte Leiche, neben der sie erwacht war, dann die vermeintliche Totgeburt . . . Und jetzt, da sie wußte, daß ihr Sohn lebte, durfte sie ihn nicht einmal sehen.

Schon immer war ihr Danny lieb und teuer gewesen. O Gott, hätte sie die Wahrheit doch früher erkannt!

Was war damals geschehen? Das mußte sie herausfinden. Noch in dieser Nacht würde sie die Andersons aufsuchen. Entschlossen sprang sie auf. »Lassen Sie mich gehen, Mr. McGregor.«

»Das kann ich nicht, Mylady.«

Wie sollte sie ihm entrinnen? Offenbar blieb ihr nichts anderes übrig, als grausame Methoden anzuwenden. »Sie elender, häßlicher kleiner Bastard!« schrie sie, und ihr Herz krampfte sich zusammen. Wie unrecht sie ihm tat ... Was immer David ihm erzählt haben mochte, James McGregor war freundlich zu ihr gewesen. Doch sie hatte keine Wahl. Noch in dieser Nacht mußte sie die Andersons zwingen, die Wahrheit zu gestehen.

»Lady MacGinnis ...«

»Oh, ich ertrage Ihre Gegenwart nicht mehr! Halten Sie mich meinetwegen gefangen — aber verschwinden Sie!«

Würdevoll erhob er sich und öffnete die Tür. Ehe er in den Flur hinaustrat, drehte er sich noch einmal um. »Für meinen Freund David würde ich sterben, ohne auch nur eine Sekunde lang zu zögern. Falls Sie diesen Raum verlassen wollen, müssen Sie mich töten, Mylady.«

»Oh, es tut mir so leid«, wisperte sie, nachdem er die Tür hinter sich geschlossen hatte.

Nun würde sie durch den Geheimgang fliehen, den David sooft benutzt hatte, um in diesen Raum zu gelangen. Wo sich der verborgene Mechanismus befand, der einen Teil der Mauer öffnete, wußte sie nicht genau, aber sie würde ihn finden.

»Ob du mir glaubst oder nicht, David«, seufzte Alistair, »ich bereute zutiefst, daß ich jenes Geld unterschlagen hatte. Ich wollte zu dir gehen und ein Geständnis ablegen. Aber Vater befürchtete, du würdest die Behörden einschalten. Deshalb beschloß er, die schriftlichen Unterlagen zu entwenden, und beauftragte Shawna, dich aus deinem Zimmer zu locken ...«

»Das alles weiß ich«, fiel David ihm ungeduldig ins Wort. »Wie bin ich an Bord dieses grauenvollen Schiffs gelangt?«

»Du solltest im Stall nur für einige Zeit die Besinnung verlieren. So hatte es die Familie geplant. Ich selbst war nicht an diesen Machenschaften beteiligt, obwohl ich sie verursacht hatte. In jener Nacht ritt ich nach Wickshire, um in einer Taverne zu spielen und meine Sorgen im Whisky zu ertränken. Einige Constables, die einen entlaufenen Sträfling suchten, kamen ins Dorf. Wie du weißt, hatte er ein Mädchen ermordet und war zur Zwangsarbeit auf diesem Schiff verurteilt worden. Einer der Polizisten erzählte mir, wahrscheinlich sei er ins Hochland geflohen. Als ich nach Hause ritt, wurde ich im Wald bei Castle Rock überfallen – von diesem Collum MacDonald. Beinahe hätte er mich getötet. Aber ehe er mir die Kehle durchschneiden konnte, riß ich meinen Dolch aus der Scheide und stach die Klinge in sein Herz. Im selben Augenblick sah ich den Stall brennen. So schnell ich konnte, galoppierte ich hin, und ich fand dort Shawna und dich. Ein Deckenbalken war auf deinen Kopf gefallen.«

»Also wurde ich nicht niedergeschlagen?«

»Doch – von einer vermummten Gestalt, die diesen Balken geschwungen hatte. Zuerst brachte ich Shawna hinaus, dann kehrte ich in das Inferno zurück, um dich zu retten. Und plötzlich sah ich diese Leute. Sie bemerkten mich nicht, weil sie alle Hände voll zu tun hatten, um den ganzen Stall niederzubrennen. Ich versteckte mich hinter einem Heuhaufen und hörte, wie einer der Männer rief, Douglas müsse sterben. Sollte er das Feuer überleben, würden sie ihn später töten. Obwohl ich bei Gott kein Feigling bin, machte mir die wilde Entschlossenheit dieser Männer angst. In aller Eile holte ich dich aus den Flammen, warf dich auf mein Pferd und ritt in den Wald zurück. Dort traf ich die Constables. Ohne lange zu überlegen, tat ich, was ich damals für richtig hielt. Inzwischen brannte der Stall lichterloh. Einerseits wollte ich verhindern, daß man mich damit in Verbindung brachte. Und andererseits widerstrebte es mir zu gestehen, ich hätte den Mörder getötet. Die Polizisten suchten einen Lebenden, die Vermummten brauchten eine Leiche. Und ich hatte beides zu bieten. Also übergab ich dich den Constables, dann schleppte ich MacDonalds Leiche in den Stall.«

»Du hast mich für einen verurteilten Mörder ausgegeben?« fragte David ungläubig.

»Weil ich befürchtete, die Vermummten würden dich töten, sobald sie von deiner Rettung erfahren hätten. Außerdem sorgte ich mich um meine Familie. Wenn du in Craig Rock geblieben und aus deiner Ohnmacht erwacht wärst, hätten wir MacGinnis viel mehr verantworten müssen als meinen Diebstahl.«

»Weißt du inzwischen, ob dein Clan mit diesen unheimlichen Gestalten unter einer Decke steckt?«

»Das glaube ich nicht.«

»Und das Kind?«

»Welches Kind?« fragte Alistair verwirrt.

»Shawnas Kind — mein Sohn.«

»Das Baby starb in Glasgow. Seltsam, daß sie dir davon erzählt hat — obwohl es doch keinen einzigen Atemzug tat . . .«

Mit schmalen Augen musterte David den jungen Mann. Sollte er ihm glauben? Zumindestens klang Alistairs Geschichte plausibel. Aber es gab noch viele Rätsel zu lösen.

»O David, es tut mir so leid«, beteuerte Alistair. »Wahrscheinlich kannst du mir nicht verzeihen, welche Rolle ich in dieser Tragödie gespielt habe. Aber ich mußte dir die Wahrheit erzählen, und ich hoffe, du wirst mich nicht enthaupten und meinen Kopf an den Torpfosten hängen, damit ihn alle sehen.«

David lächelte gequält. »Was ich von alldem halten soll,

weiß ich noch nicht. Jedenfalls hast du Shawna und mir das Leben gerettet, dafür bin ich dir dankbar. Und was das Kind betrifft — es wurde nicht tot geboren. Danny ist unser Sohn.«

»Danny?« rief Alistair entgeistert, dann grinste er. »Großer Gott, und Shawna warf mir vor, ich hätte mich mit der hübschen kleinen Gena Anderson eingelassen!«

»Wußte Shawna die ganze Zeit, daß Danny ihr Kind ist?«

»Gewiß nicht. Als sie ihr Baby verlor, war sie völlig verzweifelt, und ich fürchtete, sie würde sich das Leben nehmen. Nur ihr Pflichtgefühl bewog sie, ihren Kummer zu überwinden.« Anklagend schaute Alistair in Davids Augen. »Wie konntest du nur glauben, sie hätte Danny diesen schrecklichen Andersons anvertraut?»

»Nun, vorhin sprach ich mit Fergus . . .«

»Behauptet er etwa, Shawna habe Danny zu ihm gebracht?«

»Er sagt, das Baby sei ihm von Shawnas Zofe übergeben worden.«

»Von Mary Jane?«

David nickte. »Kam sie damals nach Glasgow?«

»Ja, ein paarmal.«

Entschlossen rannte David zur Treppe. »Nun kann ich nicht mehr bis morgen warten. Ich muß mit ihr reden — sofort!«

»Ja, natürlich«, stimmte Alistair zu und folgte ihm.

Shawna wußte, in welche Gefahr sie sich begeben würde, wenn sie das Schloß verließ. Glücklicherweise besaß sie zwei kleine Derringers mit Perlmuttgriffen, ein Geschenk ihres Vaters.

Was sollte sie anziehen? Das violette Reitkostüm wäre geeignet gewesen, um sie in der Nacht unsichtbar zu machen. Zu ihrem Leidwesen hatte David es ruiniert. Aber sie fand ein hochgeschlossenes schwarzes Trauerkleid in ihrem Schrank. Hastig schlüpfte sie hinein. Dann klopfte sie das Mauerwerk ab, um die Geheimtür zu suchen.

In ihre Tätigkeit vertieft, hörte sie die Schritte auf der Treppe nicht. Als die Tür aufflog, drehte sie sich erschrocken um. David stand auf der Schwelle. Beim Anblick ihres Trauerkleids hob er spöttisch die Brauen. »Der Laird lebt. Oder hast du das noch nicht gehört, Lady?«

»Was willst du?«

»Wo ist deine Zofe?«

»Meine Zofe?« wiederholte sie verblüfft.

»Mary Jane. Wo steckt sie?«

»Wahrscheinlich schläft sie.«

»Nein.«

»Dann — weiß ich nicht ...«

Nach einer kurzen Pause bemerkte er: »Vielleicht weißt du ebensowenig, daß sie unseren Sohn den Andersons übergeben hat.«

»Unmöglich!« rief sie entgeistert. »Wie kannst du so etwas behaupten?«

»Fergus hat's mir erzählt.«

»Das glaube ich nicht.« In all den Jahren hatte Mary Jane ihr treu gedient. »Nimmst du etwa ernst, was dieser Trunkenbold faselt?«

»Allerdings.« Ohne ein weiteres Wort wandte er sich ab und schloß die Tür.

Shawna ballte die Hände. Also war er bei den Andersons gewesen, die auch sie aufsuchen wollte.

O Gott! Was hatte Fergus sonst noch erzählt?

Sie rannte zur Tür und stieß sie auf. Die Arme verschränkt, stand James McGregor vor ihr. »Was für ein schönes Kleid, Mylady«, bemerkte er höflich.

»Lassen Sie mich vorbei, James.«

»Mylady ...«

»Soeben steigt David die Treppe hinab. Ich höre seine

Schritte. Und er wird sicher verhindern, daß mir etwas zustößt.«

Zögernd trat er beiseite, und sie stürmte die Stufen hinunter.

David stand in der großen Halle vor dem Kamin. Erbost lief sie zu ihm und trommelte mit beiden Fäusten gegen seine Brust. »Wie kannst du es nur wagen, mir zu mißtrauen — und diesem elenden Fergus Anderson zu glauben?«

Statt zu antworten, warf er sie kurzerhand über seine Schulter und trug sie die Treppe hinauf, vorbei an einem verdutzten McGregor. Im Turmzimmer angekommen, legte er sie aufs Bett. Erst jetzt wurde ihm bewußt, warum sie sich angekleidet hatte. »Du wolltest offensichtlich ausgehen.«

»Ja.«

»Verdammt, wirst du denn niemals Vernunft annehmen? Mußt du dich unentwegt einer tödlichen Gefahr aussetzen?«

»Soll ich denn untätig in meinem Zimmer herumsitzen, nachdem du mein Kind gestohlen hast?«

»Spiel jetzt nicht die unglückliche Mutter, der man bitter Unrecht getan hat. Ich mußte Danny in Sicherheit bringen. Und du wirst hierbleiben, verstanden? Also hast du dich völlig umsonst angezogen. Warum trägst du eigentlich dieses lächerliche Trauerkleid?«

»Damit man mich in der Finsternis nicht sieht. Und nachdem du mein violettes Reitkostüm zerfetzt hast ...«

»Am besten zerreiße ich auch dieses Kleid — nur um sicherzugehen.«

Entsetzt sprang sie vom Bett auf, als er zu ihr ging. Aber ihr Widerstand nützte nichts. Mit einer Hand hielt er eisern ihren Arm fest, während er mit der anderen methodisch den schwarzen Satin und die Unterwäsche zerfetzte. Endlich ließ er sie los, und sie stand splitternackt vor ihm. Voller Verzweiflung starrte sie auf die Stoffstreifen hinab, die zu ihren Füßen lagen.

»Du wirst dieses Zimmer nicht verlassen.« Unsanft stieß er sie aufs Bett. »Schlaf jetzt!«

»Aber ...«

»Kein Wort mehr! Heute nacht bleibe ich hier.«

Fröstelnd kroch sie unter die Decke und beobachtete, wie er alle Lampen löschte. Im orangeroten Flammenschein stand er vor dem Kamin. Sein Gesicht verriet nichts von seinen Gedanken oder Gefühlen. Nach einer Weile kam er an ihr Bett, setzte sich und zog die Stiefel aus. Er legte sich neben Shawna, aber er rührte sie nicht an. Zögernd sprach sie zu ihm. »Wenn Mary Jane verschwunden ist, sollten wir sie suchen. Vielleicht wurde sie entführt ...«

»Nein, sie hat das Schloß freiwillig verlassen.«

»Woher weißt du das?«

»Weil sie ihre Sachen mitgenommen hat.«

»Man könnte sie gezwungen haben.«

»Wohl kaum.«

»Oh, das glaube ich einfach nicht!« Tränen stiegen ihr in die Augen. Ausgerechnet Mary Jane, die nicht nur ihre Dienerin, sondern auch ihre Freundin gewesen war ... »Nein, niemals hätte sie mein Baby den Andersons anvertraut. Warum nimmst du für bare Münze, was Fergus dir vorgelogen hat?«

»Weil er zweifellos die Wahrheit sagte, als ich ihm ein Schwert an die Kehle hielt.« Ungeduldig seufzte er. »Wie lange wirst du dich noch weigern, die Menschen, die dir nahestehen, für schuldig zu halten?«

Sie gab keine Antwort. Trotz der Decke fror sie schrecklich und sehnte sich nach Davids Wärme. In diesem Augenblick erschien ihr sogar die Leidenschaft, die sein Zorn hervorgerufen hatte, ertragbarer als sein kalter Gleichmut.

Offenbar erriet er ihre Gedanken, denn er nahm sie in die Arme. »Verdammt, hör doch auf zu zittern.«

Zunächst wollte sie sich wehren, doch dann schmiegte sie sich an ihn, obwohl sie keine Zärtlichkeit spürte. »Wir sollten Mary Jane suchen.«

»Morgen werden wir sie finden.«

»Warum bist du dir so sicher?«

»Weil morgen die Nacht der Mondjungfrau ist.«

»David?«

»Ja?«

»Wann kann ich Danny sehen?«

»Schon sehr bald. In der Nacht der Mondjungfrau mußt du mir etwas versprechen. Danach darfst du deinen Sohn umarmen.«

»Und was muß ich dir versprechen?«

»Das wirst du morgen erfahren. Aber etwas anderes will ich dir schon jetzt verraten. Es war Alistair, der uns beide aus der Flammenhölle getragen hat.«

»Was?« wisperte sie fassungslos.

»Heute abend hat er mir alles erzählt. Er rettete mir das Leben und brachte mich fort, denn er dachte, ich müßte verschwinden. Sonst würde man mich ermorden. Etwa zu dem Zeitpunkt, als das Feuer ausbrach, überfiel ihn jener Sträfling im Wald, und Alistair tötete ihn im Kampf. Nachdem er mich den Polizisten ausgehändigt und behauptet hatte, ich sei der entlaufene Verbrecher, holte er die Leiche und legte sie in den brennenden Stall. Später wurde sie gefunden und für den Laird gehalten.«

»Was Alistair auch tat — er meinte es gut«, flüsterte Shawna.

»Vermutlich. Morgen werden wir's endgültig wissen.«

»In der Nacht der Mondjungfrau ...«

»Versuch jetzt zu schlafen.«

Den Kopf auf seine Brust gelegt, schloß sie die Augen. Aber sie blieb noch lange wach.

Irgendwann mußte sie dann eingeschlummert sein, denn sie wurde plötzlich von einem schrillen Schrei geweckt.

»Um Himmels willen!« rief David und sprang aus dem Bett. Er war noch vollständig bekleidet und mußte nur in seine Stiefel schlüpfen, während Shawna ein Nachthemd und einen Morgenmantel anzog.

Seite an Seite rannten sie die Stufen hinunter, gefolgt von Hawk, Sloan, Skylar und Sabrina. Auf halber Höhe der Treppe hielt David plötzlich inne. Fasziniert spähten sie in die Halle hinab.

Anne-Marie stand vor Gawain, Alistair und Alaric, eine Hand auf ihr Herz gepreßt, von Myer gestützt. »Gerade trug ich mit — mit einem Gehilfen ein Alefaß zu den Druidensteinen — und da ...«, stammelte sie, »da lag diese grausige verkohlte Leiche auf dem Altar! Unser armer Laird David! Wie ein Opfer aus alten Zeiten!«

»Die Leiche lag auf dem Druidenaltar?« fragte Gawain erstaunt. »Wahrscheinlich war es nur ein Haufen Erde. Einige Jungen aus dem Dorf wollten Ihnen einen Streich spielen, Anne-Marie.«

»Wahrscheinlich erzählt sie die Wahrheit, Vater«, mischte sich Alistair nun ein. »Die Leiche wurde gestohlen. Wie Hawk und ich gestern schon feststellten, ist der Sarg leer.«

»Was? Und das erfahre ich erst jetzt?«

»Immerhin ist Hawk ein Douglas.«

»Aye, und ein Douglas-Grab darf nicht geschändet werden, solange wir auf Castle Rock nach dem Rechten sehen. Wir müssen David sofort wieder bestatten ...«

»Nicht nötig«, fiel David ihm ins Wort und stieg die letzten Stufen hinab.

Verwirrt wandte sich Gawain zu ihm. »So wahr ich lebe und atme! David Douglas!«

»In Fleisch und Blut.«

»O Gott, David!« Auch Alaric starrte den Mann, der aus dem Totenreich zurückgekehrt war, fassungslos an.

»Aye, ich bin's. Und nun sollten wir die Leiche vom Druidenaltar entfernen. Dort feiern wir morgen die Nacht der Mondjungfrau. Und wir wollen den Leuten die Freude nicht verderben.« David wandte sich zu Anne-Marie. »Tut mir leid, daß Sie diese schreckliche Entdeckung gemacht haben.«

Die Augen weit aufgerissen, stieß sie einen halberstickten Schrei aus, verlor die Besinnung und sank an Myers Brust. Alistair und Alaric sprangen hinzu und halfen ihm, die dicke Frau festzuhalten.

»Bei Gott, du bist es wirklich, David Douglas.« Gawain musterte den Laird von oben bis unten. Was er empfand, ließ er sich nicht anmerken. »Willkommen zu Hause.«

23

Shawna wußte nicht, wie David seine Rückkehr erklären würde. Das erfuhr sie erst, als sich alle Haushaltsmitglieder und Gäste zum Frühstück in der Halle trafen.

»Wahrscheinlich taumelte ich halb benommen aus dem brennenden Stall«, begann er in beiläufigem Ton. »Ich hatte mein Gedächtnis verloren und auf ein Schiff. Jahrelang reiste ich durch die Welt. Mit der Zeit kehrten die Erinnerungen zurück, und mir fiel mein Name wieder ein. Aber was in jener Nacht geschah, weiß ich noch immer nicht.«

»Und nun bist du nach Hause gekommen? Mit deinen Freunden?« Gawain warf einen mißtrauischen Blick auf Sloan und James McGregor.

»Aye, mit meinen guten Freunden«, bestätigte David und bestrich ein frischgebackenes Brötchen mit Butter.

»Und ihr seid zufällig zur gleichen Zeit hier eingetroffen wie dein Bruder?« fragte Alaric.

»Manchmal nimmt das Schicksal einen seltsamen Lauf.«

»Was für eine Überraschung, Vater! Und wir wollten Hawk schon fragen, ob er uns die Douglas-Ländereien verkaufen würde — da er doch meistens in Amerika lebt.«

»Diese Überlegungen sind nun hinfällig«, bemerkte David.

»Natürlich.« Gawain schaute Alaric, der viel zuviel ausgeplaudert hatte, mißbilligend an. Dann versicherte er: »Jedenfalls freut's mich, dich gesund und munter zu sehen, David.«

»Danke, MacGinnis.«

»Wie schade, daß dein Vater das nicht mehr miterleben kann«, äußerte Lowell.

»In der Tat«, stimmte David zu.

»Nun mußt du den Titel des Lairds wieder ablegen, Hawk«, sagte Alaric.

Hawk lächelte. »Dafür habe ich meinen Bruder zurückgewonnen, und das bedeutet mir viel mehr als die Würde eines Familienoberhaupts.«

»Erstaunlich ...« Gawain starrte David an und schüttelte den Kopf. »In derselben Nacht, in der du nach Hause kamst, lag deine verkohlte Leiche auf dem Druidenaltar.«

»Kurz nachdem Sabrina entführt wurde«, murmelte Alaric.

Shawna runzelte die Stirn und hoffte, daß niemand außer ihr den anklagenden Unterton in der Stimme ihres Vetters gehört hatte.

Aber David hob sofort den Kopf. »Willst du irgend etwas andeuten, Alaric?«

»Gar nichts. Ich bin nur verblüfft — und ziemlich beunruhigt. Neuerdings geschehen seltsame Dinge in dieser Gegend.«

»Daran sind sicher diese Hexen schuld«, behauptete Lowell, »und wir sollten endlich etwas gegen diese Brut unternehmen.«

»Unsinn, Onkel Lowell!« erwiderte Shawna geduldig. »Sie sind gütige Frauen, die nur ihren Kult praktizieren, und man darf Edwina gewiß nichts vorwerfen.«

»Gar nichts!« rief Gawain.

»Immerhin wurde Sabrina im Grabmal der McClouds gefunden«, betonte Alaric.

»Nur weil irgend jemand den Hexen die Schuld an der Entführung zuschieben wollte«, entgegnete Shawna.

»Oder die Hexen wollten uns veranlassen, genau das zu glauben«, warf Aidan ein.

»Was?« fragte Hawk verwundert.

Aidan zuckte die Achseln. »Im Bergwerk ertönen immer wieder eigenartige Klopfgeräusche. Und die Männer behaupten, sie würden unheimliche Gesänge hören. Viele Dorfbewohner vermuten, daß die Hexen irgend etwas Böses im Schilde führen.«

»Und vielleicht hilft ihnen dieser merkwürdige Bruder Damian«, fügte Lowell hinzu.

»Großer Gott, Onkel Lowell!« protestierte Shawna.

»Und die verkohlte Leiche auf dem Druidenaltar ...« Hawk starrte nachdenklich vor sich hin. »Sicher war das ein Streich irgendwelcher dummer Jungen. Oder diese Burschen finden es komisch, in dunklen Umhängen durch den Friedhof zu schleichen und auf Leute zu schießen.«

»Was?« stieß Gawain hervor. »Schüsse auf dem Friedhof? Davon hat mir niemand erzählt. Könnte ich endlich erfahren, was geschah, als Sabrina gefunden wurde?«

In knappen Worte schilderte Hawk die Ereignisse.

»Vermummte Gestalten«, murmelte Lowell. »Offensichtlich Hexen.«

»Ein Glück, daß Mr. McGregor, Mr. Trelawny und Bruder Damian in der Nähe waren!« seufzte Gawain und ignorierte seinen Bruder. »Und wo hast *du* gesteckt, David?«

»Oh, ich war auch dort«, erwiderte David und schaute Alistair an, der wohlweislich den Mund hielt und nichts über die wahre Identität des alten Mönchs verriet.

»Nun sollten wir im Dorf bekanntgeben, daß David zurückgekehrt ist und heute abend das Fest leiten wird«, schlug Alaric vor.

»Oh, die Leute wissen schon von meiner Rückkehr«, sagte David.

»Woher?« fragte Gawain.

»Letzte Nacht besuchte ich Fergus Anderson.«

»Du warst bei dem alten Trunkenbold?« rief Alaric gekränkt. »Bevor du uns Bescheid gegeben hast?«

Ungerührt biß David in ein Stück Brot. »Nun, ich fand heraus, daß Fergus meinen Sohn bei sich aufgenommen hatte — den kleinen Danny. Deshalb wollte ich mit ihm reden.«

»O Gott!« Anne-Marie war mit einem weiteren Frühstückstablett hereingekommen und ließ es beinahe fallen.

Als sie heftig zu schwanken begann, sprang Sloan sofort auf, eilte zu ihr und hielt sie fest. Alistair rettete das Tablett.

»Verdammt, David, was hat das alles zu bedeuten?« fragte Gawain erbost.

»Wie ihr alle wußtet, war Shawna schwanger«, erwiderte David kühl. »Und da es keinen Zweifel an der Rolle gibt, die sie in jener verhängnisvollen Nacht übernahm, konntet ihr unschwer erraten, wer der Vater des Kindes war.«

Brennend stieg das Blut in Shawnas Wangen.

»Natürlich wußten wir das!« fauchte Aidan.

»Aber . . .«

»Das arme Baby starb!« würgte Gawain hervor.

»Was ist das für ein grausames Spiel, das du mit uns treibst, David?«

»Offensichtlich war es Shawna, mit der man sich einen bösen Scherz erlaubt hat. Der Junge lebt. Jetzt ist er glücklicherweise in Sicherheit.«

»Danny Anderson?« flüsterte Lowell verwirrt, und David nickte.

»Genau.«

»Müssen wir das alles jetzt und hier besprechen ...«, begann Shawna.

»Ja«, sagte David kurz angebunden.

»Wenigstens beschuldigt man mich nicht mehr, ich sei der Vater des Jungen«, seufzte Aidan.

»Oder mich«, ergänzte Alaric.

»Amen«, murmelte Alistair.

Mit schmalen Augen musterte Gawain seine Großnichte. »Warum hast du uns erzählt, das Baby sei tot?«

»Weil es mir eingeredet wurde. Was damals in Glasgow geschah und wie der Junge zu den Andersons kam, weiß ich leider nicht. Fergus erzählte David, Mary Jane habe Danny zu ihm gebracht.«

»Holt sie sofort herunter!« donnerte Gawain. »Ich werde eine Erklärung verlangen!«

»Bedauerlicherweise ist sie verschwunden«, teilte David ihm mit.

»Bei allen Heiligen, was geht hier vor?«

»Das werde ich herausfinden«, versicherte der Laird. »Noch heute!«

Bis zum frühen Nachmittag wurde Shawna in ihrem Turmzimmer festgehalten. Dann durfte sie, unter James McGregors Aufsicht, mit Sabrina und Skylar in die Abstellkammer gehen, wo die Truhen mit den alten Kleidern verwahrt wurden. Die drei Frauen begannen Kostüme auszuwählen.

»Wie schön — vielen Dank!« jubelte Skylar und drehte eine Pirouette. In ihrem königsblauen Kleid aus der napoleonischen Zeit sah sie bezaubernd aus.

»O ja, all diese Sachen sind wundervoll!« rief Sabrina, die in Samt und Seide wühlte. »Am besten entscheide ich mich ebenfalls für den Empire-Stil. Was tragen denn die anderen Leute?«

»Alles mögliche«, erwiderte Shawna. »Manche Dorfmädchen verkleiden sich als Prinzessinnen oder groteske Fabelwesen. Natürlich macht das den Dorfbewohnern großen Spaß.«

»Nun, es ist sicher amüsant«, meinte Skylar, »aber auch gefährlich. Wenn alle kostümiert sind, weiß man nicht, wem man trauen darf.«

»Obwohl die Menschen in meiner Umgebung keine Masken tragen, weiß ich nicht, wem ich trauen kann«, seufzte Shawna und versuchte die böse Ahnung abzuschütteln, die sie seit dem Morgen quälte. »Was will Hawk anziehen?«

»Das weiß er noch nicht«, entgegnete Skylar. »Entweder einen Douglas-Kilt — oder Sioux-Federn.«

Shawna lachte, dann wandte sie sich zögernd zu Sabrina. »Und — Major Trelawny?«

»Oh, da gibt's gar keine Frage.« Sabrina hielt ein Kleid hoch und prüfte es. »Natürlich Federn.« Als ihr bewußt wurde, wie bitter ihre Stimme klang, lächelte sie Shawna an. »Und was willst du tragen?«

»Natürlich die MacGinnis-Farben.«

»Nein — Douglas-Farben«, mischte sich eine kühle Männerstimme ein, und Shawna zuckte zusammen. David stand in der Tür. Lässig schlenderte er in die Abstellkammer und strich über ein altes Kleid.

»Ich trage die MacGinnis-Farben«, erwiderte sie energisch.

»Da du seit fünf Jahren im Haus der Douglas lebst und

dich um deren Angelegenheiten kümmerst, wirst du heute abend auch in den Douglas-Farben auftreten.«

Shawna fand es klüger, nicht zu widersprechen. Voller Unbehagen dachte sie an das Versprechen, das sie ihm in der Nacht der Mondjungfrau geben mußte, bevor sie Danny wiedersehen würde.

In kaltem, unpersönlichem Ton fuhr David fort: »Der Constable wartet unten, er will mit uns reden. Shawna, du solltest ihm erklären, woher du wußtest, wo wir nach Sabrina suchen mußten.« Ohne eine Zustimmung abzuwarten, machte er auf dem Absatz kehrt und eilte die Treppe hinunter. Die Frauen wechselten einen Blick. Hastig packten sie die Kleider zusammen und folgten ihm.

Zwei Stunden später verabschiedete sich der Constable. Shawna und David blieben allein in der großen Halle zurück.

»Was hast du erwartet?« fragte er und betrachtete ihre enttäuschte Miene.

»Etwas mehr Hilfsbereitschaft.«

»Wie ich bereits sagte, diese Probleme müssen wir selbst lösen. Wahrscheinlich glaubt der Constable, in Craig Rock würden zahlreiche Hexen hausen, die alle unter einer Decke stecken. Immerhin freute er sich, mich lebend wiederzusehen. Das finde ich sehr anständig von ihm. Und Sabrinas Rettung schien ihn ebenfalls zu beglücken.«

»Offensichtlich nahm er die Ereignisse nicht besonders ernst.«

»Nun, er glaubt, ich wäre auf den Kopf geschlagen worden, hätte mein Gedächtnis verloren und nach einer langen Irrfahrt durch die Welt endlich den Heimweg gefunden. Dabei will ich's vorerst bewenden lassen.«

»Warum erzählst du dem Constable nicht die Wahrheit und zwingst ihn ...«

»Jemand versuchte mich zu töten, und Alistair rettete

mir das Leben. Also könnte ihn die Wahrheit in Gefahr bringen. Was die Geräusche im Bergwerk betrifft — der Constable ist ein vernünftiger Mann, der nicht an Geister glaubt. Wie dein Großonkel Gawain meint er, der Wind würde durch die Felsenlöcher pfeifen. Und Sabrina wurde zum Spaß entführt. Die Schüsse auf dem Friedhof ...« David zuckte die Achseln. »Nach Constable Clarks Ansicht weist der Zwischenfall nur auf die Gefahren des Wicca-Kults hin. Und er findet, daß es durchaus richtig wäre, die Hexen zu verbrennen.«

Shawna stöhnte ungeduldig. »O Gott, was für ein Unsinn! Wir kennen Edwina seit unserer Kindheit, und wir wissen, daß sie mit ihren Kräutern und Salben nur Gutes tut — so wie die anderen Frauen, die ihrem Zirkel angehören . . .«

»Moment mal, ich erkläre dir doch nur, was der Constable davon hält. Übrigens hat er uns empfohlen, die Hexen anzuzeigen, sobald sich eine Gelegenheit ergibt.«

»Und die Leiche auf dem Druidenaltar?«

»Ganz eindeutig ein Streich mutwilliger Dorfjungen, die man übers Knie legen müßte.«

Ihre blauen Augen verengten sich. »Wie beurteilt er Dannys Geschichte?«

Die Arme vor der Brust verschränkt, erwiderte er ihren Blick, ohne mit der Wimper zu zucken. »Ja, Danny ... Für den Constable ist es ganz klar. Als Lady MacGinnis durftest du dir kein uneheliches Kind leisten, und da der Vater tot war, konntest du nicht heiraten. Natürlich wolltest du deinem eigenen Fleisch und Blut nichts Schlimmes antun — zum Beispiel eine Abtreibung. Und so war es die beste Lösung, den Jungen nach Craig Rock zu bringen, einer Familie anzuvertrauen und später ins Schloß zu holen.«

Das hörte sich so an, als würde David selber daran glauben. »Oh, zum Teufel mit dir!«

»Lady, ich erzähle dir nur, wie der Constable die Dinge sieht.«

»Und Fergus Anderson, der zweifellos die Wahrheit sagt«, fügte Shawna mit sanfter Ironie hinzu.

»Jedenfalls hat Mary Jane ihm das Kind übergeben.«

»Und Mary Jane ist verschwunden.«

»Mit all ihren Habseligkeiten.«

»Ich kann noch immer nicht glauben ...«

»Leider bleibt dir nichts anderes übrig, denn das alles ist wirklich geschehen.« David wandte sich ab. »Allmählich wird es dunkel, und wir müssen uns für das Fest umziehen.«

»Ich trage die MacGinnis-Farben.«

»Nein, die Douglas-Farben.«

»Aber ich will ...«

Lächelnd hob er die Brauen. »Was meinst du, was für hübsche Fetzen die MacGinnis-Farben abgeben würden?«

»Wenn du mich bedrohst, werden meine Vettern dich in Stücke reißen.«

»Glaubst du? Sollen wir einen Kampf hier im Schloß riskieren? Hawk und Sloan können großartig mit ihren Waffen umgehen.«

»Oh, du bist verrückt!«

»Und sehr zielstrebig. Jedenfalls wirst du *meine* Farben tragen. Die ganze Nacht. Solltest du in den MacGinnis-Farben auftauchen, zerreiße ich dein Kleid. Vor allen Leuten.«

»Du bist wirklich ein Tyrann.«

»Wenn du mich herausforderst, könntest du die Nacht der Mondjungfrau auf dem Druidenaltar gefesselt und geknebelt verbringen.«

Krampfhaft schluckte sie. »Du glaubst offenbar, daß in dieser Nacht etwas geschehen wird. Und wenn sie ereignislos verstreicht? Werden wir einander für immer mißtrauen?«

»Heute nacht wird etwas geschehen.«

»Und wenn nicht? David, ich will Danny wiederhaben!«

Plötzlich umklammerte er ihre Schultern. »Verstehst du denn nicht? Ich mußte ihn wegbringen, weil er hier in Gefahr wäre — in schrecklicher Gefahr!«

»Aber — ich will mein Kind«, flüsterte sie.

»Nach dieser Nacht wird sich alles ändern.«

Sobald er sie losließ, eilte sie zur Treppe und floh in ihren Turm hinauf.

Wie erwartet, stand McGregor vor ihrer Tür. »James«, begann sie, »es tut mir leid — wegen gestern nacht ...«

»Ich weiß, Mylady, Sie wollten mir entwischen.«

»Aye. Verzeihen Sie mir, bitte.«

»Diese Entschuldigung nehme ich gern an. Aber ich bitte Sie — versuchen Sie heute abend nicht, mich abzuwimmeln.«

»Oh, ich werde sehr brav sein. Das schwöre ich.«

Nachdem sie ihre Tür hinter sich geschlossen hatte, öffnete sie den Schrank und betrachtete die schönen langen Wollröcke in ihren Familienfarben — und den Douglas-Kilt. Sie zögerte, dann fluchte sie und zog eine weiße Spitzenbluse an. Dazu trug sie den Douglas-Rock, eine schwarze Weste und eine passende Jacke.

Draußen bei den Druidensteinen loderten bereits die Freudenfeuer. Shawna trat auf den Balkon und hörte Dudelsackmusik und Gelächter.

Als sie das Zimmer verließ, kam David ihr entgegen. Er war in einem festlichen Kilt, einem schwarzen Samtjackett über einem weißen Baumwollhemd und dem Douglas-Wappen auf der Brust gekleidet. »Es ist an der Zeit.«

Widerstrebend ergriff sie die Hand, die er ihr reichte. »Ich sollte meine eigenen Farben tragen«, seufzte sie, während sie die Treppe hinabstiegen.

»Bald wirst du erkennen, warum dein großer Auftritt in *meinen* Farben so wichtig ist.«

»Wird uns meine Kleidung helfen, die Schurken zu finden, die dich töten wollten?«

»Nein, aber sie wird allen zeigen, daß wir zueinander halten.«

Vor dem Schloßtor wartete Myer mit den Pferden.

Obwohl die Druidensteine in der Nähe standen, mußte David, der Laird von Castle Rock, hoch zu Roß erscheinen. »Bist du bereit, Lady?«

»Für die Nacht, in der wir unsere Todfeinde treffen werden?«

»Aye.«

»Wieso bist du so sicher, daß jemand die Initiative ergreifen wird?«

»Weil wir im Hochland leben, in einer Welt alter Traditionen — und weil Vollmond ist.«

»Gewiß, wir sind Hochländer — aber nicht wahnsinnig, so wie diese Vermummten.«

Als er zum Himmel aufblickte, wirkte er wie ein starker Krieger aus ferner Vergangenheit. »Nach unseren Legenden übt der Mond eine unwiderstehliche Macht aus. Sein silberner Glanz wird alle Wahnwitzigen aus der Reserve locken. Reiten wir?«

Shawna musterte ihn verwirrt, dann spornte sie ihre Stute an.

Blendend weiß erhoben sich die Druidensteine im unheimlichen Mondlicht.

24

Als Shawna und David den Schauplatz des Festes erreichten, ertönten Dudelsäcke und Geigen. Die Leute tanzten und lachten, aßen und tranken. Auf langen Tischen standen Platten mit kalten Speisen bereit, für die Spießbraten hatte man große Gruben ausgehoben. Mehrere Ale- und Weinfässer warteten auf die Festgäste.

Eine halbe Pferdelänge vor Shawna ritt der Laird zu den Druidensteinen und wurde jubelnd empfangen. Er stieg ab und hob dann Shawna aus dem Sattel. Freudestrahlend umarmten ihn alte Freunde, errötende Mädchen küßten ihn auf die Wange.

Shawna beobachtete die Szene und erkannte, wie sehr die Dorfbewohner ihn liebten, wie schmerzlich sie ihn vermißt hatten. Aufmerksam schaute sie sich um. Auf dem Druidenaltar, auf dem Anne-Marie die verkohlte Leiche gefunden hatte, lag ein schönes violettes Tuch, geschmückt mit brennenden Laternen. Knisternde Spannung erfüllte die Luft.

Nach der Ankunft des Lairds konnte das eigentliche Fest beginnen. David ergriff Shawnas Hand und führte sie zum Altar, wo Reverend Massey wartete. Unter dem stürmischen Beifall der Menge überreichte er dem Douglas-Oberhaupt eine Blumenkrone. Dann setzte David eine zweite Tiara, die man für die Dame seiner Wahl angefertigt hatte, auf Shawnas Kopf.

Endlich konnte sie ihre Angst verdrängen und das Fest genießen. Sie liebte die Tradition dieser Nacht, die Fröhlichkeit, die Tänze, die Wettbewerbe. Lächelnd nickte sie ihren Freunden zu und entdeckte Edwina, die ein hübsches Elfenkostüm trug.

»Auf die Bewohner von Craig Rock!« rief David. Sofort verstummten die Musik und das Geschrei. Alle Festgäste — zum Teil in bizarrer Verkleidung, vornehme junge Damen, Piraten, Ritter, Tiere und mythische Geschöpfe — hielten inne und hörten ihm zu. Plötzlich herrschte eine tiefe Stille, die fast unheimlich wirkte.

»Habt Dank für den freundlichen Empfang, den ihr mir

nach meiner langen, betrüblichen Abwesenheit bereitet habt!« fuhr er fort. »Es beglückt mich, wieder bei euch zu sein, im Kreis lieber alter Freunde. Und nun fordere ich euch als Laird dieser Festlichkeiten auf — eßt, trinkt und amüsiert euch!«

Wieder erklang lebhafter Applaus. Shawna stellte fest, daß Hawk, Sloan, James McGregor und Alistair an vier Ecken des Druidenplatzes postiert waren. Wie üblich hatten die Männer ihre Pläne geschmiedet — natürlich, ohne die Frauen zu informieren.

»Und nun muß ich euch noch etwas mitteilen«, fügte David hinzu. »Wie ihr wißt, hat der Laird das Recht, für die Nacht der Mondjungfrau seine Dame zu wählen. Nun, das habe ich getan — und nicht nur für heute nacht. An diesem wunderschönen Abend lade ich euch ein, meine Hochzeit mit mir zu feiern und mitzuerleben, wie sich der Douglas-Clan mit dem MacGinnis-Clan vereint.«

Ungläubig schaute Shawna zu ihm auf. Eine Hochzeit? Diese Zeremonie gehörte wohl kaum zu der Taktik, die er anwandte, um die Verbrecher zu fangen.

»O nein, ich heirate dich nicht!« flüsterte sie, obwohl es überflüssig war, so leise zu sprechen. Das Freudengeschrei war ohrenbetäubend, und sie versuchte die Leute anzulächeln, während sie verzweifelt überlegte, was sie tun sollte.

Da stand Mark Menzies und grinste entzückt. Edwina preßte glücklich ihre Hände an die Wangen, und Anne-Marie schluchzte vor Freude.

Sogar Gawain nickte seiner Großnichte zufrieden zu. Offenbar hatte der Laird beim ältesten MacGinnis in aller Form um Shawnas Hand angehalten.

Ihr Leben lang hatte sie David geliebt und sich nichts sehnlicher gewünscht, als seine Frau zu werden.

Aber nicht auf diese Weise. Nicht jetzt, da er ihr so kühl und fremd erschien und sie auch nicht mehr an seine Liebe glaubte. Sie wollte nicht heiraten, nur damit er sie beschützte. Nicht einmal um Dannys willen.

»Nein, diese Trauung darf nicht stattfinden — nicht so.«

»Doch«, entgegnete er, »in wenigen Minuten werden wir den Bund fürs Leben schließen. Und du mußt mir das Versprechen geben, das ich verlange. Darauf habe ich dich bereits in der letzten Nacht hingewiesen.«

Also wollte er sie erpressen!

Liebenswürdig lächelte er der Menschenmenge zu. »In unseren kleinen Dörfern wird viel geklatscht, meine Freunde. Sicher habt ihr Gerüchte über einen Jungen gehört, den Sohn des Lairds von Castle Rock und der Lady von Castle MacGinnis. Nun, diese Geschichten entsprechen der Wahrheit. Ihm zu Ehren wollen wir uns trauen lassen.«

Atemlose Stille folgte diesen Worten. Dann tuschelten die Festgäste aufgeregt. David wandte sich zu dem Geistlichen. »Reverend Massey, sind Sie bereit?«

»Laird Douglas — Mylady ...« Der Priester lächelte dem Brautpaar gütig zu und betet.

»Nein, David«, wisperte Shawna, »das kann ich nicht!«

Aber er schenkte ihr kein Gehör. Bevor sie dem Reverend zu erklären vermochte, den Laird zwar zu lieben, aber keinen Mann zu heiraten, der ihr mißtraute, kniete David nieder und zog sie mit sich zu Boden. Mit gesenktem Kopf betete er stumm.

Auch Shawna betete. *Allmächtiger, hilf mir! Obwohl ich alles für Danny tun würde — es ist falsch, David zu heiraten ...*

Verstohlen beobachtete sie den attraktiven Bräutigam. Er schien zu beten und den himmlischen Segen für seine Ehe zu erflehen, doch sein Blick wanderte pausenlos umher. Und er belauschte jedes Wort, das ringsum geflüstert wurde. Trotzdem gab er die richtige Antwort auf die traditionelle Frage des Reverends.

»Shawna?«

Verwirrt hob sie den Kopf und starrte den Geistlichen an. »Aye?«

»Mylord, Mylady ... Hiermit erkläre ich Sie zu Mann und Frau.«

Während Blumen durch die Luft flogen und Dudelsäcke ertönten, wurde Shawna auf die Beine gezogen und fiel in Davids Arme. Pflichtbewußt küßte er sie.

»He, Laird Douglas!« rief jemand. »Waren Sie nicht viel zu lange fort, als sich mit einem so keuschen Kuß zu begnügen?«

»Nur zu!« erklang eine andere fröhliche Stimme. »Wie man es macht, wissen Sie doch, Laird Douglas, da Sie doch schon ein Kind haben!«

Alle Leute brachen in lautes Gelächter aus, und David hob beschwichtigend eine Hand. Dann küßte er seine Braut voller Leidenschaft, preßte sie fest an sich, und das Publikum klatschte begeistert.

Als er sie aus seinen Armen entließ, schaute sie in seine Augen und fragte sich, was sich in diesen grünen Tiefen wohl verbarg. »Warum hast du das getan?« flüsterte sie und erhoffte ein neues Geständnis seiner Liebe.

»Damit die Mutter meines Sohnes nicht länger MacGinnis heißt«, erwiderte er.

»Also wirst du Danny zurückholen?«

»Aye, so bald wie möglich.«

»Das hast du mir versprochen!« erinnerte sie ihn.

Er hob die Brauen. »Und du hast soeben versprochen, mich zu lieben, zu ehren und mir zu gehorchen.«

»Ja, aber eins solltest du bedenken. Bis zum Ende meiner Tage werde ich eine MacGinnis bleiben.«

»Natürlich werde ich versuchen, das Ende deiner Tage noch etwas hinauszuzögern.«

»O David, das ist doch eine Farce!«

»Keineswegs, Lady, wir beenden die Farce.« Er nahm ihre Hand und führte sie auf das Podest, wo zwei Thronsessel für den Laird und seine Lady bereitstanden. »Meine Freunde, ich präsentiere euch meine Gemahlin!« Die Leute jubelten ihr zu, Dudelsäcke schrillten, Gratulanten eilten herbei.

»Herzlichen Glückwunsch, liebste Kusine.« Alistair trat an ihre Seite, und sie wandte sich zu ihm. Zu ihrer Erleichterung trug er kein Kostüm, sondern die MacGinnis-Farben. Wenigstens ihren Vetter würde sie überall erkennen. »Nun hat er also doch noch eine anständige Frau aus dir gemacht. Das freut mich für dich, Shawna, ehrlich.«

»Danke. Alistair?«

»Aye?«

»Warum hat er das getan?«

Sofort erlosch sein Lächeln. »Weil er sich um dich sorgt. Jeder soll wissen, daß er lebt und gesund und munter ist — und daß ein rechtmäßiger Erbe zurückbleiben wird, falls euch beiden etwas zustößt.«

»O Alistair, ich ertrage diese Ungewißheit nicht mehr! Was ist damals geschehen? Wer hat die Hebamme beauftragt, mein Baby mit einem toten Kind zu vertauschen? Und warum wollte man David töten ...?«

Sie unterbrach sich, als der alte Ioin Menzies zu ihr kam und sie auf beide Wangen küßte. »Alles war ein Werk der Hexen«, murmelte er und ging davon.

Gellendes Geschrei kündigte den Beginn des Speerwerfens an, und David ergriff wieder Shawnas Hand. »Meine Liebe, man hat mich ersucht, an diesem Wettstreit teilzunehmen.« Notgedrungen folgte sie ihm zu den Männer, die sich miteinander messen wollten. »Bleib hier bei Skylar und Sabrina«, befahl er und betrat den Kampfplatz.

Während sich immer mehr Zuschauer versammelten, stemmte ein Mann nach dem anderen den massiven Speer hoch, der aus einem Baumstamm bestand, und versuchte ihn so weit wie möglich zu schleudern. Trotz des kühlen Abends zogen viele Teilnehmer ihre Jacken und Hemden aus. Nur mit Kilts bekleidet, zeigten sie ihre Künste.

Shawna klatschte eifrig, als Gawain und Lowell ihre Plätze einnahmen. Den kraftvollen Muskeln ihrer Großonkeln sah man das Alter nicht an, und sie zählten zu den besten Speerwerfern. Lauthals wurden die MacGinnis gepriesen.

Auch Shawnas Vettern machten ihrem Namen alle Ehre.

Schließlich kam David an die Reihe. Er spuckte in die Hände, strich über seinen Kilt und hob den Speer. Mit einem ausgezeichneten Wurf übertrumpfte er Alistair um einen knappen halben Meter.

Sein Erfolg erfüllte Shawna mit freudigem Stolz. Wie sehr sie ihn liebte ... Und nun war sie seine Frau. Plötzlich fand sie das wundervoll, trotz aller widriger Umstände. Ein Speerwerfer nach dem anderen schied aus. Letztlich blieben die beiden besten übrig, David und Hawk. In gespieltem Zorn forderten die beiden Brüder einander heraus. Bald vergaß Shawna ihre Angst und Bitterkeit, entzückt stimmte sie in das laute Gelächter des Publikums ein.

»Shawna?« Sie drehte sich erstaunt um und begegnete Alistairs eindringlichem Blick. »Komm mit mir.«

»Warum?«

»Du hast dich zu weit von den anderen Frauen entfernt. Gehen wir zu den Druidensteinen zurück.«

Erst jetzt merkte sie, daß Skylar und Sabrina nicht mehr neben ihr standen.

Die neugierige Zuschauermenge hatte sie auseinander gedrängt. Unbehaglich schaute sie sich um und sah nur fremde Gestalten, die mit Federn, Zweigen und Pelzen geschmückt waren.

»Komm, Shawna!« Ungeduldig zerrte Alistair an ihrem

Arm und beobachtete sie mit seinen blauen MacGinnis-Augen.

In all den Jahren hatte sie ihm vertraut. Aber nun beschlich sie eine seltsame Angst vor ihm, und sie riß sich los. »Dort drüben ist Edwina! Ich gehe zu ihr!«

Hastig bahnte sie sich einen Weg zwischen den Festgästen hindurch, und nach ein paar Schritten blickte sie zurück. Alistair war verschwunden.

Um Atem zu schöpfen, lehnte sie sich an einen Druidenstein und schloß die Augen. Beinahe hätte sie aufgeschrien, als eine Hand ihre Schulter umfaßte. Sie hob die Lider und starrte eine große Gestalt an, die einen Stab festhielt und wie Chronos* gekleidet war.

»Alles in Ordnung, Shawna?«

Schmerzhaft hämmerte ihr Herz gegen die Rippen. Dann erkannte sie die Stimme. Ihr Großonkel Lowell, der sich nach dem Speerwerfen wieder kostümiert hatte, stand vor ihr.

»Ja, Onkel.«

Lächelnd schlang er einen Arm um ihre Taille und küßte sie auf die Wange. »Bist du glücklich, Mädchen?«

»Aye, Onkel.«

»Sehr gut. Wenn ich an das Kind denke ...«

»Aye.«

Seine Worte klangen seltsam, als wüßte er irgend etwas über Danny.

»Onkel Lowell, hast du etwas von meinem Sohn gehört?«

»Eh? Was hast du gesagt? Neuerdings werden meine Ohren immer schlechter.«

»Ich sagte ...«

»Hier ist es viel zu laut. Diese gräßliche Dudelsackmusik! Und so redet ein echter Schotte, was?«

---

* griechische Symbolfigur der Zeit (A.d.Ü.)

»Onkel Lowell, ich sagte ...«

»Gehen wir dort hinüber. Hier verstehe ich dich nicht.«

Sie folgte ihm in die Schatten der Druidensteine. Jetzt lag kein Tuch mehr auf dem Altar, vor dem sie soeben erst geheiratet hatte.

»Ah, Shawna, wie seltsam die Welt geworden ist ...«

»Bitte, Onkel Lowell, wenn du irgend etwas über Danny weißt ...« Erschrocken verstummte sie, denn sie glaubte eine schemenhafte Gestalt zu sehen, die von einem Druidenstein zum anderen huschte. »Wer ist das?«

»Wen meinst du?« fragte er und zog sie näher zu sich heran.

»Dort war einer dieser Vermummten.«

»Hexen!« fauchte er.

In wachsendem Unbehagen schaute Shawna zu dem Platz zurück, auf dem das Speerwerfen immer noch ausgetragen wurde. Edwina stand neben Skylar, Sabrina und den Mitgliedern des Hexenzirkels. »Gehen wir lieber zurück, Onkel Lowell. Aber wenn du mir irgendetwas erzählen kannst ...«

»*Ich* kann dir etwas erzählen.«

Verwirrt starrte Shawna die Gestalt an, die hinter dem nächsten Stein hervortrat und ihre Kapuze abnahm. »Mary Jane! Und ich wollte nicht an deine Schuld glauben! Bei Dannys Geburt warst du doch gar nicht in Glasgow. Wie konntest du mir das Kind wegnehmen? Schnell, Onkel Lowell, du mußt Hilfe holen! Sie darf nicht entkommen!«

»Oh, sie wird nirgendwohin gehen«, entgegnete er in sonderbarem Ton.

»Onkel ...«

»Töte sie!« zischte Jane. »Jetzt gleich! Auf dem Altar!«

»Nein, sie ist Lady MacGinnis, und deshalb muß eine Zeremonie stattfinden ...«

»Aber der Druidenstein verlangt das Opfer. Würde

nicht das leidenschaftliche MacGinnis-Blut in Shawnas Adern fließen, könnten wir ihm ein unschuldiges Mädchen darbringen. Und wenn alles planmäßig verlaufen wäre, hätten wir jetzt das Kind.«

»Hör zu schwatzen auf, Mary Jane!« befahl Lowell.

Ungläubig starrte Shawna von einem zum anderen. Dann wurde ihr bewußt, daß sie davonlaufen mußte. Die Hilfe war so nahe hinter den Steinen.

Nicht umsonst hatte David sie aufgefordert, bei Skylar und Sabrina zu bleiben. Er wußte, daß etwas geschehen würde. Der Vollmond sog das Blut aus den Wahnsinnigen, so wie das Wasser aus dem See, sobald die Ebbe begann ...

Offensichtlich ahnte Mary Jane den Fluchtplan, den Shawna schmiedete, denn sie wollte nach ihr greifen.

Shawna zögerte keine Sekunde lang, ballte eine Hand zur Faust und schlug sie auf das Kinn ihrer Zofe.

Wütend und gepeinigt rang Mary Jane nach Luft, und Shawna stürmte davon. Aber sie kam nicht weit. Lowell versperrte ihr den Weg, und sie konnte nicht einmal schreien, bevor ihr ein übelriechendes Taschentuch auf den Mund gepreßt wurde.

Vergeblich wehrte sie sich gegen die Wirkung der Droge. Sie spürte nicht, wie ihr Onkel sie hochhob und auf den Druidenaltar legte. Blitzschnell zog er seinen Dolch aus der Scheide. Doch ein plötzliches Gelächter hielt ihn zurück.

Bestürzt drehte er sich um. Das Speerwerfen war beendet, die Festgäste kehrten zu den Druidensteinen zurück. Nun würde er zuwenig Zeit finden ...

Mary Jane eilte an seine Seite. »Beinahe hätte sie mir das Kinn gebrochen!« klagte sie. »Verdammt, schlitz ihr endlich die Kehle auf! Bring's hinter dich!«

»Nein, ich brauche Zeit.«

»Du alter Narr! Sie beobachten uns! Wenn du dich nicht beeilst, wird sie uns wieder entwischen. Töte sie!«

»Sie ist Lady MacGinnis ...«

»Darauf kommt es jetzt nicht an. Der Druidenstein fordert sein Opfer — sofort! Töte sie! Der Altar braucht sein Blut!«

Da schwang Lowell den Dolch hoch und stieß ihn hinab. Blut ergoß sich über den Stein.

Immer lauter klang das Gelächter der Menschenmenge, die sich den Wein- und Alefässern näherte. Lowell nahm seine Bürde auf die Arme und sprang hinter ein Monument, das hoch emporragte. Ein paar Sekunden lang beobachtete er die fröhliche Schar. Dann begann er zu laufen.

25

»Wo ist sie?« Zehn Schritte von der Stelle entfernt, an der Shawna eben noch gestanden hatte, hielt David inne und blickte sich um. Hawk und Sloan eilten an seine Seite.

»O Gott, sie ist verschwunden!« klagte Sabrina.

»Unmöglich!« protestierte Skylar.

»Allzuweit kann sie nicht gekommen sein«, meinte Hawk.

Alistair rannte zu ihnen. »Verdammt, David, ich verlor sie aus den Augen. Ich wollte sie zu den Frauen zurückbringen und ...«

»Da!« kreischte Skylar. »Auf dem Altar!«

Von einer bösen Ahnung erfaßt, drehte David sich um und glaubte, tausend Messerklingen würden sein Herz durchbohren.

Auf dem runden Druidenstein lag eine Gestalt, von einem dunklen Umhang verhüllt. Blut tropfte herab.

David drängte sich durch die Menschenmenge. »O Gott, nein!«

Als er den Umhang wegzerrte, atmete er erleichtert und verblüfft auf. Nicht Shawna, sondern ihre Zofe lag auf dem Opferaltar mit durchschnittener Kehle.

»Dem Himmel sei Dank, es ist nicht meine Frau!« verkündete er. »Wir müssen sie finden — schnell!«

»Daran sind wieder einmal die Hexen schuld!« rief der alte Ioin Menzies.

»O nein«, widersprach Edwina entrüstet, »eher jemand, der uns in Verdacht bringen will.« Sie wandte sich zu David. »In der Tat, wir müssen Shawna finden . . .«

Plötzlich wurde sie von Männern und Frauen in grotesken Kostümen umhergeschleudert. »Hexen, Hexen, Hexen!« sangen sie.

David sprang auf den Sockel des Druidenaltars, zog seine Pistole hervor und feuerte in die Luft. Sofort verstummte der Gesang, und die Leute ließen Edwina los. »Meine Frau wurde entführt, und ich muß sie suchen! Wenn irgend jemand weiß, was geschehen ist, und mir nicht hilft, töte ich ihn mit meinen bloßen Händen . . .«

»Dort drüben, David!« fiel Alistair ihm ins Wort. »Sieh doch! Die Vermummten laufen zu den Klippen!«

Mehrere Schattengestalten huschten zum Ufer des Sees und verschwanden von einer Sekunde auf die andere.

Ungläubig kniff David die Augen zusammen. Er hatte in diesen Felsen gewohnt, in einer der zahlreichen Höhlen, und alle Tunnels erforscht. Aber er mußte einen Eingang übersehen haben.

»Komm, David, beeil dich!« Hawk ritt heran und führte das Pferd seines Bruders am Zügel.

David schwang sich in den Sattel.

»Nehmen Sie mich mit!« flehte Edwina.

Er zögerte. Auch Alistair und Sloan stiegen auf ihre Hengste und lenkten sie an seine Seite. Ohne noch länger zu überlegen, ergriff er Edwinas Arm und zog sie auf den Pferderücken.

Schnell wie der Nachtwind galoppierten sie zu den Klippen.

Heftige Kopfschmerzen weckten Shawna, und sie erinnerte sich an den eigenartigen Geruch — die Droge. Zunächst blieb sie reglos liegen, dann bewegte sie sich vorsichtig und spürte hartes Gestein unter ihrem Körper. Der Druidenaltar? Nein, sonst würde sie die Stimmen der Menschenmenge hören.

Als sie sich aufrichten wollte, merkte sie, daß sie an den Stein gefesselt war. Langsam öffnete sie die Augen und unterdrückte nur mühsam einen Schrei. Sie lag splitternackt in einer kleinen Höhle und war an einen flachen Felsen gebunden.

Direkt vor ihr, an einer grauen Wand, hing eine gespenstische Figur mit der Maske eines Ziegenbocks, die grausam grinste. Im Licht flackernder Kerzen sah Shawna den bizarren Leib, halb Tier, halb Mann, mit überdimensionalen Genitalien.

Und sie war nicht allein. Vermummte Gestalten umringten sie und wiegten sich in einem seltsamen Rhythmus. Nun vernahm sie auch den leisen Gesang.

O Gott, wo war sie? Wie lange lag sie schon hier?

Ein Schatten neigte sich über sie. Lowell. Ihr Großonkel hatte sie in die Höhle zu diesen Kreaturen gebracht, die das Fest der Mondjungfrau auf ihre Weise begingen.

Sicher waren es nicht die gütigen, heilkundigen Hexen von Craig Rock, sondern jene Satansjünger, die seit Jahrtausenden von der Kirche gefürchtet waren. Lowell übte offensichtlich das Amt eines Hohepriesters aus.

Und jetzt beobachtete er Shawna. Er wünschte ihr den Tod, noch schlimmer — er wollte sie eigenhändig töten. Heiliger Himmel, warum? Er schien eine ganz besondere Zeremonie abzuhalten. Sollte das Blut der Lady McGinnis fließen, die sich angemaßt hatte, den Titel des Familienoberhaupts zu tragen? Dem Fürsten der Finsternis zu Ehren?

Irgendetwas berührte sie, etwas Heißes und Feuchtes streifte ihren Körper. Schreiend wand sie sich umher, als sie erkannte, daß eine vermummte Gestalt ihre Haut mit roter Farbe bestrich. Blut ...

»Still!« mahnte Onkel Lowell und legte einen Finger auf ihre Stirn.

»Die Droge war zu schwach!« rief jemand.

Erkannte sie diese Stimme? Aye, Fergus Anderson ...

»Allerdings«, bestätigte jemand anderer. »Sie sollte erst erwachen, wenn sie das Messer spürt.«

»So ist das nicht richtig!«

Jetzt meldete sich Lowell wieder zu Wort. »Hier gilt nur, was ich sage!« verkündete er in gebieterischem Ton. Dann lächelte er Shawna an.

»Sei still, mein Kind. Du mußt sterben.«

»Warum?«

»Weil es falsch war, daß du den Titel geerbt hast.«

Also schürte er seinen Haß schon seit dem Tod ihres Vaters. War es möglich, vernünftig mit ihm zu reden? »Jetzt, da ich David Douglas geheiratet habe, bin ich nicht mehr das Oberhaupt des MacGinnis-Clans.«

»Aye, der elende Bastard hätte sterben müssen. Statt dessen zeugte er ein Kind mit dir. Und nun ist der Junge verschwunden.«

»Hast du David vor fünf Jahren zu töten versucht?«

»O ja, er sollte im Stall verbrennen. Als Gawain sich um seinen mißratenen Sohn sorgte, nutzte ich die Gelegenheit. Auch dich hätten die Flammen verzehren sollen.«

»Und warum willst du mich jetzt umbringen?«

»Du hast kein Recht zu leben, Mädchen. Aber wenn ich auf meine Weise morde, vor den Augen meiner Anhänger, muß es im passenden Stil geschehen.« Er beugte sich herab und flüsterte ihr zu: »Deshalb bringe ich ihren Göttern, den Herrschern der Unterwelt, ein rituelles Opfer, verstehst du? Wenn man nicht aufpaßt, kann man seine treuen Untertanen verlieren.«

»Sprich nicht mit ihr, Mann!« schrie Fergus.

»Was spielt das schon für eine Rolle?« fragte Lowell.

»Du hast uns eine Orgie mit allem drum und dran versprochen. Wenn du's nicht wagst, Shawna zu erstechen, übergib sie mir und meinen Jungs ...«

»Halt den Mund, Anderson!«

»Nicht, daß dieses Mädchen unberührt wäre ...«

»Keine Angst, sie wird heute nacht sterben.«

»Was macht's schon aus, wenn wir uns vorher mit ihr amüsieren?« rief Daryl Anderson.

Gequält schloß Shawna die Augen und versuchte, die gräßlichen Stimmen aus ihrem Bewußtsein zu verdrängen. Nicht nur Männer nahmen an dem schrecklichen Ritual teil, sondern auch Frauen. Einige küßten die groteske Figur, die an der Wand hing, dann wandten sie sich zueinander. Kreischend überließen sie sich ihren sinnlichen Ausschweifungen.

Wieviele, fragte sich Shawna. Vielleicht zehn. Trieben sich hier noch andere MacGinnis-Mitglieder herum? Oder nur Lowell?

»Jetzt haben wir nicht mehr viel Zeit, MacGinnis!« mahnte Fergus ärgerlich.

»Zeit genug. Und nachdem sie die Höhle in den letzten fünf Jahren nicht gefunden haben, wird sie auch jetzt unentdeckt bleiben.«

»Jedenfalls sollten wir uns mit Ihrer edlen Ladyschaft vergnügen, bevor das Messer ihren Hals aufschlitzt.«

»Rühr sie nicht an!« Lowells Umhang schwang durch den Kerzenschein, als er sich wieder zu Shawna wandte und den anderen die Sicht auf ihren nackten Körper versperrte. Sein lächelndes Gesicht wirkte wie eine absurde

Karikatur. »Meine Liebe, auch David Douglas wird sterben.«

»Warum tust du das, Onkel Lowell? Das ist kein Wicca-Kult . . .«

Da brach er in schallendes Gelächter aus. »Nein, mit diesen wohltätigen Hexen habe ich nichts im Sinn. Wie dumm die Menschen sind! Sie sehen keinen Unterschied zwischen Edwinas Hexenzirkel und den Anbetern der wahren Macht!«

»Und wer ist die wahre Macht?«

»Satan! Luzifer, der große Fürst der Finsternis. Und ich bin sein Hohepriester. Bald werde ich alle beseitigen, die mir im Weg stehen.«

»Onkel Lowell, ich glaube einfach nicht, daß du mich töten möchtest.«

»Ah, Shawna, du irrst dich ganz gewaltig. Schon vor vielen Monaten habe ich dich zum Opfer für diese Nacht bestimmt. Ich wollte auch die andere Lady wegen ihrer Unschuld haben. Aber der Herr der Finsternis sucht auch ein Mädchen wie dich, eine sinnliche junge Frau, die ihre Fleischeslust bereits bewiesen hat. Dein Tod wird mir zu unvorstellbarer Macht verhelfen.«

»Das meinst du doch nicht ernst, Onkel.«

»Du wirst sterben.«

»O Gott, du bist wahnsinnig!«

Ohne ihren verzweifelten Ruf zu beachten, fuhr er fort: »Natürlich wollte ich auch das Kind in meine Gewalt bringen.«

»Welches Kind?«

»Deinen Sohn, Laird Douglas' Bastard. Es gibt kein besseres Opfer als ein fünfjähriges Kind. Was glaubst du, warum ich dich nach der Feuersbrunst am Leben ließ? Damit du dein Baby zur Welt bringst. Danny sollte aufwachsen, bis er im richtigen Alter war. Dann solltest du zusammen mit ihm sterben, und die Douglas-Ländereien hätten mir gehört. Natürlich plante ich auch Hawks Tod. Als Hohepriester eines solchen Kults schart man Anhänger um sich, die bereit sind, alles für ihren Herrn zu tun. Aber dann tauchte David plötzlich auf, den ich für tot hielt, und stahl den Jungen. Also muß ich mich heute nacht mit dir begnügen. Leider hast du mir Sabrina weggenommen, die schöne Jungfrau. Doch dafür wirst du mit deinem Blut bezahlen. Eigentlich hatte ich gehofft, deine Kehle auf dem Altar zu durchschneiden. Das wäre ein passendes Opfer gewesen. Aber du bist eine MacGinnis, und so mußt du auf die richtige Weise sterben. Draußen bei den Druidensteinen fehlte mir die Zeit. Aber hier, in dieser Höhle, wird eine perfekte Zeremonie stattfinden.« Ein versonnenes Lächeln umspielte seine Lippen. »Bald, wenn ich David Douglas in die Hölle geschickt habe. Und dann die MacGinnis . . .«

Bedrückt starrte sie ihn an. In all den Jahren hatte ihre Familie diesen Mann geliebt. Und nun wollte er in seiner Habgier nicht nur die Douglas, sondern auch seine Verwandten töten.

»Sicher sucht man schon nach mir, Onkel Lowell. Wenn du dich nicht an der Suche beteiligst, wird man dich verdächtigen.«

»Im allgemeinen Gedränge dürfte mein Verschwinden wohl kaum auffallen.«

»Und wie willst du der gerechten Strafe entrinnen? Glaubst du wirklich, dein Verbrechen wird ungesühnt bleiben?«

»Mein Kind, du kennst die Macht des Teufels nicht. Du wirst ihm bald gegenüberstehen — als seine Blutsbraut.« Er wandte sich ab, trat zuruck und hob eine Hand.

Sofort verstummte der Gesang. In atemloser Erwartung starrten seine Anhänger auf Shawnas nackten, mit Blut bemalten Körper. Nun war der große Augenblick gekommen. Im rötlichen Kerzenschein schwang Lowell einen

Dolch empor. »Fürst der Finsternis, nimm dieses Opfer an!« rief er, und die Satansjünger sangen wieder.

Shawnas Mund wurde trocken. Langsam rückten die vermummten Gestalten näher. Jeden Augenblick würde die Klinge zustechen. Gerade jetzt, nachdem sie erfahren hatte, daß ihr Kind lebte. Und mit dem Mann verheiratet war, den sie liebte ...

Nein, sie wollte nicht sterben. Mit aller Kraft stemmte sie sich gegen ihre Fesseln und begann zu schreien ...

Während James McGregor mehrere Männer ins Bergwerk führte, schwamm Hawk mit Sloan durch den See zu Davids Höhle. Der Laird, Alistair und Edwina suchten inzwischen die Klippen ab, dicht gefolgt von den anderen.

»Da die Gestalten so schnell verschwunden sind, muß es ganz einfach sein, den Eingang zu betreten!« rief David.

»Großer Gott, ich arbeite Tag für Tag in den Minen«, seufzte Alistair. »Diese Tunnels sind endlos und verschlungen, mit zahllosen Abzweigungen und Winkeln.«

»Trotzdem müssen wir Shawna so schnell wie möglich finden.«

»Natürlich werden wir sie finden — seien Sie still!« befahl Edwina. Angespannt lauschte sie. Aber sie hörte nichts.

»Shawna! Shawna!« Immer wieder schrie David ihren Namen. In wachsender Verzweiflung kroch er über die Felsen und bekämpfte das Gefühl der Hoffnungslosigkeit, das ihn zu überwältigen drohte. Er würde sie suchen, bis er sie fand. Inbrünstig betete er, es möge nicht zu spät sein.

Als er eine Felsspalte entdeckte, beugte er sich vor. »Shawna! Shawna, um Himmels willen ...«

Das Echo seiner Stimme hallte ihm entgegen — und dann eine schwache Antwort, ein Schrei aus weiter Ferne.

»Hier!« rief er den anderen zu. »Hier ist sie, irgendwo dort drin!«

»Schauen Sie doch, David! Eine Öffnung direkt unter diesem Felsvorsprung!« Edwina hatte recht. Mit dem Schwert in der Hand stürmte er ins Dunkel.

Schreiend wand sich Shawna umher, und es gelang ihr, einen ihrer Fußknöchel von den Fesseln zu befreien. Die Satansjünger fielen über sie her, und sie trat nach ihnen, hörte Flüche und ein schmerzliches Stöhnen.

Dann wurden ihre Füße festgehalten, starke Finger umklammerten ihre nackten Schultern. Lowell stand direkt vor ihr. Immer lauter tönte der Gesang. In wilder Ekstase tanzten die Vermummten und küßten ihren Ziegenbock.

Plötzlich schwoll Lowells Stimme zu einem grausigen Crescendo an. In seiner Hand glitzerte der Dolch, und Shawna schrie aus Leibeskräften.

Langsam senkte sich die Klinge herab, und im selben Augenblick sprang eine Gestalt aus der Finsternis jenseits des Lichtkreises. David warf sich auf ihren Körper und schützte sie vor der tödlichen Stahlspitze.

Aber er wollte nicht sterben. Blitzschnell fuhr er herum, packte Lowells Arm, und die beiden Männer wälzten sich am Boden. Ein anderes Gesicht neigte sich über Shawna, blaue MacGinnis-Augen — Alistair mit einem Messer in der Hand ... Großer Gott, auch er! In wilder Panik schrie sie auf und zerrte an ihren Fesseln.

»Halt still, Shawna! Ich will dich befreien!«

Halb benommen gehorchte sie und spürte, wie er die Stricke durchschnitt. »O Alistair ...«

»Komm, schnell!« Ungeduldig zerrte er sie vom Altar. »Wir müssen verschwinden. Da sind so viele Leute.«

Als sie ihm zu einer Felswand folgte, sah sie ihren Onkel reglos am Boden liegen, und David stand auf. Blut glänzte an seinem Arm. Wessen Blut? Sie wußte es nicht.

Er ging rückwärts, entfernte sich von den vermummten Gestalten und bedeutete Alistair, mit Shawna hinter ihm zu bleiben.

»Packt ihn!« rief jemand.

Zwei Satansjünger stürzten sich auf ihn, aber er schwang sein Schwert, und beide stürzten zu Boden.

»Verdammte Bastarde, seid ihr denn zu nichts nütze?« Wütend schleuderte Fergus seinen Umhang von sich, zückte ein Messer und warf sich auf David, der behende beiseite sprang und ihm das Schwert in die Brust bohrte.

Plötzlich änderte sich die Atmosphäre in der Höhle.

»Flieht!« wisperte eine Stimme, und alle Vermummten drängten sich zu einem schmalen Ausgang. Wenige Sekunden später wichen sie zurück, verfolgt von Hawk Douglas und Sloan Trelawny.

Eine Gestalt versuchte sich seitwärts an Sloan heranzupirschen, und Hawk warnte ihn: »Vorsicht!«

So schnell, daß niemand die Bewegung sah, zog Sloan seine Pistole und feuerte. Der Angreifer brach zusammen.

Nun herrschte tiefe Stille, bis jemand zu schluchzen begann. Shawna erkannte Gena Andersons Stimme.

»Die anderen überlassen wir dem Gesetz«, entschied David. »Gehen wir.« Er legte seine schwarze Samtjacke um Shawnas Schultern.

Schwankend lehnte sie sich an ihn, und er nahm sie auf die Arme. Während er sie aus der Höhle trug, schloß sie die Augen. Sie wollte den Ziegenbock nie mehr wieder sehen, und ihren toten Onkel auch nicht.

Bald erreichten sie die Kälte der Nacht, und Shawna blickte zum silbernen Vollmond auf. Natürlich, die Nacht der Mondjungfrau. Doch das spielte keine Rolle mehr. Sie schmiegte sich an Davids Brust. Sie war seine Frau ... Endlich las sie in seinem Blick, wie sehr er sie liebte. Dann sanken ihre Lider wieder hinab. Tiefes Dunkel hüllte sie ein. Aber sie fürchtete sich nicht.

Diesmal war sie mit einer sehr starken Droge betäubt worden. Erst viele Stunden später erwachte sie in ihrem Bett — im Herrschaftsschlafzimmer. Unbehaglich schaute sie an sich hinunter. Sie war nicht mehr mit Blut bemalt, und sie trug ein sauberes hochgeschlossenes Nachthemd mit Spitzenborten besetzt. David saß an ihrer Seite. Er hatte eine weiße Bandage um seinen Arm, und das zerzauste Haar fiel ihm in die Stirn.

Als sie die Augen aufschlug, lächelte er. »Ah, Lady Douglas!« flüsterte er, neigte sich herab und küßte sie.

Kein kalter Kuß. Kein Kuß in gespielter Leidenschaft. Ein zärtlicher, liebevoller Kuß, mit zitternden Lippen.

»David ...«

»Aye?«

»Glaub mir, Alistair hatte nichts damit zu tun ...«

»Nicht einmal Aidan«, unterbrach er sie. »Er wußte nichts von den dunklen Machenschaften seines Vaters. Schon vor langer Zeit geriet Lowell auf Abwege, getrieben von seiner Enttäuschung über seine Stellung als zweitgeborener Sohn, der kein Erbe erwarten durfte. Vielleicht war er kein überzeugter Satansjünger, aber fest entschlossen, sein Ziel zu erreichen, und er schreckte vor nichts zurück.«

»O Gott, mein eigener Großonkel ...«

»Jetzt ist alles überstanden, Shawna.« Nach einer kurzen Pause fuhr er fort: »In meinem wilden Zorn wollte ich mich an allen MacGinnis-Mitgliedern rächen. Aber ich tat ihnen bitter Unrecht, und ich hoffe, du verzeihst mir. Heute abend führte ich ein langes Gespräch mit Aidan. Er ist völlig verzweifelt. Und Gawain kann immer noch nicht fassen, was geschehen ist. Übrigens, alle Andersons gehörten zu Lowells Anhängern, ebenso deine Zofe Mary Jane. Sie ist tot«, fügte er zögernd hinzu, und Shawna erschauerte.

»Bevor ich betäubt wurde, erklärte sie, der Druidenstein

verlange sofort ein Opfer. Aber Lowell wollte mich langsam töten, in einem besonderen Ritual. Deshalb erstach er Mary Jane und entführte mich.«

David nickte. »In der Höhle kam es zu einem Kampf, und ich mußte ihn töten.«

»Ja, ich weiß, und du kamst im allerletzten Augenblick. Sonst hätte er mir die Kehle durchgeschnitten. Mein Onkel, den ich liebte ...«

»So darfst du's nicht sehen, Shawna. Er war krank und einem zerstörerischen Wahn verfallen. Und du hast genug Verwandte, die dich lieben. Gawain, Aidan, Alaric und Alistair.«

Zitternd schlang sie die Arme um seinen Hals. »David?«

»Aye?«

»Sind wir wirklich verheiratet?«

»Glaubst du etwa, Reverend Massey hätte eine Scheintrauung vorgenommen?« fragte er lächelnd.

»Nein.«

Er rückte ein wenig von ihr ab und schaute in ihre Augen. »Stört's dich, daß wir verheiratet sind?«

Sollte sie ihm sagen, es würde ihr widerstreben, sich für den Rest ihres Lebens einem Tyrannen auszuliefern? Das brachte sie nicht übers Herz. Er hatte genug gelitten, und es war ihm schwergefallen, ihr zu vertrauen. Aber letzten Endes hatte er ihr geglaubt. Sonst wäre er nicht mit ihr vor den Traualtar getreten.

»Brauchst du so lange, um eine Entscheidung zu treffen?« fragte er leise.

»Hm ...«

»Verzeihst du mir?«

»Was denn?«

»Nun, ich war nicht ganz ehrlich, was meine Pläne anging.«

»Darüber muß ich gründlich nachdenken. Du hast mir sehr viel verschwiegen.«

»Und dein Leben gerettet.«

»Das stimmt.«

»Also — verzeihst du mir?«

»Aye. Und verzeihst du mir, daß ich dich in jener Nacht verführt habe?«

»Gibst du's endlich zu?«

»Vielleicht.«

Seine Hände zupften an den Bändern ihres züchtigen Nachthemds. »Liebst du mich? Würdest du mir das noch einmal sagen?«

»Natürlich liebe ich dich, David. Seit ich denken kann.«

»Ja, wir haben uns immer geliebt. In all den Jahren in tiefster Verzweiflung. Und jetzt haben wir einander gefunden — und unser Kind. Das Leben liegt vor uns, eine wundervolle Zukunft.«

»Aye, das Leben«, flüsterte sie. Tränen brannten in ihren Augen.

»Lady, das ist unsere Hochzeitsnacht. Und daß du mich damals verführt hast, verzeihe ich dir nur, wenn du's noch einmal tust.«

»Nun, das wäre eine gerechte Vergeltung, die ich dir gern gewähre.« Sie küßte ihn zärtlich und leidenschaftlich zugleich.

»Oh, das ist so wundervoll ... Aber — ich habe dir etwas versprochen. Warte einen Augenblick!«

Neugierig starrte sie ihm nach, als er aufstand und das Zimmer verließ. Nach wenigen Sekunden kehrte er mit Danny an der Hand zurück.

Mit einem Freudenschrei sprang sie aus dem Bett, umarmte ihren Mann und ihren Sohn.

Über der Festung verblaßte der Vollmond, und ein neuer Tag warf seinen goldenen Glanz auf die alten Mauern.

Ein neuer Tag ...

Ein neuer Anfang.